날개

아내의 방은 늘 화려하였다.

내 방이 벽에 못 한 개 꽂히지 않은

소박한 것인 반대로 아내 방에는

천장 밑으로 쫙 돌려 못이 박히고

못마다 화려한 아내의 치마와 저고리가 걸렸다.

베스트셀러한국문학선 13

날개 (외)

이상 외

소담출판사

발 간 사

우리는 물질적 가치를 중시하는 산업시대의 큰 풍조 속에서 경제적 부(富)만을 추구하는 열병을 앓고 있는 것 같다. 물질적 가치와 똑같은 비중으로 또는 경우에 따라서는 그보다도 더 귀중한 정신적 가치에 관한 소중함을 몰각한 것이 오늘날의 풍조가 아닌가 한다.

따라서 역사적으로 면면히 이어오고 있는 우리 문화의 한 중심인 문예의 가치를 인식하고, 널리 보급시키는 것은 매우 중요한 의미를 지닌다고 할 수 있다.

우리가 어진 사람을 인격의 표본으로 삼을 때 근대 문학 작품에서는 이광수의 「흙」에 등장하는 허숭을 생각할 수 있고, 옛 문학에서는 흥부를 생각할 수 있다. 이러한 문예작품 속의 인물들은 우리 민족성원 한 사람한 사람의 마음속에 인격의 한 표본으로 존중되어 사람답게 사는 실천적 지혜로 이어진다.

여기서 문예작품은 그 작품을 창작한 개인의 재능에 의한 것이지만, 그 내용에 담긴 인물의 심성과 인격의 아름다움은 바로 그 작품을 읽는 독자들의 자아를 성숙게 하는 길잡이가 된다. 즉 작품에 실현된 정신적 가치는 우리 민족의 창조적 지혜로서 이어지고 이해되어 민족의 정신적 지향의 전통이 됨을 깨닫게 된다.

특히 젊은 세대에게 역사의식과 전통적 가치를 학습할 자료로서 우리 문학의 선집은 필수적인 의미를 지니고 있다.

오늘날의 상업적 풍조에서 탈피하여 한국의 전통을 이해하고 새 시대의 창조적 전진을 위한 밑거름으로서 베스트셀러 한국문학선은 기여할 것이다.

새 시대의 새 독자들에게 가장 뜻깊은 선물이 될 것을 자부하며, 작품의 선정에 있어서도 그 뛰어난 예술성은 물론 내용의 심화된 것을 중시하여 엄정히 선택한 것임을 밝혀두는 바이다.

신 동 욱

차례

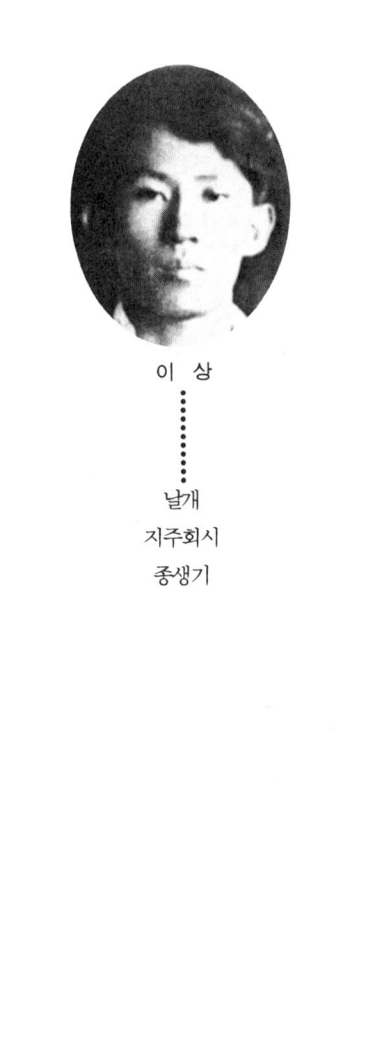

이 상

날개

지주회시

종생기

〈일러두기〉

1. 선정된 작품은 1920 – 1970년대 한국 현대 소설사의 대표적 작품들로서 현행 고등학교 검인정 문학 8종 교과서에 실린 작품 외 개별 작가의 대표적 작품을 중심으로 엮었다.

2. 표기는 원문의 효과를 고려하여 발표 당시의 표기를 중시했으나, 방언은 살리되 의미 전달을 위해 되도록 현대표기법을 따랐다.

3. 띄어쓰기는 개정된 한글맞춤법에 따랐다.

4. 외래어는 외래어 표기법을 따랐다.

5. 대화나 인용은 " "로, 생각이나 독백 및 강조하는 말은 ' '로 표시하였다.

6. 본 도서는 대입수능시험은 물론 중 – 고교생의 문학적 소양 및 교양의 함양을 위해 참고서식 발췌 수록이 아닌 모든 작품의 전문을 수록하였음을 밝혀둔다.

날 개

'박제(剝製)가 되어 버린 천재'를 아시오? 나는 유쾌하오. 이런 때 연애까지가 유쾌하오.

　육신이 흐느적흐느적하도록 피로했을 때만 정신이 은화(銀貨)처럼 맑소. 니코틴이 내 횟배 앓는 뱃속으로 스미면 머릿속에 으레 백지가 준비되는 법이오. 그 위에다 나는 위트와 패러독스를 바둑 포석처럼 늘어놓소. 가증할 상식의 병(病)이오.
　나는 또 여인과 생활을 설계하오. 연애 기법에마저 서먹서먹해진, 지성의 극치를 흘깃 좀 들여다본 일이 있는, 말하자면 일종의 정신 분일자(精神奔逸者) 말이오. 이런 여인의 반(半)──그것은 온갖 것의 반이오──만을 영수(領收)하는 생활을 설계한다는 말이오. 그런 생활 속에 한 발만 들여놓고 흡사 두 개의 태양처럼 마주 쳐다보면서 낄낄거리는 것이오. 나는 아마 어지간히 인생의 제행(諸行)이 싱거워서 견딜 수가 없게 되고 그만 둔 모양이오. 굿바이.

굿바이. 그대는 이따금 그대가 제일 싫어하는 음식을 탐식(貪食)하는 아이러니를 실천해 보는 것도 좋을 것 같소. 위트와 패러독스와…….

그대 자신을 위조하는 것도 할 만한 일이오. 그대의 작품은 한 번도 본 일이 없는 기성품에 의하여 차라리 경편(輕便)하고 고매(高邁)하리다.

19세기는 될 수 있거든 봉쇄하여 버리오. 도스토예프스키 정신이란 자칫하면 낭비인 것 같소. 위고를 불란서의 빵 한 조각이라고는 누가 그랬는지 지언(至言)인 듯싶소. 그러나 인생 혹은 그 모형에 있어서 디테일 때문에 속는다거나 해서야 되겠소? 화(禍)를 보지 마오. 부디 그대께 고하는 것이니…….

(테이프가 끊어지면 피가 나오. 상채기도 머지않아 완치될 줄 믿소. 굿바이.)

감정은 어떤 포즈(그 포즈의 원소만을 지적하는 것이 아닌지 나도 모르겠소). 그 포즈가 부동자세에까지 고도화할 때 감정은 딱 공급을 정지합네다.

나는 내 비범한 발육을 회고하여 세상을 보는 안목을 규정하였소.

여왕봉과 미망인——세상의 하고많은 여인이 본질적으로 이미 미망인 아닌 이가 있으리까? 아니! 여인의 전부가 그 일상에 있어서 개개 '미망인'이라는 내 논리가 뜻밖에도 여성에 대한 모독이 되오? 굿바이.

그 33번지라는 것이 구조가 흡사 유곽이라는 느낌이 없지 않다.

한 번지에 18가구가 죽——어깨를 맞대고 늘어서서 창호가 똑같고 아궁이 모양이 똑같다. 게다가 각 가구에 사는 사람들이 송이송이 꽃과 같이 젊다.

해가 들지 않는다. 해가 드는 것을 그들이 모른 체하는 까닭이다. 턱살 밑에다 철줄을 매고 얼룩진 이부자리를 널어 말린다는 핑계로 미닫이에

해가 드는 것을 막아 버린다. 침침한 방 안에서 낮잠들을 잔다. 그들은 밤에는 잠을 자지 않나? 알 수 없다. 나는 밤이나 낮이나 잠만 자느라고 그런 것은 알 길이 없다. 33번지 18가구의 낮은 참 조용하다.

조용한 것은 낮뿐이다. 어둑어둑하면 그들은 이부자리를 걷어 들인다. 전등불이 켜진 뒤의 18가구는 낮보다 훨씬 화려하다. 저물도록 미닫이 여닫는 소리가 잦다. 바빠진다. 여러 가지 내음새가 나기 시작한다. 비웃 굽는 내, 탕고도란(화장품의 일종) 내, 뜨물 내, 비누 내……

그러나 이런 것들보다도 그들의 문패가 제일로 고개를 끄덕이게 하는 것이다. 이 18가구를 대표하는 대문이라는 것이 일각이 져서 외따로 떨어지기는 했으나 있다. 그러나 그것은 한 번도 닫힌 일이 없는 한길이나 마찬가지 대문인 것이다. 온갖 장사치들은 하루 가운데 어느 시간에라도 이 대문을 통하여 드나들 수가 있는 것이다. 이네들은 문간에서 두부를 사는 것이 아니라 미닫이만 열고 방에서 두부를 사는 것이다. 이렇게 생긴 33번지 대문에 그들 18가구의 문패를 몰아다 붙이는 것은 의미가 없다. 그들은 어느 사이엔가 각 미닫이 위 백인당(百忍堂)이니 길상당(吉祥堂)이니 써 붙인 한곁에다 문패를 붙이는 풍속을 가져 버렸다.

내 방 미닫이 위 한곁에 칼표 딱지(그 무렵에 사용했던 '칼표' 담뱃값)를 넷에다 낸 것만한 내——아니! 내 아내의 명함이 붙어 있는 이것도 풍속을 좇은 것이 아닐 수 없다.

나는 그러나 그들의 아무와도 놀지 않는다. 놀지 않을 뿐만 아니라 인사도 않는다. 나는 내 아내와 인사하는 외에 누구와도 인사하고 싶지 않았다.

내 아내 외의 다른 사람과 인사를 하거나 놀거나 하는 것은 내 아내 낯을 보아 좋지 않은 일인 것만 같이 생각이 들었기 때문이다. 나는 이만큼까지 내 아내를 소중히 생각한 것이다.

내가 이렇게까지 내 아내를 소중히 생각한 까닭은 이 33번지 18가구

가운데서 내 아내가 내 아내의 명함처럼 제일 작고 제일 아름다운 것을
안 까닭이다. 18가구에 각기 별러 들은 송이송이 꽃들 가운데서도 내 아
내는 특히 아름다운 한 떨기의 꽃으로 이 함석지붕 밑 볕 안 드는 지역에
서 어디까지든지 찬란하였다. 따라서 그런 한 떨기 꽃을 지키고———아니
그 꽃에 매어달려 사는 나라는 존재가 도무지 형언할 수 없는 거북살스러
운 존재가 아닐 수 없었던 것은 물론이다.

　나는 어디까지든지 내 방이———집이 아니다. 집은 없다.———마음에
들었다. 방 안의 기온은 내 체온을 위하여 쾌적하였고 방 안의 침침한 정
도가 또한 내 안력을 위하여 쾌적하였다. 나는 내 방 이상의 서늘한 방도
또 따뜻한 방도 희망하지는 않았다. 이 이상으로 밝거나 이 이상으로 아
늑한 방을 원하지 않았다. 내 방은 나 하나를 위하여 요만한 정도를 꾸준
히 지키는 것 같아 늘 내 방에 감사하였고 나는 또 이런 방을 위하여 이
세상에 태어난 것만 같아서 즐거웠다.
　그러나 이것은 행복이라든가 불행이라든가 하는 것을 계산하는 것은 아
니었다. 말하자면 나는 내가 행복되다고도 생각할 필요가 없었고 그렇다
고 불행하다고도 생각할 필요가 없었다. 그냥 그날 그날을 그저 까닭없이
펀둥펀둥 게으르고만 있으면 만사는 그만이었던 것이다.
　내 몸과 마음에 옷처럼 잘 맞는 방 속에서 뒹굴면서 축 처져 있는 것은
행복이니 불행이니 하는 그런 세속적인 계산을 떠난 가장 편리하고 안일
한 말하자면 절대적인 상태인 것이다. 나는 이런 상태가 좋았다.
　이 절대적인 내 방은 대문간에서 세어서 똑———일곱째 칸이다. 러키
세븐의 뜻이 없지 않다. 나는 이 일곱이라는 숫자를 훈장처럼 사랑하였
다. 이런 이 방이 가운데 장지로 말미암아 두 칸으로 나뉘어 있었다는 그
것이 내 운명의 상징이었던 것을 누가 알랴?

　아랫방은 그래도 해가 든다. 아침결에 책보만한 해가 들었다가 오후에

손수건만해지면서 나가 버린다. 해가 영영 들지 않는 윗방이 즉 내 방인
것은 말할 것도 없다. 이렇게 볕 드는 방이 아내 방이요 볕 안 드는 방이
내 방이요 하고 아내와 나 둘 중에 누가 정했는지 나는 기억하지 못한다.
그러나 나에게는 불평이 없다.

아내가 외출만 하면 나는 얼른 아랫방으로 와서 그 동쪽으로 난 들창을
열어 놓고 열어 놓으면 들여비치는 볕살이 아내의 화장대를 비쳐 가지각
색 병들이 아롱이지면서 찬란하게 빛나고 이렇게 빛나는 것을 보는 것은
다시 없는 내 오락이다. 나는 조그만 '돋보기'를 꺼내 가지고 아내만이
사용하는 지리가미(휴지)를 그을려 가면서 불장난을 하고 논다. 평행광
선을 굴절시켜서 한 초점에 모아 가지고 그 초점이 따끈따끈해지다가 마
지막에는 종이를 끄실르기 시작하고 가느다란 연기를 내이면서 드디어 구
멍을 뚫어 놓는 데까지에 이르는 그 얼마 안 되는 동안의 초조한 맛이 죽
고 싶을 만큼 내게는 재미있었다.

이 장난이 싫증이 나면 나는 또 아내의 손잡이 거울을 가지고 여러 가
지로 논다. 거울이란 제 얼굴을 비칠 때만 실용품이다. 그 외의 경우에는
도무지 장난감인 것이다.

이 장난도 곧 싫증이 난다. 나의 유희심은 육체적인 데서 정신적인 데
로 비약한다. 나는 거울을 내던지고 아내의 화장대 앞으로 가까이 가서
나란히 늘어놓인 그 가지각색의 화장품 병들을 들여다본다. 그것들은 세
상의 무엇보다도 매력적이다. 나는 그중의 하나만을 골라서 가만히 마개
를 빼고 병 구멍을 내 코에 가져다 대이고 숨 죽이듯이 가벼운 호흡을 하
여 본다. 이국적인 센슈얼한 향기가 폐로 스며들면 나는 저절로 스르르
감기는 내 눈을 느낀다. 확실히 아내의 체취의 파편이다. 나는 도로 병마
개를 막고 생각해 본다. 아내의 어느 부분에서 요 내음새가 났던가를
……. 그러나 그것은 분명치 않다. 왜? 아내의 체취는 여기 늘어섰는 가
지각색 향기의 합계일 것이니까.

아내의 방은 늘 화려하였다. 내 방이 벽에 못 한 개 꽂히지 않은 소박한 것인 반대로 아내 방에는 천장 밑으로 쫙 돌려 못이 박히고 못마다 화려한 아내의 치마와 저고리가 걸렸다. 여러 가지 무늬가 보기 좋다. 나는 그 여러 조각의 치마에서 늘 아내의 동체와 그 동체가 될 수 있는 여러 가지 포즈를 연상하고 연상하면서 내 마음은 늘 점잖지 못하다.

그렇건만 나에게는 옷이 없었다. 아내는 내게는 옷을 주지 않았다. 입고 있는 코르덴 양복 한 벌이 내 자리옷이었고 통상복과 나들이옷을 겸한 것이었다. 그리고 하이네크의 스웨터가 한 조각 사철을 통한 내 내의다. 그것들은 하나같이 다 빛이 검다. 그것은 내 짐작 같아서는 즉 빨래를 될 수 있는 데까지 하지 않아도 보기 싫지 않도록 하기 위한 것이 아닌가 한다. 나는 허리와 두 가랑이 세 군데 다――고무 밴드가 끼여 있는 부드러운 사루마다를 입고 그리고 아무 소리 없이 잘 놀았다.

어느덧 손수건만해졌던 볕이 나갔는데 아내는 외출에서 돌아오지 않는다. 나는 요만 일에도 좀 피곤하였고 또 아내가 돌아오기 전에 내 방으로 가 있어야 될 것을 생각하고 그만 내 방으로 건너간다. 내 방은 침침하다. 나는 이불을 뒤집어쓰고 낮잠을 잔다. 한 번도 걷은 일이 없는 내 이부자리는 내 몸뚱이의 일부분처럼 내게는 참 반갑다. 잠은 잘 오는 적도 있다. 그러나 또 전신이 까칫까칫하면서 영 잠이 오지 않는 적도 있다. 그런 때는 아무 제목으로나 제목을 하나 골라서 연구하였다. 나는 내 좀 축축한 이불 속에서 참 여러 가지 발명도 하였고 논문도 많이 썼다. 시도 많이 지었다. 그러나 그것들은 내가 잠이 드는 것과 동시에 내 방에 담겨서 철철 넘치는 그 흐늑흐늑한 공기에 다――비누처럼 풀어져서 온 데 간 데가 없고 한잠 자고 깨인 나는 속이 무명 헝겊이나 메밀 껍질로 띵띵 찬 한 덩어리 베개와도 같은 한벌 신경이었을 뿐이고 뿐이고 하였다.

그러기에 나는 빈대가 무엇보다도 싫었다. 그러나 내 방에서는 겨울에도 몇 마리씩의 빈대가 끊이지 않고 나왔다. 내게 근심이 있었다면 오직

이 빈대를 미워하는 근심일 것이다. 나는 빈대에게 물려서 가려운 자리를 피가 나도록 긁었다. 쓰라리다. 그것은 그윽한 쾌감에 틀림없었다. 나는 혼곤히 잠이 든다.

　나는 그러나 그런 이불 속의 사색 생활에서도 적극적인 것을 궁리하는 법이 없다. 내게는 그럴 필요가 대체 없었다. 만일 내가 그런 좀 적극적인 것을 궁리해 내었을 경우에 나는 반드시 내 아내와 의논하여야 할 것이고 그러면 반드시 나는 아내에게 꾸지람을 들을 것이고——나는 꾸지람이 무서웠다느니보다도 성가셨다. 내가 제법 한 사람의 사회인의 자격으로 일을 해 보는 것도 아내에게 사설 듣는 것도. 나는 가장 게으른 동물처럼 게으른 것이 좋았다. 될 수만 있으면 이 무의미한 인간의 탈을 벗어 버리고도 싶었다.

　나에게는 인간 사회가 스스러웠다. 생활이 스스러웠다. 모두가 서먹서먹할 뿐이었다.

　아내는 하루에 두 번 세수를 한다. 나는 하루 한 번도 세수를 하지 않는다. 나는 밤중 세시나 네시 해서 변소에 갔다. 달이 밝은 밤에는 한참씩 마당에 우두커니 섰다가 들어오곤 한다. 그러니까 나는 이 18가구의 아무와도 얼굴이 마주치는 일이 거의 없다. 그러면서도 나는 이 18가구의 젊은 여인네 얼굴들을 거반 다 기억하고 있었다. 그들은 하나같이 내 아내만 못하였다.

　열한시쯤 해서 하는 아내의 첫번 세수는 좀 간단하다. 그러나 저녁 일곱시쯤 해서 하는 두 번째 세수는 손이 많이 간다. 아내는 낮에보다도 밤에 더 좋고 깨끗한 옷을 입는다. 그리고 낮에도 외출하고 밤에도 외출하였다.

　아내에게 직업이 있었던가? 나는 아내의 직업이 무엇인지 알 수 없다. 만일 아내에게 직업이 없었다면, 같이 직업이 없는 나처럼 외출할 필요가 생기지 않을 것인데——아내는 외출한다. 외출할 뿐만 아니라 내객이 많

다. 아내에게 내객이 많은 날은 나는 온종일 내 방에서 이불을 쓰고 누워
있어야만 된다.

불장난도 못한다. 화장품 내음새도 못 맡는다. 그런 날은 나는 의식적
으로 우울해하였다. 그러면 아내는 나에게 돈을 준다. 오십 전짜리 은화
다. 나는 그것이 좋았다. 그러나 그것을 무엇에 써야 옳을지 몰라서 늘
머리맡에 던져 두고 두고 한 것이 어느 결에 모여서 꽤 많아졌다. 어느
날 이것을 본 아내는 금고처럼 생긴 벙어리를 사다 준다. 나는 한 푼씩
한 푼씩 그 속에 넣고 열쇠는 아내가 가져갔다. 그후에도 나는 더러 은화
를 그 벙어리에 넣은 것을 기억한다. 그리고 나는 게을렀다. 얼마 후 아
내의 머리 쪽에 보지 못하던 누깔잠이 하나 여드름처럼 돋았던 것은 바로
그 금고형 벙어리의 무게가 가벼워졌다는 증거일까. 그러나 나는 드디어
머리맡에 놓였던 그 벙어리에 손을 대지 않고 말았다. 내 게으름은 그런
것에 내 주의를 환기시키기도 싫었다.

아내에게 내객이 있는 날은 이불 속으로 암만 깊이 들어가도 비 오는
날만큼 잠이 잘 오지는 않았다. 나는 그런 때 아내에게는 왜 늘 돈이 있
나 왜 돈이 많은가를 연구했다.

내객들은 장지 저쪽에 내가 있는 것을 모르나 보다. 내 아내와 나도 좀
하기 어려운 농을 아주 서슴지 않고 쉽게 해 내던지는 것이다. 그러나 내
아내의 내객들 가운데 서너 사람의 내객들은 늘 비교적 점잖았다고 볼 수
있는 것이 자정이 좀 지나면 으레 돌아들 갔다. 그들 가운데는 퍽 교양이
옅은 자도 있는 듯싶었는데 그런 자는 보통 음식을 사다 먹고 논다. 그래
서 보충을 하고 대체로 무사하였다.

나는 우선 내 아내의 직업이 무엇인가를 연구하기에 착수하였으나 좁은
시야와 부족한 지식으로는 이것을 알아내기 힘이 든다. 나는 끝끝내 내
아내의 직업이 무엇인가를 모르고 말려나 보다.

아내는 늘 '진솔' 버선만 신었다. 아내는 밥도 지었다. 아내가 밥 짓는

것을 나는 한 번도 구경한 일은 없으나 언제든지 끼니때면 내 방으로 내 조석밥을 날라다 주는 것이다. 우리 집에는 나와 내 아내 외의 다른 사람은 아무도 없다. 이 밥은 분명히 아내가 손수 지었음에 틀림없다.

그러나 아내는 한 번도 나를 자기 방으로 부른 일이 없다.

나는 늘 윗방에서 나 혼자서 밥을 먹고 잠을 잤다. 밥은 너무 맛이 없었다. 반찬이 너무 엉성하였다. 나는 닭이나 강아지처럼 말없이 주는 모이를 넙죽넙죽 받아 먹기는 했으나 내심 야속하게 생각한 적도 더러 없지 않다. 나는 안색이 여지없이 창백해 가면서 말라 들어갔다. 나날이 눈에 보이듯이 기운이 줄어 들어갔다. 영양 부족으로 하여 몸뚱이 곳곳에 뼈가 불쑥불쑥 내밀었다. 하룻밤 사이에도 수십 차를 돌쳐눕지 않고는 여기저기가 배겨서 나는 배겨 낼 수가 없었다.

그렇기 때문에 나는 내 이불 속에서 아내가 늘 흔히 쓸 수 있는 저 돈의 출처를 탐색해 보는 일변 장지 틈으로 새어 나오는 아랫방의 음식은 무엇일까를 간단히 연구하였다. 나는 잠이 잘 안 왔다.

깨달았다. 아내가 쓰는 돈은 그 내게는 다만 실없는 사람들로밖에 보이지 않는 까닭 모를 내객들이 놓고 가는 것에 틀림없으리라는 것을 나는 깨달았다. 그러나 왜 그들 내객은 돈을 놓고 가나 왜 내 아내는 그 돈을 받아야 되나 하는 예의 관념이 내게는 도무지 알 수 없는 것이었다.

그것은 그저 예의에 지나지 않는 것일까. 그렇지 않으면 혹 무슨 대가일까 보수일까. 내 아내가 그들의 눈에는 동정을 받아야만 할 한 가엾은 인물로 보였던가.

이런 것들을 생각하노라면 으레 내 머리는 그냥 혼란하여 버리고 하였다. 잠들기 전에 획득했다는 결론이 오직 불쾌하다는 것뿐이었으면서도 나는 그런 것을 아내에게 물어 보거나 한 일이 참 한 번도 없다. 그것은 대체 귀찮기도 하려니와 한잠 자고 일어나는 나는 사뭇 딴사람처럼 이것도 저것도 다 깨끗이 잊어버리고 그만두는 까닭이다.

내객들이 돌아가고, 혹 밤 외출에서 돌아오고 하면 아내는 경편한 것으로 옷을 바꾸어 입고 내 방으로 나를 찾아온다. 그리고 이불을 들치고 내 귀에는 영 생동생동한 몇 마디 말로 나를 위로하려 든다. 나는 조소도 고소도 홍소도 아닌 웃음을 얼굴에 띠고 아내의 아름다운 얼굴을 쳐다본다. 아내는 방그레 웃는다. 그러나 그 얼굴에 떠도는 일말의 애수를 나는 놓치지 않는다.

아내는 능히 내가 배고파하는 것을 눈치챌 것이다. 그러나 아랫방에서 먹고 남은 음식을 나에게 주려 들지는 않는다. 그것은 어디까지든지 나를 존경하는 마음일 것임에 틀림없다. 나는 배가 고프면서도 적이 마음이 든든한 것을 좋아했다. 아내가 무엇이라고 지껄이고 갔는지 귀에 남아 있을 리가 없다. 다만 내 머리맡에 아내가 놓고 간 은화가 전등불에 흐릿하게 빛나고 있을 뿐이다.

그 금고형 벙어리 속에 그 은화가 얼마큼이나 모였을까. 나는 그러나 그것을 쳐들어 보지 않았다. 그저 아무런 의욕도 기원도 없이 그 단춧구멍처럼 생긴 틈바구니로 은화를 떨어뜨려 둘 뿐이었다.

왜 아내의 내객들이 아내에게 돈을 놓고 가나 하는 것이 풀 수 없는 의문인 것같이 왜 아내는 나에게 돈을 놓고 가나 하는 것도 역시 나에게는 똑같이 풀 수 없는 의문이었다. 내 비록 아내가 내게 돈을 놓고 가는 것이 싫지 않았다 하더라도 그것은 다만 그것이 내 손가락에 닿는 순간에서부터 그 벙어리 주둥이에서 자취를 감추기까지의 하잘것없는 짧은 촉각이 좋았달 뿐이지 그 이상 아무 기쁨도 없다.

어느 날 나는 그 벙어리를 변소에 갖다 넣어 버렸다. 그때 벙어리 속에는 몇 푼이나 되는지는 모르겠으나 그 은화들이 꽤 들어 있었다.

나는 내가 지구 위에 살며 내가 이렇게 살고 있는 지구가 질풍신뢰의 속력으로 광대무변의 공간을 달리고 있다는 것을 생각했을 때 참 허망하였다. 나는 이렇게 부지런한 지구 위에서는 현기증도 날 것 같고 해서 한

시바삐 내려 버리고 싶었다.

　이불 속에서 이런 생각을 하고 난 뒤에는 나는 그 은화를 그 벙어리에 넣고 넣고 하는 것조차가 귀찮아졌다. 나는 아내가 손수 벙어리를 사용하였으면 하고 희망하였다. 벙어리도 돈도 사실에는 아내에게만 필요한 것이지 내게는 애초부터 의미가 전연 없는 것이었으니까 될 수만 있으면 그 벙어리를 아내는 아내 방으로 가져갔으면 하고 기다렸다. 그러나 아내는 가져가지 않는다. 나는 내가 아내 방으로 가져다 둘까 하고 생각하여 보았으나 그 즈음에는 아내의 내객이 원체 많아서 내가 아내 방에 가 볼 기회가 도무지 없었다. 그래서 나는 하는 수 없이 변소에 갖다 집어넣어 버리고 만 것이다.

　나는 서글픈 마음으로 아내의 꾸지람을 기다렸다. 그러나 아내는 끝내 아무 말도 나에게 묻지도 하지도 않았다. 않았을 뿐 아니라 여전히 돈은 돈대로 내 머리맡에 놓고 가지 않나? 내 머리맡에는 어느덧 은화가 꽤 많이 모였다.

　내객이 아내에게 돈을 놓고 가는 것이나 아내가 내게 돈을 놓고 가는 것이나 일종의 쾌감──그 외의 다른 아무런 이유도 없는 것이 아닐까 하는 것을 나는 또 이불 속에서 연구하기 시작하였다. 쾌감이라면 어떤 종류의 쾌감일까를 계속하여 연구하였다. 그러나 그것은 이불 속의 연구로는 알 길이 없었다. 쾌감 쾌감, 하고 나는 뜻밖에도 이 문제에 대해서만 흥미를 느꼈다.

　아내는 물론 나를 늘 감금하여 두다시피 하여 왔다. 내게 불평이 있을 리 없다. 그런 중에도 나는 그 쾌감이라는 것의 유무를 체험하고 싶었다.

　나는 아내의 밤 외출 틈을 타서 밖으로 나왔다. 나는 거리에서 잊어버리지 않고 가지고 나온 은화를 지폐로 바꾼다. 5원이나 된다. 그것을 주머니에 넣고 나는 목적을 잃어버리기 위하여 얼마든지 거리를 쏘다녔다. 오래간만에 보는 거리는 거의 경이에 가까울 만큼 내 신경을 흥분시키지 않고는 마지않았다. 나는 금시에 피곤하여 버렸다. 그러나 나는 참았다. 그리고 밤이 이슥하도록 까닭을 잊어버린 채 이 거리 저 거리로 지향 없이 헤매었다. 돈은 물론 한 푼도 쓰지 않았다. 돈을 쓸 아무 엄두도 나서지 않았다. 나는 벌써 돈을 쓰는 기능을 완전히 상실한 것 같았다.

나는 과연 피로를 이 이상 견디기가 어려웠다. 나는 가까스로 내 집을 찾았다. 나는 내 방으로 가려면 아내 방을 통과하지 아니하면 안 될 것을 알고 아내에게 내객이 있나 없나를 걱정하면서 미닫이 앞에서 좀 거북살스럽게 기침을 한 번 했더니 이것은 참 또 너무 암상스럽게 미닫이가 열리면서 아내의 얼굴과 그 등뒤에 낯선 남자의 얼굴이 이쪽을 내다보는 것이다. 나는 별안간 내어쏟아지는 불빛에 눈이 부셔서 좀 머뭇머뭇했다.

나는 아내의 눈초리를 못 본 것은 아니다. 그러나 나는 모른 체하는 수밖에 없었다. 왜? 나는 어쨌든 아내의 방을 통과하지 아니하면 안 되니까…….

나는 이불을 뒤집어썼다. 무엇보다도 다리가 아파서 견딜 수가 없었다. 이불 속에서는 가슴이 울렁거리면서 암만해도 까무러칠 것만 같았다. 걸을 때는 몰랐더니 숨이 차다. 등에 식은땀이 쭉 내배인다. 나는 외출한 것을 후회하였다. 이런 피로를 잊고 어서 잠이 들었으면 좋았다. 한잠 잘 ——자고 싶었다.

얼마 동안이나 비스듬히 엎드려 있었더니 차츰차츰 뚝딱거리는 가슴 동기가 가라앉는다. 그만해도 우선 살 것 같았다. 나는 몸을 돌쳐 반듯이 천장을 향하여 눕고 쭉——다리를 뻗었다.

그러나 나는 또다시 가슴의 동기를 피할 수 없게 되었다. 아랫방에서 아내와 그 남자의 내 귀에도 들리지 않을 만큼 옅은 목소리로 소곤거리는 기척이 장지 틈으로 전하여 왔던 것이다. 청각을 더 예민하게 하기 위하여 나는 눈을 떴다. 그리고 숨을 죽였다. 그러나 그때는 벌써 아내와 남자는 앉았던 자리를 툭툭 털며 일어섰고 일어서면서 옷과 모자 쓰는 기척이 나는 듯하더니 이어 미닫이가 열리고 구두 뒤축 소리가 나고 그리고

뜰에 내려서는 소리가 쿵 하고 나면서 뒤를 따르는 아내의 고무신 소리가
두어 발자국 찍찍 나고 사뿐사뿐 나나 하는 사이에 두 사람의 발소리가
대문간 쪽으로 사라졌다.

　나는 아내의 이런 태도를 본 일이 없다. 아내는 어떤 사람과도 결코 소
곤거리는 법이 없다. 나는 윗방에서 이불을 쓰고 누웠는 동안에도 혹 술
이 취해서 혀가 잘 돌아가지 않는 내객들의 담화는 더러 놓치는 수가 있
어도 아내의 높지도 얕지도 않은 말소리는 일쩍이 한 마디도 놓쳐 본 일
이 없다. 더러 내 귀에 거슬리는 소리가 있어도 나는 그것이 태연한 목소
리로 내 귀에 들렸다는 이유로 충분히 안심이 되었다.

　그렇던 아내의 이런 태도는 필시 그 속에 여간하지 않은 사정이 있는
듯시피 생각이 되고 내 마음은 좀 서운했으나 그러나 그보다도 나는 좀
너무 피곤해서 오늘만은 이불 속에서 아무것도 연구치 않기로 굳게 결심
하고 잠을 기다렸다. 잠은 좀처럼 오지 않았다. 대문간에 나간 아내도 좀
처럼 들어오지 않았다. 그러는 동안에 흐지부지 나는 잠이 들어 버렸다.
꿈이 얼쑹덜쑹 종을 잡을 수 없는 거리의 풍경을 여전히 헤맸다.

　나는 몹시 흔들렸다. 내객을 보내고 들어온 아내가 잠든 나를 잡아 흔
드는 것이다. 나는 눈을 번쩍 뜨고 아내의 얼굴을 쳐다보았다. 아내의 얼
굴에는 웃음이 없다. 나는 좀 눈을 비비고 아내의 얼굴을 자세히 보았다.
노기가 눈초리에 떠서 얇은 입술이 바르르 떨린다. 좀처럼 이 노기가 풀
리기는 어려울 것 같았다. 나는 그대로 눈을 감아 버렸다. 벼락이 내리기
를 기다린 것이다. 그러나 쌔근하는 숨소리가 나면서 부스스 아내의 치맛
자락 소리가 나고 장지가 여닫히며 아내는 아내 방으로 돌아갔다. 나는
다시 몸을 돌쳐 이불을 뒤집어쓰고는 개구리처럼 엎드리고, 엎드려서 배
가 고픈 가운데에도 오늘 밤의 외출을 또 한 번 후회하였다.

　나는 이불 속에서 아내에게 사죄하였다. 그것은 네 오해라고……

　나는 사실 밤이 퍽이나 이슥한 줄만 알았던 것이다. 그것이 네 말마따

나 자정 전인 줄은 나는 정말이지 꿈에도 몰랐다. 나는 너무 피곤하였었다. 오래간만에 나는 너무 많이 걸은 것이 잘못이다. 내 잘못이라면 잘못은 그것밖에 없다. 외출은 왜 하였더냐고?

나는 그 머리맡에 저절로 모인 5원 돈을 아무에게라도 좋으니 주어 보고 싶었던 것이다. 그뿐이다. 그러나 그것도 내 잘못이라면 나는 그렇게 알겠다. 나는 후회하고 있지 않나?

내가 그 5원 돈을 써 버릴 수가 있었던들 나는 자정 안에 집에 돌아올 수 없었을 것이다. 그러나 거리는 너무 복잡하였고 사람은 너무도 들끓었다. 나는 어느 사람을 붙들고 그 5원 돈을 내어주어야 할지 갈피를 잡을 수가 없었다. 그러는 동안에 나는 여지없이 피곤해 버리고 말았던 것이다.

나는 무엇보다도 좀 쉬고 싶었다. 눕고 싶었다. 그래서 나는 하는 수 없이 집으로 돌아온 것이다. 내 짐작 같아서는 밤이 어지간히 늦은 줄만 알았는데 그것이 불행히도 자정 전이었다는 것은 참 안된 일이다. 미안한 일이다. 나는 얼마든지 사죄하여도 좋다. 그러나 종시 아내의 오해를 풀지 못하였다 하면 내가 이렇게까지 사죄하는 보람은 그럼 어디 있나? 한심하였다.

한 시간 동안을 나는 이렇게 초조하게 굴지 않으면 안 되었다. 나는 이불을 홱 젖혀 버리고 일어나서 장지를 열고 아내 방으로 비철비철 달려갔던 것이다. 내게는 거의 의식이라는 것이 없었다. 나는 아내 이불 위에 엎드러지면서 바지 포켓 속에서 그 돈 5원을 꺼내 아내 손에 쥐어 준 것을 간신히 기억할 뿐이다.

이튿날 잠이 깨었을 때 나는 내 아내 방 아내 이불 속에 있었다. 이것이 이 33번지에서 살기 시작한 이래 내가 아내 방에서 잔 맨 처음이었다.

해가 들창에 훨씬 높았는데 아내는 이미 외출하고 벌써 내 곁에 있지는 않다. 아니! 아내는 엊저녁 내가 의식을 잃은 동안에 외출한 것인지도 모른다. 그러나 나는 그런 것을 조사하고 싶지 않았다. 다만 전신이 찌뿌드드한 것이 손가락 하나 꼼짝할 힘조차 없었다. 책보보다 좀 작은 면적의 별이 눈이 부시다. 그 속에서 수없는 먼지가 흡사 미생물처럼 난무한다. 코가 칵 막히는 것 같다. 나는 다시 눈을 감고 이불을 푹 뒤집어쓰고 낮잠을 자기에 착수하였다. 그러나 코를 스치는 아내의 체취는 꽤 도발적이었다. 나는 몸을 여러 번 비비꼬면서 아내의 화장대에 늘어선 그 가지각색 화장품 병들과 그 병들의 마개를 뽑았을 때 풍기던 내음새를 더듬느라고 좀처럼 잠은 들지 않는 것을 나는 어찌하는 수도 없었다.

견디다 못하여 나는 그만 이불을 걷어차고 벌떡 일어나서 내 방으로 갔다. 내 방에는 다 식어 빠진 내 끼니가 가지런히 놓여 있는 것이다. 아내는 내 모이를 여기다 주고 나간 것이다. 나는 우선 배가 고팠다. 한 술갈을 입에 떠 넣었을 때 그 촉감은 참 너무도 냉회와 같이 써늘하였다. 나는 술갈을 놓고 내 이불 속으로 들어갔다. 하룻밤을 비어때린 내 이부자리는 여전히 반갑게 나를 맞아 준다. 나는 내 이불을 뒤집어쓰고 이번에는 참 늘어지게 한잠 잤다. 잘——

내가 잠을 깨인 것은 전등이 켜진 뒤다. 그러나 아내는 아직도 돌아오지 않았나 보다. 아니! 들어왔다 또 나갔는지도 알 수 없다.

그러나 그런 것을 상고하여 무엇하나?

정신이 한결 난다. 나는 지난밤 일을 생각해 보았다. 그 돈 5원을 아내 손에 쥐어 주고 넘겨졌을 때에 느낄 수 있었던 쾌감을 나는 무엇이라고 설명할 수가 없었다. 그러니 내객들이 내 아내에게 돈 놓고 간 심리며 내 아내가 내게 돈 놓고 가는 심리의 비밀을 나는 알아낸 것 같아서 여간 즐거운 것이 아니다. 나는 속으로 빙그레 웃어 보았다. 이런 것을 모르고 오늘까지 지내 온 내 자신이 어떻게 우스꽝스러워 보이는지 몰랐다. 나는 어깨춤이 났다.

따라서 나는 또 오늘 밤에도 외출하고 싶었다. 그러나 돈이 없다. 나는 엊저녁에 그 돈 5원을 한꺼번에 아내에게 주어 버린 것을 후회하였다. 또 그 벙어리를 변소에 갖다 처넣어 버린 것도 후회하였다. 나는 실없이 실망하면서 습관처럼 그 돈 5원이 들어 있던 내 바지 포켓에 손을 넣어 한 번 휘둘러 보았다. 뜻밖에도 내 손에 쥐어지는 것이 있었다. 2원밖에 없다. 그러나 많아야 맛은 아니다. 얼마간이고 있으면 된다. 나는 그만한 것이 여간 고마운 것이 아니었다.

나는 기운을 얻었다. 나는 그 단벌 다 떨어진 코르덴 양복을 걸치고 배고픈 것도 주제 사나운 것도 다 잊어버리고 활개짓을 하면서 또 거리로 나섰다. 나서면서 나는 제발 시간이 화살 닫듯 해서 자정이 어서 휙 지나버렸으면 하고 조바심을 태웠다. 아내에게 돈을 주고 아내 방에서 자 보는 것은 어디까지든지 좋았지만 만일 잘못해서 자정 전에 집에 들어갔다가 아내의 눈총을 맞는 것은 그것은 여간 무서운 일이 아니었다. 나는 저물도록 길가 시계를 들여다보고 들여다보고 하면서 또 지향없이 거리를 방황하였다. 그러나 이날은 좀처럼 피곤하지는 않았다. 다만 시간이 좀 너무 더디게 가는 것만 같아서 안타까웠다.

경성역 시계가 확실히 자정이 지난 것을 본 뒤에 나는 집을 향하였다. 그날은 그 일각 대문에서 아내와 아내의 남자가 이야기하고 섰는 것을 만났다. 나는 모른 체하고 두 사람 곁을 지나서 내 방으로 들어갔다. 뒤이어 아내도 들어왔다. 와서는 이 밤중에 평생 안 하던 쓰레질을 하는 것이다. 조금 있다가 아내가 눕는 기척을 엿든자마자 나는 또 장지를 열고 아내 방으로 가서 그 돈 2원을 아내 손에 덥석 쥐어 주고 그리고——하여간 그 2원을 오늘 밤에도 쓰지 않고 도로 가져온 것이 참 이상하다는 듯이 아내는 내 얼굴을 몇 번이고 엿보고——아내는 드디어 아무 말도 없이 나를 자기 방에 재워 주었다. 나는 이 기쁨을 세상의 무엇과도 바꾸고 싶지는 않았다. 나는 편히 잘 잤다.

이튿날도 내가 잠이 깨었을 때는 아내는 보이지 않았다. 나는 또 내 방으로 가서 피곤한 몸이 낮잠을 잤다.

내가 아내에게 흔들려 깨었을 때는 역시 불이 들어온 뒤였다. 아내는 자기 방으로 나를 오라는 것이다. 이런 일은 또 처음이다. 아내는 끊임없이 얼굴에 미소를 띠고 내 팔을 이끄는 것이다. 나는 이런 아내의 태도 이면에 엔간치 않은 음모가 숨어 있지나 않은가 하고 적이 불안을 느끼지 않을 수가 없었다.

나는 아내의 하자는 대로 아내 방으로 끌려갔다. 아내 방에는 저녁 밥상이 조촐하게 차려져 있는 것이다. 생각하여 보면 나는 이틀을 굶었다. 나는 지금 배고픈 것까지도 긴가 민가 잊어버리고 어름어름하던 차다.

나는 생각하였다. 이 최후의 만찬을 먹고 나자마자 벼락이 내려도 나는 차라리 후회하지 않을 것을. 사실 나는 인간 세상이 너무나 심심해서 못 견디겠던 차다. 모든 일이 성가시고 귀찮았으나 그러나 불의의 재난이라는 것은 즐겁다. 나는 마음을 턱 놓고 조용히 아내와 마주 이 해괴한 저녁밥을 먹었다. 우리 부부는 이야기하는 법이 없었다. 밥을 먹은 뒤에도 나는 말이 없이 그냥 부스스 일어나서 내 방으로 건너가 버렸다. 아내는 나를 붙잡지 않았다. 나는 벽에 기대어 앉아서 담배를 한 대 피워 물고 그리고 벼락이 떨어질 테거든 어서 떨어져라 하고 기다렸다.

오 분! 십 분!——

그러나 벼락은 내리지 않았다. 긴장이 차츰 늘어지기 시작한다. 나는 어느덧 오늘 밤에도 외출할 것을 생각하고 돈이 있었으면 하고 생각하고 있었다.

그러나 돈은 확실히 없다. 오늘은 외출하여도 나중에 올 무슨 기쁨이 있나. 나는 앞이 그냥 아득하였다. 나는 화가 나서 이불을 뒤집어쓰고 이리 뒹굴 저리 뒹굴 굴렀다. 금시 먹은 밥이 목으로 자꾸 치밀어 올라온다. 메스꺼웠다.

하늘에서 얼마라도 좋으니 왜 지폐가 소나기처럼 퍼붓지 않나, 그것이 그저 한없이 야속하고 슬펐다. 나는 이렇게밖에 돈을 구하는 아무런 방법

도 알지는 못했다. 나는 이불 속에서 좀 울었나 보다. 돈이 왜 없느냐면
서…….

그랬더니 아내가 또 내 방에를 왔다. 나는 깜짝 놀라 인제서야 벼락이
내리려나 보다 하고 숨을 죽이고 두꺼비 모양으로 엎디어 있었다. 그러나
떨어진 입을 새어 나오는 아내의 말소리는 참 부드러웠다. 정다웠다. 아
내는 내가 왜 우는지를 안다는 것이다. 돈이 없어서 그러는 게 아니냔다.
나는 실없이 깜짝 놀랐다. 어떻게 저렇게 사람의 속을 환──하게 들여
다보는구 해서 나는 한편으로 슬그머니 겁도 안 나는 것은 아니었으나 저
렇게 말하는 것을 보면 아마 내게 돈을 줄 생각이 있나 보다, 만일 그렇
다면 오죽이나 좋은 일일까. 나는 이불 속에 뚤뚤 말린 채 고개도 들지
않고 아내의 다음 거동을 기다리고 있으니까, 엣소──하고 내 머리맡에
내려뜨리는 것은 그 가뿐한 음향으로 보아 지폐에 틀림없었다. 그리고 내
귀에다 대고 오늘일랑 어제보다도 좀더 늦게 들어와도 좋다고 속삭이는
것이다. 그것은 어렵지 않다. 우선 그 돈이 무엇보다도 고맙고 반가웠다.

어쨌든 나섰다. 나는 좀 야맹증이다. 그래서 될 수 있는 대로 밝은 거
리로 골라서 돌아다니기로 했다. 그리고는 경성역 일이등 대합실 한곁 티
룸에를 들렀다. 그것은 내게는 큰 발견이었다. 거기는 우선 아무도 아는
사람이 안 온다. 설사 왔다가도 곧들 가니까 좋다. 나는 날마다 여기 와
서 시간을 보내리라 속으로 생각하여 두었다.

제일 여기 시계가 어느 시계보다도 정확하리라는 것이 좋았다. 섣불리
서투른 시계를 보고 그것을 믿고 시간 전에 집에 돌아갔다가 큰코를 다쳐
서는 안 된다.

나는 한 복스에 아무것도 없는 것과 마주앉아서 잘 끓은 커피를 마셨
다. 총총한 가운데 여객들은 그래도 한 잔 커피가 즐거운가 보다. 얼른얼
른 마시고 무얼 좀 생각하는 것같이 담벼락도 좀 쳐다보고 하다가 곧 나
가 버린다. 서글프다. 그러나 내게는 이 서글픈 분위기가 거리의 티룸들
의 그 거추장스러운 분위기보다는 절실하고 마음에 들었다. 이따금 들리

는 날카로운 혹은 우렁찬 기적 소리가 모차르트보다도 더 가깝다. 나는
메뉴에 적힌 몇 가지 안 되는 음식 이름을 치읽고 내리읽고 여러 번 읽었
다. 그것들은 아물아물한 것이 어딘가 내 어렸을 때 동무들 이름과 비슷
한 데가 있었다.

거기서 얼마나 내가 오래 앉았는지 정신이 오락가락하는 중에 객이 슬
며시 뜸해지면서 이 구석 저 구석 걷어치우기 시작하는 것을 보면 아마
닫을 시간이 된 모양이다. 열한시가 좀 지났구나, 여기도 결코 내 안주의
곳은 아니구나, 어디 가서 자정을 넘길까, 두루 걱정을 하면서 나는 밖으
로 나섰다. 비가 온다. 빗발이 제법 굵은 것이 우비도 우산도 없는 나를
고생을 시킬 작정이다. 그렇다고 이런 괴이한 풍모를 차리고 이 홀에서
어물어물하는 수는 없고 에이 비를 맞으면 맞았지 하고 나는 그냥 나서
버렸다.

대단히 선선해서 견딜 수 없다. 코르덴 옷이 젖기 시작하더니 나중에는
속속들이 스며들면서 처근거린다. 비를 맞아 가면서라도 견딜 수 있는 데
까지 거리를 돌아다녀서 시간을 보내려 하였으나 인제는 선선해서 이 이
상은 더 견딜 수가 없다. 오한이 자꾸 일어나면서 이가 딱딱 맞부딪는다.

나는 걸음을 재치면서 생각하였다. 오늘 같은 궂은 날도 아내에게 내객
이 있을라구. 없겠지 하는 생각이 드는 것이다. 집으로 가야겠다. 아내에
게 불행히 내객이 있거든 내 사정을 하리라. 사정을 하면 이렇게 비가 오
는 것을 눈으로 보고 알아 주겠지.

부리나케 와 보니까 그러나 아내에게는 내객이 있었다. 나는 그만 너무
춥고 척척해서 얼떨김에 노크하는 것을 잊었다. 그래서 나는 보면 아내가
좀 덜 좋아할 것을 그만 보았다. 나는 갑발자국 같은 발자국을 내면서 덤
벙덤벙 아내 방을 디디고 그리고 내 방으로 가서 쭉 빠진 옷을 활활 벗어
버리고 이불을 뒤집어썼다. 덜덜덜덜 떨린다. 오한이 점점 더 심해 들어
온다. 여전 땅이 꺼져 들어가는 것만 같았다. 나는 그만 의식을 잃어버리
고 말았다.

이튿날 내가 눈을 떴을 때 아내는 내 머리맡에 앉아서 제법 근심스러운 얼굴이다. 나는 감기가 들었다. 여전히 으시시 춥고 또 골치가 아프고 입에 군침이 도는 것이 씁쓸하면서 다리 팔이 척 늘어져서 노곤하다.

아내는 내 머리를 쓱 짚어 보더니 약을 먹어야지 한다. 아내 손이 이마에 선뜩한 것을 보면 신열이 어지간한 모양인데 약을 먹는다면 해열제를 먹어야지 하고 속생각을 하자니까 아내는 따뜻한 물에 하얀 정제약 네 개를 준다. 이것을 먹고 한참 푹 자고 나면 괜찮다는 것이다. 나는 널름 받아 먹었다. 쌉싸름한 것이 짐작 같아서는 아마 아스피린인가 싶다. 나는 다시 이불을 쓰고 단번에 그냥 죽은 것처럼 잠이 들어 버렸다.

나는 콧물을 훌쩍훌쩍하면서 여러 날을 앓았다. 앓는 동안에 끊이지 않고 그 정제약을 먹었다. 그러는 동안에 감기도 나았다. 그러나 입맛은 여전히 소태처럼 썼다.

나는 차츰 또 외출하고 싶은 생각이 났다. 그러나 아내는 나더러 외출하지 말라고 이르는 것이다. 이 약을 날마다 먹고 그리고 가만히 누워 있으라는 것이다. 공연히 외출을 하다가 이렇게 감기가 들어서 저를 고생을 시키는 게 아니냐. 그도 그렇다. 그럼 외출을 하지 않겠다고 맹세하고 그 약을 연복하여 몸을 좀 보해 보리라고 나는 생각하였다.

나는 날마다 이불을 뒤집어쓰고 밤이나 낮이나 잤다. 유난스럽게 밤이나 낮이나 졸려서 견딜 수가 없는 것이다. 나는 이렇게 잠이 자꾸만 오는 것은 내가 훨씬 몸이 튼튼해진 증거라고 굳게 믿었다.

나는 아마 한 달이나 이렇게 지냈나 보다. 내 머리와 수염이 좀 너무 자라서 후틋해서 견딜 수가 없어서 내 거울을 좀 보리라고 아내가 외출한 틈을 타서 나는 아내 방으로 가서 아내의 화장대 앞에 앉아 보았다. 상당하다. 수염과 머리가 참 산란하였다. 오늘은 이발을 좀 하리라고 생각하고 겸사겸사 그 화장품 병들 마개를 뽑고 이것 저것 맡아 보았다. 한동안 잊어버렸던 향기 가운데서는 몸이 배배 꼬일 것 같은 체취가 전해 나왔다. 나는 아내의 이름을 속으로만 한 번 불러 보았다. "연심(蓮心)이!"

하고…….

오래간만에 돋보기 장난도 하였다. 거울 장난도 하였다. 창에 든 볕이 여간 따뜻한 것이 아니었다. 생각하면 5월이 아니냐.

나는 커다랗게 기지개를 한 번 펴 보고 아내 베개를 내려베이고 벌떡 자빠져서는 이렇게도 편안하고 즐거운 세월을 하느님께 흠씬 자랑하여 주고 싶었다. 나는 참 세상의 아무것과도 교섭을 가지지 않는다. 하느님도 아마 나를 칭찬할 수도 처벌할 수도 없는 것 같다.

그러나 다음 순간 실로 세상에도 이상스러운 것이 눈에 띄었다. 그것은 최면약 아달린 갑이었다. 나는 그것을 아내의 화장대 밑에서 발견하고 그것이 흡사 아스피린처럼 생겼다고 느꼈다. 나는 그것을 열어 보았다. 똑 네 개가 비었다.

나는 오늘 아침에 네 개의 아스피린을 먹은 것을 기억하고 있었다. 나는 잤다. 어제도 그제도 그끄제도──나는 졸려서 견딜 수가 없었다. 나는 감기가 다 나았는데도 아내는 내게 아스피린을 주었다. 내가 잠이 든 동안에 이웃에 불이 난 일이 있다. 그때에도 나는 자느라고 몰랐다. 이렇게 나는 잤다. 나는 아스피린으로 알고 그럼 한 달 동안을 두고 아달린을 먹어 온 것이다. 이것은 좀 너무 심하다.

별안간 아뜩하더니 하마터면 나는 까무러칠 뻔하였다. 나는 그 아달린을 주머니에 넣고 집을 나섰다. 그리고 산을 찾아 올라갔다. 인간 세상에 아무것도 보기가 싫었던 것이다. 걸으면서 나는 아무쪼록 아내에 관계되는 일은 일절 생각하지 않도록 노력하였다. 길에서 까무러치기 쉬우니까다. 나는 어디라도 양지가 바른 자리를 하나 골라 자리를 잡아 가지고 서서히 아내에 관하여서 연구할 작정이었다. 나는 길가에 돌창핀, 구경도 못한 진개나리꽃, 종달새, 돌멩이도 새끼를 까는 이야기, 이런 것만 생각하였다. 다행히 길가에서 나는 졸도하지 않았다.

거기는 벤치가 있었다. 나는 거기 정좌하고 그리고 그 아스피린과 아달린에 관하여 연구하였다. 그러나 머리가 도무지 혼란하여 생각이 체계를 이루지 않는다. 단 오 분이 못 가서 나는 그만 귀찮은 생각이 버쩍 들면서 심술이 났다. 나는 주머니에서 가지고 온 아달린을 꺼내 남은 여섯 개를 한꺼번에 질겅질겅 씹어 먹어 버렸다. 맛이 익살맞다. 그리고 나서 나는 그 벤치 위에 가로 기다랗게 누웠다. 무슨 생각으로 내가 그 따위 짓을 했나? 알 수가 없다. 그저 그러고 싶었다.

나는 게서 그냥 깊이 잠이 들었다. 잠결에도 바위틈을 흐르는 물소리가 졸졸하고 귀에 언제까지나 어렴풋이 들려 왔다.

내가 잠을 깨었을 때는 날이 환—히 밝은 뒤다. 나는 거기서 일주야를 잔 것이다. 풍경이 그냥 노오랗게 보인다. 그 속에서도 나는 번개처럼 아스피린과 아달린이 생각났다.

아스피린, 아달린, 아스피린, 아달린, 맑스, 말사스, 마도로스, 아스피린, 아달린.

아내는 한 달 동안 아달린을 아스피린이라고 속이고 내게 먹였다. 그것은 아내 방에서 이 아달린 갑이 발견된 것으로 미루어 증거가 너무나 확실하다.

무슨 목적으로 아내는 나를 밤이나 낮이나 재웠어야 됐나?

나를 밤이나 낮이나 재워 놓고 그리고 아내는 내가 자는 동안에 무슨 짓을 했나?

나를 조금씩 조금씩 죽이려던 것일까?

그러나 또 생각하여 보면 내가 한 달을 두고 먹어 온 것은 아스피린이었는지도 모른다. 아내는 무슨 근심되는 일이 있어서 밤이면 잠이 잘 오지 않아서 정작 아내가 아달린을 사용한 것이나 아닌지, 그렇다면 나는 참 미안하다. 나는 아내에게 이렇게 큰 의혹을 가졌다는 것이 참 안됐다.

나는 그래서 부리나케 거기서 내려왔다. 아랫도리가 홰홰 내어저이면서 어찔어찔한 것을 나는 겨우 집을 향하여 걸었다. 여덟시 가까이였다.

나는 내 잘못 든 생각을 죄다 일러바치고 아내에게 사죄하려는 것이다. 나는 너무 급해서 그만 또 말을 잊어버렸다.

그랬더니 이건 참 너무 큰일났다. 나는 내 눈으로는 절대로 보아서 안 될 것을 그만 딱 보아 버리고 만 것이다. 나는 얼떨결에 그만 냉큼 미닫이를 닫고 그리고 현기증이 나는 것을 진정시키느라고 잠깐 고개를 숙이고 눈을 감고 기둥을 짚고 섰자니까 일초 여유도 없이 홱 미닫이가 다시 열리더니 매무새를 풀어헤친 아내가 불쑥 내밀면서 내 멱살을 잡는 것이다. 나는 그만 어지러워서 게가 그냥 나둥그러졌다. 그랬더니 아내는 넘어진 내 위에 덮치면서 내 살을 함부로 물어뜯는 것이다. 아파 죽겠다. 나는 사실 반항할 의사도 힘도 없어서 그냥 넙죽 엎더 있으면서 어떻게 되나 보고 있자니까 뒤이어 남자가 나오는 것 같더니 아내를 한아름에 덥석 안아 가지고 방으로 들어가는 것이다. 아내는 아무 말 없이 다소곳이 그렇게 안겨 들어가는 것이 내 눈에 여간 미운 것이 아니다. 밉다.

아내는 너 밤 새어 가면서 도적질하러 다니느냐, 계집질하러 다니느냐고 발악이다. 이것은 참 너무 억울하다. 나는 어안이 벙벙하여 도무지 입이 떨어지지를 않았다.

너는 그야말로 나를 살해하려던 것이 아니냐고 소리를 한 번 꽥 질러 보고도 싶었으나 그런 긴가 민가한 소리를 섣불리 입밖에 내었다가는 무슨 화를 볼는지 알 수 있나. 차라리 억울하지만 잠자코 있는 것이 우선 상책인 듯시피 생각이 들길래 나는 이것은 또 무슨 생각으로 그랬는지 모르지만 툭툭 털고 일어나서 내 바지 포켓 속에 남은 돈 몇 원 몇 십 전을 가만히 꺼내서는 몰래 미닫이를 열고 살며시 문지방 밑에다 놓고 나서는 나는 그냥 줄달음박질을 쳐서 나와 버렸다.

여러 번 자동차에 치일 뻔하면서 나는 그래도 경성역을 찾아갔다. 빈 자리와 마주앉아서 이 쓰디쓴 입맛을 거두기 위하여 무엇으로나 입가심을 하고 싶었다.

커피—— 좋다. 그러나 경성역 홀에 한 걸음을 들여놓았을 때 나는 내 주머니에는 돈이 한 푼도 없는 것을 그것을 깜박 잊었던 것을 깨달았다. 또 아뜩하였다. 나는 어디선가 그저 맥없이 머뭇머뭇하면서 어쩔 줄

을 모를 뿐이었다. 얼빠진 사람처럼 그저 이리 갔다 저리 갔다 하면서
…….

　나는 어디로 어디로 들입다 쏘다녔는지 하나도 모른다. 다만 몇 시간
후에 내가 미쓰코시 옥상에 있는 것을 깨달았을 때는 거의 대낮이었다.

　나는 거기 아무 데나 주저앉아서 내 자라 온 스물여섯 해를 회고하여
보았다. 몽롱한 기억 속에서는 이렇다는 아무 제목도 불그러져 나오지 않
았다.

　나는 또 내 자신에게 물어 보았다. 너는 인생에 무슨 욕심이 있느냐고.
그러나 있다고도 없다고도, 그런 대답은 하기가 싫었다. 나는 거의 나 자
신의 존재를 인식하기조차도 어려웠다.

　허리를 굽혀서 나는 그저 금붕어나 들여다보고 있었다. 금붕어는 참 잘
들 생겼다. 작은 놈은 작은 놈대로 큰 놈은 큰 놈대로 다—— 싱싱하니
보기 좋았다. 내려비치는 5월 햇살에 금붕어들은 그릇 바탕에 그림자를
내려뜨렸다. 지느러미는 하늘하늘 손수건을 흔드는 흉내를 낸다. 나는 이
지느러미 수효를 헤어 보기도 하면서 굽힌 허리를 좀처럼 펴지 않았다.
등허리가 따뜻하다.

　나는 또 회탁의 거리를 내려다보았다. 거기서는 피곤한 생활이 똑 금붕
어 지느러미처럼 흐늑흐늑 허비적거렸다. 눈에 보이지 않는 끈적끈적한
줄에 엉켜서 헤어나지들을 못한다. 나는 피로와 공복 때문에 무너져 들어
가는 몸뚱이를 끌고 그 회탁의 거리 속으로 섞여 들어가지 않는 수도 없
다 생각하였다.

　나서서 나는 또 문득 생각하여 보았다. 이 발길이 지금 어디로 향하여
가는 것인가를…….

　그때 내 눈앞에는 아내의 모가지가 벼락처럼 내려 떨어졌다. 아스피린
과 아달린.

　우리들은 서로 오해하고 있느니라. 설마 아내가 아스피린 대신에 아달
린의 정량을 나에게 먹여 왔을까? 나는 그것을 믿을 수는 없다. 아내가

그럴 대체 까닭이 없을 것이니, 그러면 나는 날밤을 새면서 도적질을 계 집질을 하였나? 정말이지 아니다.

우리 부부는 숙명적으로 발이 맞지 않는 절름발이인 것이다. 내가 아내 나 제 거동에 로직을 붙일 필요는 없다. 변해할 필요도 없다. 사실은 사 실대로 오해는 오해대로 그저 끝없이 발을 절뚝거리면서 세상을 걸어가면 되는 것이다. 그렇지 않을까?

그러나 나는 이 발길이 아내에게로 돌아가야 옳은가 이것만은 분간하기 가 좀 어려웠다. 가야 하나? 그럼 어디로 가나?

이때 뚜우 하고 정오 사이렌이 울었다. 사람들은 모두 네 활개를 펴고 닭처럼 푸드덕거리는 것 같고 온갖 유리와 강철과 대리석과 지폐와 잉크 가 부글부글 끓고 수선을 떨고 하는 것 같은 찰나, 그야말로 현란을 극한 정오다.

나는 불현듯이 겨드랑이가 가렵다. 아하, 그것은 내 인공의 날개가 돋 았던 자국이다. 오늘은 없는 이 날개, 머릿속에서는 희망과 야심의 말소 된 페이지가 딕셔너리 넘어가듯 번뜩였다.

나는 걷던 걸음을 멈추고 그리고 어디 한번 이렇게 외쳐 보고 싶었다.

날개야 다시 돋아라.

날자. 날자. 날자. 한 번만 더 날자꾸나.

한 번만 더 날아 보자꾸나.

지주회시

1

그날 밤에 그의 아내가 층계에서 굴러떨어지고──공연히 내일 일을
끝탕 말라고 어느 눈치빠른 어른이 타일러 놓으셨다. 옳고말고다. 그는
하루치씩만 잔뜩 산(生)다. 이런 복음에 곱신히 그는 벙어리(속지 말라)
처럼 말(言)이 없다. 잔뜩 산다. 아내에게 무엇을 물어 보리요? 그러니
까 아내는 대답할 일이 생기지 않고 따라서 부부는 식물처럼 조용하다.
그러나 식물은 아니다. 아닐 뿐 아니라 여간 동물이 아니다. 그래서 그런
지 그는 이 굴 궤짝만한 방 안에 무슨 연줄로 언제부터 이렇게 있게 되었
는지 도무지 기억에 없다. 오늘 다음에 오늘이 있는 것. 내일 조금 전에
오늘이 있는 것. 이런 것은 영 따지지 않기로 하고 그저 얼마든지 오늘
오늘 오늘 오늘 할 일 없이 눈가린 마차 말의 동강난 시야다. 눈을 뜬다.
이번에는 생시가 보인다. 꿈에는 생시를 꿈 꾸고 생시에는 꿈을 꿈 꾸고
어느 것이나 재미있다. 오후 4시. 옮겨 앉은 아침──여기가 아침이냐.
날마다. 물론 그는 한 번씩 한 번씩이다. (어떤 거대한 모체가 나를 여기

다 갖다 버렸나)──그저 한없이 게으른 것──사람 노릇을 하는 체 대체 어디 얼마나 기껏 게으를 수 있나 좀 해 보자──게으르자──그저 한없이 게으르자──시끄러워도 그저 모른 체하고 게으르기만 하면 다 된다. 살고 게으르고 죽고──가로대 사는 것이라면 떡먹기다. 오후 4시. 다른 시간은 다 어디 갔나. 대수냐. 하루가 한 시간도 없는 것이라기로서니 무슨 성화가 생기나.

또 거미. 아내는 꼭 거미.라고 그는 믿는다. 저것이 어서 도로 환퇴(幻退)를 하여서 거미 형상을 나타내었으면──그러나 거미를 총으로 쏘아 죽였다는 이야기는 들은 일이 없다. 보통 발로 밟아 죽이는데 신발 신기는커녕 일어나기도 싫다. 그러니까 마찬가지다. 이 방에 그 외에 또 생각하여 보면──맥이 뼈를 디디는 것이 빤히 보이고, 요 밖으로 내어놓는 팔뚝이 밴댕이처럼 꼬스르하다──이 방이 그냥 거민 게다. 그는 거미 속에 가 넓적하게 드러누워 있는 게다. 거미 내음새다. 이 후덥지근한 내 음새는 아하 거미 내음새다. 이 방 안이 거미 노릇을 하느라고 풍기는 흉악한 내음새에 틀림없다. 그래도 그는 아내가 거미인 것을 잘 알고 있다. 가만 둔다. 그리고 기껏 게을러서 아내──인(人)거미──로 하여금 육체의 자리──(혹, 틈)를 주지 않게 한다.

방 밖에서 아내는 부스럭거린다. 내일 아침보다는 너무 이르고 그렇다고 오늘 아침보다는 너무 늦은 아침밥을 짓는다. 예이 덧문을 닫는다. (민활하게) 방 안에 색종이로 바른 반닫이가 없어진다. 반닫이는 참 보기 싫다. 대체 세간이 싫다. 세간은 어떻게 하라는 것인가. 왜 오늘은 있나. 오늘이 있어서 반닫이를 보아야 되느냐. 어두워졌다. 계속하여 게으르다. 오늘과 반닫이가 없어져라고. 그러나 아내는 깜짝 놀란다. 덧문을 닫는──남편──잠이나 자는 남편이 덧문을 닫았더니 생각이 많다. 오줌이 마려운가──가려운가──아니 저 인물이 왜 잠을 깨었나. 참 신통한 일은──어쩌다가 저렇게 사(生)는지──사는 것이 신통한 일이라면 또 생각하여 보면 자는 것은 더 신통한 일이다. 어떻게 저렇게 자나? 저

렇게도 많이 자나? 모든 일이 희한한 일이었다. 남편. 어디서부터 어디
까지가 부부람——남편——아내가 아니라도 그만 아내이고 마는 고야.
그러나 남편은 아내에게 무엇을 하였느냐——담벼락이라고 외풍이나 가
려 주었더냐. 아내는 생각하다 보니까 참 무섭다는 듯이——또 정말이지
무서웠겠지만——이 닫은 덧문을 얼른 열고, 늘 들어도 처음 듣는 것 같
은 목소리로 어디 말을 건네 본다. 여보——오늘은 크리스마스요——
봄날같이 따뜻(이것이 원체 틀린 화근이다)하니 수염 좀 깎소.

  도무지 그의 머리에서 그 거미의 어렵디어려운 발들이 사라지지 않는데
들은 크리스마스라는 한 마디 말은 참 서늘하다. 그가 어쩌다가 그의 아
내와 부부가 되어 버렸나. 아내가 그를 따라온 것은 사실이지만 왜 따라
왔나? 아니다. 와서 왜 가지 않았나——그것은 분명하다. 왜 가지 않았
나 이것이 분명하였을 때——그들이 부부 노릇을 한 지 1년 반쯤 된 때
——아내는 갔다. 그는 아내가 왜 갔나를 알 수 없었다. 그 까닭에 도저
히 아내를 찾을 길이 없었다. 그런데 아내는 왔다. 그는 왜 왔는지 알았
다. 지금 그는 아내가 왜 안 가는지를 알고 있다. 이것은 분명히 왜 갔는
지 모르게 아내가 가 버릴 징조에 틀림없다. 즉 경험에 의하면 그렇다.
그는 그렇다고 왜 안 가는지를 일부러 몰라 버릴 수도 없다. 그냥 아내가
설사 또 간다고 하더라도 왜 안 오는지를 잘 알고 있는 그에게로 불쑥 돌
아와 주었으면 하고 바라기나 한다.

  수염을 깎고 첩첩이 닫아 버린 번지에서 나섰다. 따는 크리스마스가 봄
날같이 따뜻하였다. 태양이 그 동안에 퍽 자란가도 싶었다. 눈이 부시고
——또 몸이 까칫까칫도 하고——땅은 힘이 들고——두꺼운 벽이 더덕
더덕 붙은 빌딩들을 쳐다보는 것은 보는 것만으로도 넉넉히 숨이 차다.
아내 흰 양말이 고동색 털양말로 변한 것——계절은 방 속에서 묵는 그
에게 겨우 제목만을 전하였다. 겨울——가을이 가기도 전에 내닥친 겨울
에서 처음으로 인사 비슷이 기침을 하였다. 봄날같이 따뜻한 겨울날——
필시 이런 날이 세상에 흔히 있는 공일날이나 아닌지——그러나 바람은

뺨에도 콧방울에도 차다. 저렇게 바쁘게 씨근거리는 사람 무거운 통 짐 구두 사냥개 야단치는 소리 안 열린 들창 모든 것이 견딜 수 없이 답답하다. 숨이 막힌다. 어디로 가 볼까. 'A 취인점(取引店＝거래점)' '생각나는 명함' '오(吳)군' '자랑마라' '24일날 월급이든가' 동행이라도 있는 듯이 그는 팔짱을 내저으며 싹둑싹둑 썰어 붙인 것같이 얄팍한 A 취인점 담벼락을 뺑뺑 싸고 돌다가 이 속에는 무엇이 있나. 공기? 사나운 공기리라. 살을 저미는──과연 보통 공기가 아니었다. 눈에 핏줄──새빨 갛게 달은 전화──그의 허섭수룩한 몸은 금시에 타죽을 것 같았다. 오는 어느 회전의자에 병마개 모양으로 명쳐 있었다. 꿈과 같은 일이다. 오는 장부를 뒤져 주소 씨명을 차곡차곡 써내려 가면서 미남자인 채로 생동생동(살고) 있었다. 조사부라는 패가 붙은 방 하나를 독차지하고 방 사벽에다가는 빈틈 없이 방안지(方眼紙)에 그린 그림 아닌 그림을 발라 놓았다. "저런 걸 많이 연구하면 대강은 짐작이 났으렷다" "도통하면 돈이 돈 같지 않아지느니" "돈 같지 않으면 그럼 방안지 같은가" "방안지?" "그래 도통은?" "흐흠──나는 도로 그림이 그리고 싶어지데." 그러나 오는 여위지 않고는 배기기 어려웠던가 싶다. 술──그럼 색? 오는 완전히 오 자신을 활활 열어제쳐 놓은 모양이었다. 흡사 그가 오 앞에서나 세상 앞에서나 그 자신을 첩첩이 닫고 있듯이. 오냐 왜 그러니 나는 거미다. 연필처럼 야위어 가는 것──피가 지나가지 않는 혈관── 생각하지 않고도 없어지지 않는 머리──칵 막힌 머리──코 없는 세상──거미 거미 속에서 안 나오는 것──내다보지 않는 것──취하는 것──정신 없는 것──방──버선처럼 생긴 방이었다. 아내였다. 거미라는 탓이었다.

　오는 주소 씨명을 멈추고 그에게 담배를 내밀었다. 그러자 연기를 가르면서 문이 열렸다. (퇴사 시간) 뚱뚱한 사람이 말처럼 달려들었다. 뚱뚱한 신사는 오와 깨끗하게 인사를 한다. 가느다란 몸집을 한 오는 굵은 목소리를 굵은 몸집을 한 신사는 가느다란 목소리로 주고받고하는 신선한 회화다.

"사장께서는 나가셨나요?" "네——참 이백 명이 좀 넘는데요." "넉넉합니다. 먼저 오시겠지요." "한 시간쯤 미리 가지요." "에——또 에——또 에또 에또 그럼 그렇게 알고."

"가시겠습니까."

툭탁 하고 나더니 뚱뚱한 신사는 곁에 앉은 그를 흘깃 보고 고개를 돌리고 지나갈 듯하다가 다시 흘깃 본다. 그는——내 인사를 하면 어떻게 되더라? 하고 망싯망싯하다가 그만 얼떨결에 꾸뻑 인사를 하여 버렸다. 이 무슨 염치없는 짓인가. 뚱뚱한 신사는 인사를 받더니 받아 가지고는 그냥 싱긋 웃듯이 나가 버렸다. 이 무슨 모욕인가. 그의 귀에는 뚱뚱한 신사가 대체 누군가를 생각해 보는 동안에도 "어떠십니까."는 그 뚱뚱한 신사의 손가락질 같은 말 한 마디가 남아서 웽웽한다. 어떠냐니 무엇이 어떠냐구——아니 그게 누군가——옳아 옳아. 뚱뚱한 신사는 바로 그의 아내가 다니고 있는 카페 R회관 주인이었다. 아내가 또 온 건 서너 달 전이다. 와서 그를 먹여 살리겠다는 것이었다. 빚 '백 원'을 얻어쓸 때 그는 아내를 앞세우고 이 뚱뚱이 보는 데 타원형 도장을 찍었다. 그때 유카다를 입고 내려다보던 눈에서 느낀 굴욕을 오늘이라고 잊었을까. 그러나 그는 이게 누군지도 채 생각나기 전에 어언간 이 뚱뚱이에게 고개를 수그리지 않았나. 지금. 지금. 골수에 스미고 말았나 보다. 칙칙한 근성이——모르고 그랬다고 하면 말이 될까? 더럽구나. 무슨 구실로 변명하여야 되나. 에잇! 에잇! 아무것도 차라리 억울해하지 말자——이렇게 맹세하자. 그러나 그의 뺨이 화끈화끈 달았다. 눈물이 새금새금 맺혀 들어왔다. 거미——분명히 그 자신이 거미였다. 물뿌리처럼 야위어 들어가는 아내를 빨아먹는 거미가 너 자신인 것을 깨달아라. 내가 거미다. 비린내 나는 입이다. 아니 아내는 그럼 그에게서 아무것도 안 빨아먹었느냐. 보렴——이 파랗게 질린 수염 자국——퀭한 눈——늘씬하게 만연되나마나 하는 형영 없는 영양(營養)을——보아라. 아내가 거미다. 거

미 아닐 수 있으랴. 거미와 거미 거미와 거미냐. 서로 빨아먹느냐. 어디
로 가나. 마주 야위는 까닭은 무엇인가. 어느 날 아침에나 뼈가 가죽을
찢고 내밀리려는지──그 손바닥만한 아내의 이마에는 땀이 흐른다. 아
내의 이마에 손을 얹고 그래도 여전히 그는 잔인하게 아내를 밟았다. 밟
히는 아내는 삼경이면 쥐소리를 지르며 찌그러지곤 한다. 내일 아침에 펴
지는 염낭처럼. 그러나 아주까리 같은 사치한 꽃이 핀다. 방은 밤마다 홍
수가 나고 이튿날이면 쓰레기가 한 삼태기씩이나 났고──아내는 이 묵
직한 쓰레기를 담아 가지고 늦은 아침──오후 4시──뜰로 내려가서
그도 대리(代理)하여 두 사람치의 해를 보고 들어온다. 금 긋듯이 아내
는 작아 들어갔다. 쇠와 같이 독한 꽃──독한 거미──문을 닫자. 생
명에 뚜껑을 덮었고 사람과 사람이 사귀는 버릇을 닫았고 그 자신을 닫았
다. 온갖 벗에서──온갖 관계에서── 온갖 희망에서── 온갖 욕
(慾)에서──그리고 온갖 욕에서──다만 방 안에서만 그는 활발하게
발광할 수 있다. 미역 핥듯 핥을 수도 있었다. 전등은 그런 숨결 때문에
곧잘 꺼졌다. 밤마다 이 방은 고달팠고 뒤집어 엎었고 방 안은 기어 병들
어가면서도 빠득빠득 버티고 있다. 방 안은 쓰러진다. 밖에 와 있는 세상
──암만 기다려도 그는 나가지 않는다. 손바닥만한 유리를 통하여 꿋꿋
이 걸어가는 세월을 볼 수 있을 따름이었다. 그러나 밤이 그 유리조각마
저도 얼른얼른 닫아 주었다. 안 된다고.

   그러자 오는 그의 무색해하는 것을 볼 수 없다는 듯이 들창 셔터를 내
렸다. 자 나가세. 그는 여기서 나가지 않고 그냥 그의 방으로 돌아가고
싶었다. (6원짜리 셋방) (방밖에 없는 방) (편한 방) 그럴 수는 없다.
"그 뚱뚱이 어떻게 아나?" "그저 알지." "그저라니." "친한가." "천
만에──대체 그게 누군가." "그거──그건 가부꾼이지──우리 취
인점하구는 돈 만 원 거래나 있지." "흠." "개천에서 용이 나려니까."
"흠."

   R카페는 뚱뚱의 부업인 모양이었다. 내일 밤은 A취인점이 고객을 초

대하는 망년회가 R카페 3층 홀에서 열릴 터이고 오는 그 준비를 맡았단
다. 이따가 느지막해서 오는 R회관에 좀 들른단다. 그들은 찻점에서 우
선 홍차를 마셨다. 크리스마스 트리 곁에서 축음기가 깨끗이 울렸다. 두
루마기처럼 기다란 털 외투――기름 바른 머리――금 시계――보석
박힌 넥타이 핀――이런 모든 오의 차림 차림이 한없이 그의 눈에 거슬
렸다. 어쩌다가 저 지경이 되었을까. 아니. 내야말로 어쩌다가 이 모양이
되었을까. (돈이었다) 사람을 속였단다. 다 털어 먹은 후에는 볼품 좋게
여비를 주어서 쫓는 것이었다. 30까지 백만 원. 주체할 수 없이 달라 붙
는 계집. 자네도 공연히 꾸물꾸물하지 말고 청춘을 이렇게 대우하라는 것
이었다. (거침 없는 오 이야기) 어쩌다가 아니――어쩌다가 나는 이렇게
훨씬 물러앉고 말았으나 알 수가 없었다. 다만 모든 이런 오의 저속한 큰
소리가 맹탕 거짓말 같기도 하였으나 또 아니 부러워할래야 아니 부러워
할 수 없는 형언 안 되는 것이 확실히 있는 것도 같았다.

　지난 봄에 오는 인천에 있었다. 10년――그들의 깨끗한 우정이 꿈과
같은 그들의 소년 시대를 그냥 아름다운 것으로 남기게 하였다. 아직 싹
트지 않은 이른 봄 건강이 없는 그는 오와 사직공원 산기슭을 같이 걸으
며 오가 긴히 이야기해야겠다는 이야기를 듣고 있었다. 너무나 뜻밖의 일
은――오의 아버지는 백만의 가산을 날리고 마지막 경매가 완전히 끝난
것이 바로 엊그제라는――여러 형제 가운데 이 오에게만 단 한 줄기 촉
망을 두는 늙은 기미(期米) 호걸의 애끓는 글을 오는 속주머니에서 꺼내
보이고――저버릴 수 없는 마음이――오는 운다――우리 일생의 일로
정하고 있던 화필을 요만 일에 버리지 않으면 안 되겠느냐는――전에도
후에도 한 번밖에 없는 오의 종종한 고백이었다. 그때 그는 봄과 함께 건
강이 오기만 눈이 빠지게 고대하던 차――그도 속으로 화필을 던진 지
오래였고――묵묵히 멀지 않아 쪼개질 축축한 지면을 굽어보았을 뿐이
었다. 그리고 뒤미처 태풍이 왔다. 오너라――와서 내 생활을 좀 보아라
――이런 오의 부름을 빙그레 웃으며 그는 인천에 오를 들렀다. 44――

벅적대는 해안통——K체인점 사무실——어디로 갔는지 모르는 오의 형영 깎은 듯한 오의 집무 태도를 그는 여전히 건강이 없는 눈으로 어이없이 들여다보고 오는 날을 오는 날을 탄식하였다. 방은 전화자리 하나를 남기고 빽빽이 방안지로 메꿔져 있었다. 낡기도 전에 갈리는 방안지 위에 붉은 선 푸른 선의 높고 낮은 것——오의 얼굴은 일시일각이 한결같지 않았다. 밤이면 오를 따라 양철조각 같은 바아로 얼마든지 쏘다닌 다음 ——(시키시마)——나날이 축이 가는 몸을 다스릴 수 없었건만 이상스럽게 오는 6시면 깨었고 깨어서는 화둥잔 같은 눈알을 이리 굴리고 저리 굴리고 빨간 뺨이 까딱하지 않고 9시까지는 해안통 사무실에 낙자 없이 있었다. 피곤하지 않은 오의 몸이 아마 금강력과 함께——필연——무슨 도(道)고 도를 통하였나 보다. 낮이면 오의 아버지는 울적한 심사를 하나 남은 가야금에 붙이고 이따금 자그마한 수첩에 믿는 아들에게서 걸리는 전화를 만족한 듯이 적는다. 미닫이를 열면 경인 열차가 가끔 보인다. 그는 오의 털외투를 걸치고 월미도 뒤를 돌아 드문드문 아직도 덜진 꽃나무 사이 잔디 위에 자리를 잡고 반듯이 누워서 봄이 오고 건강이 아니 온 것을 끌탕하였다. 내다보이는 바다——개흙밭 위로 바다가 한 벌 드나들더니 날이 저물고 저물고 하였다. 오후 4시 오는 휘파람을 불며 이 날마다 같은 잔디로 그를 찾아온다. 천막친 데서 흔들리는 포터블을 들으며 차를 마시고 사슴을 보고 너무 긴 방축 중간에서 좀 신선한 아이스크림을 사 먹고 굴 캐는 것 좀 보고 오 방에서 신문과 저녁이 정답게 끝난다. 이런 한 달——5월——그는 바로 그 잔디 위에서 어느덧 배따리기를 배웠다. 흉중에 획책하던 일이 날마다 한 켜씩 바다로 흩어졌다. 인생에 대한 끝없는 주저를 잔뜩 지니고 인천서 돌아온 그의 방에서는 아내의 자취를 찾을 길이 없었다. 부모를 배역한 이런 아들을 아내는 기어이 이렇게 잘 똥겨 주는구나——(문학)(시) 영구히 인생을 망설거리기 위해서 길 아닌 길을 내디었다. 그러나 또 튀려는 마음——비뚤어진 젊음(정치) 가끔 그는 투리스트 뷰로에 전화를 걸었다. 원양 항해의 배는 늘 방 안에서만 기적도 불고 입항도 하였다. 여름이 그가 땀 흘리는 동안에 가고──그러나 그의 등의 땀이 걷히기 전에 왕복 엽서 모양으로 아내가 초조히 돌아왔다. 낡은 잡지 속에 섞여서 배 고파하는 그를 먹여 살리겠다는 것이다. 왕복 엽서──없어진 반(半)──눈을 감고 아내의 살에서 허다한 지문 내음새를 맡았다. 그는 그의 생활의 서술에 귀찮은 공을 쳤다. 끝났다. 먹여라 먹으마──머리도 잘라라──머리 지지는 10전짜리 인두──속옷밖에 필요치 않은 하루──R카페──뚱뚱한 유까다 앞에서 얻은 백 원──그러나 그 백 원을 그냥 쥐고 인천 오에게로 달려가는 그의 귀에는 지난 5월 오가──백 원을 가져오너라 우선 석 달 만에 백 원 내놓고 5백 원을 주마──는 분간할 수 없지만 너무 든든한 한 마디 말이 쟁쟁하였던 까닭이다. 그리고 도전(盜電)하는 그에게 아내는 제 발이 저려 그랬겠지만 잠자코 있었다. 당하였다. 신문에서 배 시간표를 더러 보기도 하였다. 오는 두서너 번 편지로 그의 그런 생활 태도를 여간 칭찬한 것이 아니다. 오가 경성으로 왔다. 석 달은 한달 전에 끝이 났는데──오는 인천서 오에게 버는 족족 털어 바치던 아내(라고 오는 결코 부르지 않았지만)를 벗어 버리고──그까짓 것은 하여간에 오의 측량할 수 없는 깊은 우정은 그 넉 달 전의 일도 또 한 달 전에 으레 있었어야 할 일도 광풍제월같이 잊어버린──참 반가운 편지가 요 며칠 전에 그의 닫은 생활을 뚫고 들어왔다. 그는 가을과 겨울을 잤다. 계속하여 자는 중이었다. ──에이 그래 이 사람아 한 번 파치가 된 계집을 또 데리고 살다니 하는 오의 필시 그럴 공연한 쑤석질도 싫었고──그러나 크리스마스──아니다. 어디 그 삥 구워 먹은 좋은 얼굴을 좀 보아 두자──좋은 얼굴──전날의 오──그런 것이지──주체할 수 없게 되기 전에 여기다가 동그라미를 하나 쳐 두자──물론 아내는 아무것도 모른다.

2

그날 밤에 아내는 멋없이 층계에서 굴러떨어졌다. 못났다.

도저히 알아볼 수 없는 이 긴가 민가한 오와 그는 어디서 술을 먹었다. 분명히 아내가 다니고 있는 R회관은 아닌 그러나 역시 그는 그의 아내와 조금도 틀린 곳을 찾을 수 없는 너무 많은 그의 아내들을 보고 소름이 끼쳤다. 별의별 세상이다. 저렇게 해 놓으면 어떤 것이 어떤 것인지——오 ——가는 것을 보면 알겠군—— 2시에는 남편 노릇하는 사람들이 일일이 영접하러 오는 그들 여급의 신기한 생활을 그는 들어 알고 있다. 아내는 마중 오지 않는 그를 애정을 구실로 몇 번이나 책망하였으나 들키면 어떻게 하려느냐——누구에게——즉——상대는 보기 싫은 넓적하게 생긴 세상이다. 그는 이 왔다갔다하는 똑같이 생긴 화장품——사실 화장품의 고하가 그들을 구별시키는 외에는 표난 데라고는 영 없었다——얼숭덜숭한 아내들을 두리번두리번 돌아보았다. 헤헤——모두 그렇겠지 ——가서는 방에서 (참 당신은 너무 닮았구려)——그러나 내 아내는 화장품을 잘 사용하지 않으니까——아내의 파리한 바탕 주근깨——코보다 작은 코——입보다 얇은 입—— (화장한 당신이 화장 안한 아내를 닮았다면?)——"용서 하오."——그러나 내 아내만은 왜 그렇게 야위나. 무엇 때문에 (네 죄) (네가 모르느냐) (알지) 그러나 이 여자를 좀 보아라. 얼마나 이글이글하게 살이 알르냐 잘 쪘다. 곁에 와 앉기만 하는데도 후끈후끈하구나. 오의 귓속말이다. "이게 마유미야 이 뚱뚱보가——하릴없이 양돼진데 좋아 좋단 말이야——금(金)알 낳는 게사니 이야기 알지 (알지) 즉 화수분이야——하룻저녁에 삼 원 사 원 오 원——잡힐 물건이 없는데 돈 주는 전당국이야 (정말?) 아——나의 사랑하는 마유미거든." 지금쯤은 아내도 저 짓을 하렸다. 아프다. 그의 찌푸린 얼굴을 얼른 오가 껄껄 웃는다. 흥——고약하지——하지만 들어 보게——소오바

(거래시세)에 계집은 절대 금물이다. 그러나 살을 저며 먹이려고 달겨드는 것을 어쩌느냐 (옳다 옳다) 계집이란 무엇이냐 돈 없이 계집은 무의미다——아니, 계집 없는 돈이야말로 무의미다. (옳다 옳다) 오냐 어서 다음을 계속하여라. 따면 따는 대로 금시계를 산다 몇 개든지, 또 보석, 털외투를 산다, 얼마든지 비싼 것으로, 잃으면 그놈을 꾸린다. 옳다. (옳다 옳다) 그러나 이 짓은 좀 안타까운걸. 어떻게 하는고 하니 계집을 하나 찰짜로 골라 가지고 쏙, 시계 보석을 사 주었다가 도로 **빼앗**아다가 꾸리고 또 사 주었다가 또 **빼앗**아다가 꾸리고——그러니까 사 주기는 사 주었는데 그 놈이 평생 가야 제 것이 아니고 내 것이거든——쏙 얼마를 그런 다음에는——그러니까 꼭 여급이라야만 쓰거든——하룻저녁에 아따 얼마를 벌든지 버는 대로 털거든——살을 저며 먹이려 드는데 하루에 아삼사 원 털기쯤——보석은 또 여전히 사 주니까 남는 것은 없어도 여러 번 사 준 폭 되고 내가 거미지, 거미 줄 알면서도——아니야, 나는 또 제 요구를 안 들어 주는 것이 아니니까——그렇지만 셋방 하나 얻어 가지고 같이 살자는 데는 학질이야——여보게 거기까지 가면 30까지 백만 원 꿈은 세봉이지. (옳다? 옳다?) 소바란 놈 이따가 부자 되는 수효보다는 지금 거지 되는 수효가 훨씬 더 많으니까, 다, 저런 것이 하나 있어야 든든하지, 즉 배수진을 쳐 놓자는 것이다. 오는 현명하니까 이 금알 낳는 게사니 배를 가를 리는 천만 만무다. 저 더덕더덕 붙은 볼따구니 두껍다란 입술이 생각하면 다시 없이 귀엽기도 할밖에.

그의 눈은 주기로 하여 차차 몽롱하여 들어왔다. 개개 풀린 시선이 그 마유미라는 고깃덩어리를 부러운 듯이 살피고 있었다. 아내——마유미——아내——자꾸 말라 들어가는 아내——꼬챙이 같은 아내——그만 좀 마르지——마유미를 좀 보려므나——넓적한 잔등이 푼더분한 폭, 폭(幅), 폭을——세상은 고르지도 못하지——하나는 옥수수 과자 모양으로 무럭무럭 부풀어 오르고 하나는 눈에 보이듯이 오그라들고——보자 어디 좀 보자——인절미 굽듯이 부풀어 올라오는 것이 눈으로 보이렷

다. 그러나 그의 눈은 어항에 든 금붕어처럼 눈자위 속에서 그저 오르락
내리락 꿈틀거릴 뿐이었다. 화려하게 웃는 마유미의 복스러운 얼굴이 해
초처럼 느리게 움직이는 것이 희미하게 보일 뿐이었다. 오는 이런 코를
찌르는 화장품 속에서 웃고 소리 지르고 손뼉을 치고 또 웃었다.

왜 오에게만 저런 강력한 것이 있나. 분명히 오는 마유미에게 여위지
못하도록 금하여 놓았으리라. 명령하여 놓았나 보다. 장하다. 힘. 의지.
──? 그런 강력한 것──그런 것은 어디서 나오나. 내──그런 것만
있다면 이 노릇 안하지──일하지──하여도 잘하지──들창을 열고
뛰어내리고 싶었다. 아내에게서 그 악착한 끄나풀을 끌러 던지고 훨훨 줄
달음박질을 쳐서 달아나 버리고 싶었다. 내 의지가 작용하지 않는 온갖
것아, 없어져라. 닫자. 첩첩이 닫자. 그러나 이것도 힘이 아니면 무엇이
랴──시뻘겋게 상기한 눈이 살기를 띠고 명멸하는 황홀경 담벼락에 숨
쉴 구멍을 찾았다. 그냥 벌벌 떨었다. 텅 비인 골 속에 회오리 바람이 일
어난 것같이 완전히 전후를 가리지 못하는 일개 그는 추잡한 취한으로 화
하고 말았다.

그때 마유미는 그의 귀에다 대고 속삭인다. 그는 목을 움칫하면서 혀를
내밀어 날름날름하여 보였다. 그러나 저러나 너무 먹었나 보다──취하
기도 취하였거니와 이것은 배가 좀 너무 부르다. 마유미 무슨 이야기요.
"저이가 거짓말쟁이 줄 제가 모르는 줄 아십니까. 알아요 (그래서) 미술
가라지요. 생 딴전을 해 놓겠지요. 좀 타일러 주세요──어림없이 그러
지 말라구요──이 마유미는 속는 게 아니라구요──제가 이러는 게
그야 좀 반하긴 반했지만──선생님은 아시지요 (알고말고) 어쨌든 저
따위 끄나풀이 한 마리 있어야 삽니다. (뭐? 뭐?) 생각해 보세요──그
래 하룻밤에 삼사 원씩 벌어야 뭣에다 쓰느냐 말이에요──화장품을 사
나요? 옷감을 끊나요. 허긴 한두 번 아니 여남은 번까지는 아주 비싼 놈
으로 골라서 그 짓도 허지요.──허지만 허구헌 날 화장품을 사나요 옷
감을 끊나요? 거 다 뭐 하나요──얼마 못 가서 싫증이 납니다──그

럼 거지를 주나요? 아이구 참――이 세상에서 제일 미운 게 거집니다. 그래두 저런 끄나풀을 한 마리 가지는 게 화장품이나 옷감보다는 **훨씬** 낫습니다. 좀처럼 싫증나는 법이 없으니까요――즉 남자가 외도하는―― 아니――좀 다릅니다. 하여간 싸움을 해 가면서 벌어다가 그날 저녁으로 저 끄나풀한테 **빼앗**기고 나면――아니 송두리째 갖다 바치고 나면 속이 시원합니다. 구수합니다. 그러니까 저를 빨아먹는 거미를 제 손으로 기르는 셈이지요. 그렇지만 또 이 허전한 것을 저 끄나풀이 다수굿이 채워 주거니 하면 아까운 생각은커녕 즈이 되려 거민가 싶습니다. 돈을 한 푼도 벌지 말면 그만이겠지만 인제 그만해도 이 생활이 살에 척 배어 버려서 얼른 그만두기도 어렵고 하자니 그러기는 싫습니다. 이를 북북 갈아제쳐 가면서 기를 쓰고 **빼앗**습니다."

　양말――그는 아내의 양말을 생각하여 보았다. 양말 사이에서는 신기하게도 밤마다 지폐와 은화가 나왔다. 50전짜리가 딸랑 하고 방바닥에 굴러떨어질 때 듣는 그 음향은 이 세상 아무것에도 비길 수 없는 가장 숭엄한 감각에 틀림없었다. 오늘 밤에는 아내는 또 몇 개의 그런 은화를 정강이에서 배앝아 놓으려나. 그 북어와 같은 종아리에 난 돈 자국――돈이 살을 파고 들어가서――고놈이 아내의 정기를 속속들이 빨아 내나 보다. 아――거미――잊어버렸던 거미――돈도 거미――그러나 눈앞에 놓여 있는 너무나 튼튼한 쌍거미――너무 튼튼하지 않으냐. 담배를 한 대 피워 물고――참――아내야. 대체 내가 무엇인 줄 알고 죽지 못하게 이렇게 먹여 살리느냐――죽는 것――사는 것――그는 천하다. 그의 존재는 너무나 우스꽝스럽다. 스스로 지나치게 비웃는다.

　그러나――2시――그 황홀한 동굴――방――을 향하여 걸음은 빠르다. 여러 골목을 지나――오야 너는 너 갈 데로 가거라――따뜻하고 밝은 들창과 들창을 볼 적마다――닭――개――소는 이야기로만―― 그리고 그림 엽서――이런 펄펄 끓는 심지를 부여잡고 그 화끈화끈한 방을 향하여 쏟아지듯이 몰려간다. 전신의 피――무게――와 있겠지――

기다리겠지——오래간만에 취한 실없는 사건——허리가 녹아 나도록 이
녀석——이녀석——이 엉뚱한 발음——숨을 힘껏 들이쉬어 두자, 숨
을 힘껏 쉬어라. 그리고 참자. 에라. 그만 아주 미쳐 버려라.

그러나 웬일일까 아내는 방에서 기다리고 있지 않았다. 아하——그날
이 왔구나. 왜 갔는지 모르는데 가 버리는 날——하필? 그러나 (왜 왔는
지 알기 전에) 왜 갔는지 모르고 지내는 중에 너는 또 오려느냐——내친
걸음이다. 아니——아주 닫아 버릴까. 수채 구멍에 빠져서라도 섣불리
세상이 업신여기려도 업신여길 수 없도록——트집거리를 주어서는 안
된다. R카페——내일 A취인점이 고객을 초대하는 망년회를 열——아
내——뚱뚱 주인이 받아 가지고 간 내 인사——이 저주받아야 할 R카
페의 뒷문으로 하여 주춤주춤 그는 조바에 그의 헙수룩한 꼴을 나타내었
다. 조바 내가 다 안다——너희들이 얼마에 사다가 얼마에 파나——알
면 무엇을 하나——여보 안경 쓴 부인 말 좀 물읍시다. (아이구 복작거리
기도 한다. 이 속에서 어떻게들 사누) 부인은 통신부같이 생긴 종이 조각에
차례차례 도장을 하나씩만 찍어 준다. 아내는 일상 말하였다. 얼마를 벌
든지 1원씩만 갚는 법이라고——따는 무이자다——어째서 무이자냐
——(아느냐)——돈이——같지 않더냐——그야말로 도통을 하였느
냐. 그래 "나미코가 어데 있습니까." "댁에서 오셨나요, 지금 경찰서에
가 있습니다." "뭘 잘못했나요." "아아니——이거 어째 이렇게 칠칠치
가 못할까."는 듯이 칼을 들고 나온 쿡이 똑똑이 좀 들으라는 이야기다.
아내는 충계에서 굴러떨어졌다. 넌 왜 요렇게 빼빼 말랐니——아야 아야
놓세요 말 좀 해 봐 아야 아야 놓세요 (눈물이 핑 돌면서) 당신은 왜 그렇
게 양돼지 모양으로 살이 쪘소. 오——뭐이, 양돼지?—— 양돼지가 아
니고——에이 발칙한 것. 그래서 발길로 채었고 채여서는 충계에서 굴러
떨어졌고 굴러떨어졌으니 분하고——모두 분하다. "과히 다치지는 않았
지만 그런 놈은 버릇을 좀 가르쳐 주어야 하니 그래 경관은 내가 불렀
소이다." 말라깽이라고 그런 점잖은 손님의 농담에 어찌 외람히 말대꾸

를 하였으며 말대꾸도 유분수지 양돼지라니——그래 생각해 보아라 네가 말라깽이가 아니고 무엇이냐——암——내라도 양돼지 소리를 듣고는——아니 말라깽이 소리를 듣고는——아니 양돼지 소리를 듣고는——아니다 아니다 말라깽이 소리를 듣고는——나도 사실은 말라깽이지만——그저 있을 수 없다——양돼지라 그래 줄밖에 아니 그래 양돼지라니 그런 괘씸한 소리를 듣고 내가 손님이라면——아니 내가 여급이라면——당치않은 말——내가 손님이라면 그냥 패 주겠다. 그렇지만 아내야 양돼지 소리 한 마디만은 잘 했다. 그러니까 걷어채였지——아니 나는 대체 누구 편이냐 누구 편을 들고 있는 셈이냐 그 대그락대그락하는 몸이 은근히 다쳤겠지——접시 깨지듯 했겠지——아프다. 아프다. 앞이 다 캄캄하여지기 전에 사부로가 씨근씨근 왔다. 남편되는 이더러 오란단다. 바로 나요——마침 잘 되었습니다. 나쁜 놈입니다. 고소하세요. 여급들과 보이들과 이다바들의 동정은 실로 나미코 일신 위에 집중되어 형세 자못 온건치 않은 것이었다.

경찰서 숙직실——이상하다——우선 경부보와 순사 그리고 오 R카페 뚱뚱 주인 그리고 과연 양돼지와 같은 범인(저건 내라도 양돼지라고 자칫 그러기 쉬울걸) 그리고 난로 앞에 새파랗게 질린 채 쪼그리고 앉아 있는 생쥐만한 아내——그는 얼빠진 사람 모양으로 이 진기한——도저히 있을 법하지 않은 콤비네이션을 몇 번이고 두루 살펴보았다. 그는 비칠비칠 그 양돼지 앞으로 가서 그 개기름 흐르는 얼굴을 한참이나 들여다보더니 떠억 "당신입디까." "당신입디까." 아마 안면이 무던히 있었나 보다. 서로 쳐다보며 빙그레 웃는 속이——그러나 아내야 가만 있자——제발 울음을 그쳐라 어디 이야기나 좀 해 보자꾸나. 후——한숨을 내쉬고 났더니 멈췄던 취기가 한꺼번에 치밀어 올라오면서 그는 금시로 그 자리에 쓰러질 것 같았다. 와이셔츠 자락이 바지 자락으로 삐져 나온 이 양돼지에게 말을 건넨다. "뵈옵기에 퍽 몸이 약하신데요." "딴 말씀." "딴 말씀이라니." "딴 말씀이지." "딴 말씀이시라니." "허 딴 말씀이라니까.” “허 딴 말씀이라니까라니.” 그때 참다 못하여 경부보가 소리를 질렀다. 그리고 그대가 나미코의 정당한 남편인가 이름은 무엇인가 직업은 무엇인가 하는 질문에는 질문마다 그저 한없이 공손히 고개를 숙여 주었을 뿐이었다. 고개만 그렇게 공연히 숙였다 치켰다 할 것이 아니라 그대는 그래 고소할 터인가 즉 말하자면 이 사람을 어떻게 하였으면 좋겠는가. 그렇습니다. (당신들 눈에 내가 구더기만큼이나 보이겠소? 이 사람을 어떻게 하였으면 좋을까는 내가 모르면 경찰이 알겠거니와 그래 내가 하라는 대로 하겠다는 말이오?) 지금 내가 어떻게 하였으면 좋을까는 누구에게 물어 보아야 되나요. 거기 섰는 오 그리고 내 아내의 주인 나를 위하여 가르쳐 주소, 어떻게 하였으면 좋으리까. 눈물이 어느 사이에 뺨을 흐르고 있었다. 술이 점점 더 취하여 들어온다. 그는 이 자리에서 어떻다고 차마 입을 벌릴 정신도 용기도 없었다. 오와 뚱뚱이 주인이 그의 어깨를 건드리며 위로한다. “다른 사람이 아니라 우리 A체인점 전무야. 술 취한 개라니 그렇게만 알게나그려. 자네도 아다시피 내일 망년회에 전무가 없으면 사장이 없는 것 이상이야. 잘 화해할 수는 없나.” “화해라니 누구를 위해서.” “친구를 위하여.” “친구라니.” “그럼 우리 점을 위해서.” “자네가 사장인가.” 그때 뚱뚱이 주인이 “그럼 당신의 아내를 위하여.” 백 원씩 두 번 얻어 썼다. 남은 것이 백 50원——잘 알아들었다. 나를 위협하는 모양이구나. “이건 동화지만 세상에는 어쨌든 이런 일도 있소. 즉 백 원이 석 달 만에 꼭 5백 원이 되는 이야긴데 꼭 되었어야 할 5백 원이 그게 넉 달이었기 때문에 감쪽같이 한 푼도 없어져 버린 신기한 이야기요. (오야 내가 좀 치사스러우냐) 자 이런 일도 있는데 일개 여급 발길로 차는 것쯤이야 팥고물이 아니고 무엇이겠소? (그러나 오야 일없다 일없다) 자 나는 가겠소. 왜들 이렇게 성가시게 구느냐, 나는 아무것에도 참견하기 싫다. 이 술을 곱게 삭이고 싶다. 나를 보내 주시오. 아내를 데리고 가겠소. 그리고는 다 마음대로 하시오.”

밤——홍수가 고갈한 최초의 밤——신기하게도 건조한 밤이었다. 아내야 너는 이 이상 더 야위어선 안 된다. 절대로 안 된다. 명령해 둔다. 그러나 아내는 참새 모양으로 깽깽 신열까지 내어 가면서 날이 새도록 앓았다. 그 곁에서 그는 이것은 너무나 염치 없이 씨근씨근 쓰러지자마자 잠이 들어 버렸다. 안 골던 코까지 골고——아——정말 양돼지는 누구냐 너무 피곤하였던 것이다. 그냥 기가 막혀 버렸던 것이다.

그 동안 긴 시간.

아내는 아침에 나갔다. 사부로가 부르러 왔기 때문이다. 경찰서로 간단다. 그도 오란다. 모든 것이 귀찮았다. 다리 저는 아내를 억지로 내어보내 놓고 그는 인간 세상의 하품을 한 번 커다랗게 하였다. 한없이 게으른 것이 역시 제일이구나 첩첩이 덧문을 닫고 앓는 소리 없는 방 안에서 이번에는 정말——제발 될 수 있는 대로 아내는 오래 걸려서 이따가 저녁 때나 되거든 돌아왔으면 그러든지——경우에 따라서는 아내가 아주 가 버리기를 바라기조차 하였다. 두 다리를 쭉 뻗고 깊이깊이 잠이 좀 들어 보고 싶었다.

오후 2시——십 원 지폐가 두 장이었다. 아내는 그 앞에서 연해 해죽거렸다. "누가 주더냐." "당신 친구 오씨가 줍디다." 오 오 역시 오로구나. (그게 네 백 원 꿀떡 삼킨 동화의 주인공이다) 그리운 지난날의 기억들 변한다. 모든 것이 변한다. 아무리 그가 이 방 덧문을 첩첩 닫고 1년 열두 달을 수염도 안 깎고 누워 있다 하더라도 세상은 그 잔인한 '관계'를 가지고 담벼락을 뚫고 스며든다. 오래간만에 잠다운 잠을 참 한잠 늘어지게 잤다. 머리가 차츰 맑아 들어온다. "오가 주더라 그래 뭐라고 그러면서 주더냐." "전무가 술이 깨서 참 잘못했다고 하더라고." "너 대체 어디까지 갔다왔느냐." "조어바까지." "잘한다, 그래 그걸 넙죽 받았느냐." "안 받으려다가 정 잘못했다고 그러더라니까." 그럼 오의 돈은 아니다. 전무? 뚱뚱이 주인 둘다 있을 법한 일이다. 아니, 10원씩 추렴인가. 이런 때 왜 그의 머리는 맑은가. 그냥 흐려서 아무것도 생각할 수 없이 되어 버렸으면 작히 좋겠나. 망년회 오후. 고소. 위자료. 구더기만도 못한 인간. 아내는 아프다면서 재재댄다. "공돈이 생겼으니 써 버립시다. 오늘은 안 나갈 테야. (멍든 데 고약 사 바를 생각은 꿈에도 생각하지 않고) 내일 낮에 치마가 한 감 저고리가 한 감 (뭣이 하나 뭣이 하나) (그래서 10원은 까불린 다음) 나머지 10원은 당신 구두 한 켤레 맞춰 주기로." 마음대로 하려무나. 나는 졸립다. 졸려 죽겠다. 코를 풀어 버리더라도 내게 의논 마라. 지금쯤 R회관 3층에 얼마나 장중한 연회가 열렸을 것이며 양돼지 전무는 와이셔츠를 접어넣고 얼마나 점잖을 것인가. 유치장에서 연회로(공장에서 가정으로) 20원짜리——2백여 명——칠면조——햄——소시지——비계——양돼지——1년 전 2년 전 10년 전——수염——냉회와 같은 것——남은 것——뼈다귀——지저분한 자국과 무엇이 남았느냐——닳은 1년 동안——산 채 썩어 들어가는 그 앞에 가로 놓인 아가리 딱 벌린 일월이었다.

위로가 될 수 있었나 보다. 아내는 혼곤히 잠이 들었다. 전등이 딱들하다는 듯이 물끄러미 내려다보고 있다. 진종일을 물 한 모금 마시지 않았다. 20원 때문에 그들 부부는 먹어야 산다는 철칙을——그 장중한 법률을 완전히 거역할 수 있었다.

이것이 지금 이 기괴망측한 생리 현상이 즉 배가 고프다는 생태렷다. 배가 고프다. 한심한 일이다. 부끄러운 일이었다. 그러나 오네 생활에 내 생활을 비교하여 아니 내 생활에 네 생활을 비교하여 어떤 것이 진정 우수한 것이냐. 아니 어떤 것이 진정 열등한 것이냐. 외투를 걸치고 모자를 얹고——그리고 잊어버리지 않고 그 20원을 주머니에 넣고 집——방을 나섰다. 밤은 안개로 하여 흐릿하다. 공기는 제대로 썩어 들어가는지 쉬척지근하다. 또——과연 거미다. (환퇴)——그는 그의 손가락을 코 밑에 가져다가 가만히 맡아 보았다. 거미 내음새는——그러나 20원을 요모조모 주무르던 그 새큼한 지폐 내음새가 참 그윽할 뿐이었다. 요 새큼한 내음새——요것 때문에 세상은 가만 있지 못하고 생사람을 더러 잡는다——더러가 뭐냐. 얼마나 많이 축을 내나. 가다듬을 수 없는 어지러운 심정이었다. 거미——그렇지——거미는 나밖에 없다. 보아라. 지금 이 거미의 끈적끈적한 촉수가 어디로 몰려가고 있나——쪽 소름이 끼치고 식은땀이 내솟기 시작한다.

노한 촉수——마유미——오의 자신있는 계집——끄나풀——허전한 것——수단은 없다. 손에 쥐인 20원——마유미——10원은 술 먹고 10원은 팁으로 주고 그래서 마유미가 응하지 않거든 예이 양돼지라고 그래 버리지. 그래도 그만이라면 20원은 그냥 날라가——헛되다——그러나 어쩌냐 공돈이 아니냐. 전무는 한 번 더 아내를 충계에서 굴러떨어뜨려 주려무나. 또 20원이다. 10원은 술값 10원은 팁. 그래도 마유미가 응하지 않거든 양돼지라 그래 주고 그래도 그만이면 20원은 그냥 뜨는 것이다. 부탁이다. 아내야 또 한 번 전무 귀에다 대고 양돼지 그래라. 걷어차거든 두말 말고 충계에서 내리굴러라.

종생기

극유 산호(郤遺珊瑚)——요 다섯 자 동안에 나는 두 자 이상의 오자를 범했는가 싶다. 이것은 나 스스로 하늘을 우러러 부끄러워할 일이겠으나 인지(人智)가 발달해 가는 면목이 실로 약여(躍如)하다. 죽는 한이 있더라도 이 산호 채찍일랑 꽉 쥐고 죽으리라. 네 폐포파립(廢袍破笠) 위에 퇴색한 망해(亡骸) 위에 봉황이 와 앉으리라.

나는 내 《종생기》가 천하 눈 있는 선비들의 간담을 서늘하게 해 놓기를 애틋이 바라는 일념 아래 이만큼 인색한 내 맵시의 절약법을 피력하여 보인다.

일발 포성에 부득이 영웅이 되고 만 희대의 군인 모(某)는 아흔에 귀를 단 황송한 일생을 끝맺던 날 이렇다는 유언 한 마디를 지껄이지 않고 그 임종의 장면을 곧잘 (무사히 후——한숨이 나올 만큼) 넘겼다.

그런데 우리들의 레우오치카——애칭 톨스토이——는 괴나리봇짐을 짊어지고 나선 데까지는 기껏 그럴 성싶게 꾸며 가지고 마지막 5분에 가서 그만 잡았다. 자자레한 유언 나부랭이로 말미암아 70년 공든 탑을 무너뜨렸고 허울 좋은 일생에 가실 수 없는 흠집을 하나 내어놓고 말았다.

나는 일개 교활한 업저버의 자격으로 그런 우매한 성인들의 생애를 방청하여 있으니 내가 그런 따위 실수를 알고도 재범할 리가 없는 것이다.

거울을 향하여 면도질을 한다. 잘못해서 나는 상채기를 낸다. 나는 골을 벌컥 낸다.

그러나 와글와글 들끓는 여러 '나'와 나는 정면으로 충돌하기 때문에 그들은 제각기 베스트를 다하여 제 자신만을 변호하는 때문에 나는 좀처럼 범인을 찾아 내기는 어렵다는 것이다.

그러기에 대저 어리석은 민중들은 "원숭이가 사람 흉내를 내네." 하고 마음을 놓고 지내는 모양이지만 사실 사람이 원숭이 흉내를 내고 지내는 바짜 지당한 전고(典故)를 이해하지 못하는 탓이리라.

오호라 일거수 일투족이 이미 아담 이브의 그런 충동적 습관에서는 탈각한 지 오래다. 반사운동과 반사운동 틈사구니에 끼여서 잠시 실로 전광석화(電光石火)만큼 손가락이 자의식의 포로가 되었을 때 나는 모처럼 내 허무한 세월 가운데 한각(閑却) 되어 있는 기암(奇岩) 내 콧잔등을 좀 만지작만지작했다거나, 고귀한 대화와 대화 늘어선 쇠사슬 사이에도 정히 간발을 허영하는 들창이 있나니 그 서슬 퍼런 날(刀)이 자의식을 걷잡을 사이도 없이 양단하는 순간 나는 내 명경(明鏡)같이 맑아야 할 지보(至寶) 두 눈에 혹시 눈곱이 끼지나 않았나 하는 듯이 적절하게 주름살 잡힌 손수건을 꺼내어서는 그 두 눈을 만지작만지작했다거나——

내 혼백과 사대(四大)의 점잖은 태만성이 그런 사소한 연화(煙火)들을 일일이 따라다니면서 (보고 와서) 내 통괄되는 처소에다 일러바쳐야만 하는 그런 압도적 망쇄(忙殺)를 나는 이루 감당해 내는 수가 없다.

그러나 나는 내 지중한 산호편(鞭)을 자랑하고 싶다.

'쓰레기' '우거지'

이 구지레한 단자(單字)의 분위기를 족하(足下)는 족히 이해하십니까.

족하는 족하가 기독교식으로 결혼하던 날 네이브 앤드 아일에서 이

'쓰레기' '우거지'에 근이한 감흥을 맛보았으리라고 생각이 되는데 과연 그렇지는 않으십니까.

나는 그런 '쓰레기'나 '우거지' 같은 타입을——내 종생기 처처(處處)에다 가련히 심어 놓은 자자레한 치례를 위하여——뿌려 보려는 것인데——

다행히 박수하다. 이상(以上).

'치사(侈奢)한 소녀는', '해동기의 시냇가에 서서', '입술이 낙화지듯 좀 파래지면서', '박빙(薄氷) 밑으로는 무엇이 저리도 움직이는가', '고개를 갸웃거리는 듯이 숙이고 있는데', '봄 운기를 품은 훈풍이 불어와서', '스커트', 아니 아니, '너무나'. 아니, 아니, '좀' '슬퍼 보이는 홍발을 건드리면' 그만. 더 아니다. 나는 한 마디 가련한 어휘를 첨가할 성의를 보이자.

"나붓 나붓."

이만하면 완비된 장치에 틀림없으리라. 나는 내 종생기의 서장을 꾸밀 그 소문 높은 산호편을 더 여실히 하기 위하여 위와 같은 실로 나로서는 너무나 과람히 치사(侈奢)스럽고 어머어마한 세간살이를 장만한 것이다.

그런데——

혹 지나치지나 않았나. 천하에 형안(炯眼)이 없지 않으니까 너무 금칠을 아니했다가는 서툴리 들킬 염려가 있다. 하나——

그냥 어디 이대로 써(用) 보기로 하자.

나는 지금 가을바람이 자못 소슬한 내 구중충한 방에 홀로 누워 종생하고 있다.

어머니 아버지의 충고에 의하면 나는 추호의 틀림도 없는 만 25세와 11개월의 '홍안 미소년'이라는 것이다. 그렇건만 나는 확실히 노옹이다. 그날 하루하루가 '인생은 짧고 예술은 길다랗다' 하는 엄청난 평생이다.

나는 날마다 운명하였다. 나는 자던 잠——이 잠이야말로 언제 시작한 잠이더냐——을 깨면 내 통절한 생애가 개시되는데 청춘이 여지없이 탕진되는 것은 이불을 푹 뒤집어쓰고 누웠지만 역력히 목도한다.

나는 노래(老來)에 빈곤한 식사를 한다. 12시간 이내에 종생을 맞이하고 그리고 할 수 없이 이리 궁리 저리 궁리 유언다운 어디 유실되어 있지 않나 하고 찾고, 찾아서는 그중 의젓스러운 놈으로 몇 추린다.

그러나 고독한 만년 가운데 한 구의 에피그램을 얻지 못하고 그대로 처참히 나는 물고(物故)하고 만다.

일생의 하루——

하루의 일생은 대체(위선) 이렇게 해서 끝나고 끝나고 하는 것이었다.

자——보아라.

이런 내 분장은 좀 과하게 치사스럽다는 느낌은 없을까, 없지 않다.

그러나 위풍당당 일세를 풍미할 만한 참신무비(斬新無比)한 햄릿 '망언다사(妄言多謝)'을 하나 출세시키기 위하여는 이만한 출자는 아끼지 말아야 하지 않을까 하는 느낌도 없지 않다.

나는 가을. 소녀는 해동기.

언제나 이 두 사람이 만나서 즐거운 소꿉장난을 한 번 해 보리까.

나는 그해 봄에도——

부질없는 세상이 스스러워서 상설(霜雪) 같은 위엄을 갖춘 몸으로 한심한 불우의 일월을 맞고 보내지 않으면 안 되었다.

미문(美文), 미문, 애아(曖呀)! 미문.

미문이라는 것은 적이 조처하기 위험한 수작이니라.

나는 내 감상의 꿀방구리 속에 청산 가던 나비처럼 마취 혼사(麻醉昏死)하기 자칫 쉬운 것이다. 조심조심 나는 내 맵시를 고쳐야 할 것을 안다.

나는 그날 아침에 무슨 생각에서 그랬던지 이를 닦으면서 내 작성중에 있는 유서 때문에 끙끙 앓았다.

열세 벌의 유서가 거의 완성해 가는 것이었다. 그러나 그 어느 것을 집어 내 보아도 다같이 서른여섯 살에 자살한 어느 '천재'가 머리맡에 놓고 간 개세(蓋世)의 일품의 아류에서 일보를 나서지 못했다. 내게 요만 재주밖에는 없느냐는 것이 다시 없이 분하고 억울한 사정이었고 또 초조의 근원이었다. 미간을 찌푸리되 가장 고매한 얼굴을 지속해야 할 것을 잊어버리지 않고 그리고 계속하여 끙끙 앓고 있노라니까 (나는 일시 일각을 허송하지는 않는다. 나는 없는 지혜를 끊이지 않고 쥐어짠다) 속달 편지가 왔다. 소녀에게서다.

선생님! 어제저녁 꿈에도 저는 선생님을 만나 뵈었습니다. 꿈 가운데 선생님은 참 다정하십니다. 저를 어린애처럼 귀여워해 주십니다.
그러나 백일(白日) 아래 표표(飄飄)하신 선생님은 저를 부르시지 않습니다.
비굴이라는 것이 무슨 빛으로 되어 있나 보시려거든 선생님은 거울을 한 번 보아 보십시오. 거기 비치는 선생님의 얼굴빛이 바로 비굴이라는 것의 빛입니다.
헤어진 부인과 3년을 동거하시는 동안에 너 가거라 소리를 한 마디도 하신 일이 없다는 것이 선생님의 유일의 자만이십디다그려! 그렇게까지 선생님은 인정에 구구하신가요.
R과도 깨끗이 헤어졌습니다. S와도 절연한 지 벌써 다섯 달이나 된다는 것은 선생님께서도 믿어 주시는 바지요? 다섯 달 동안 저에게는 아무것도 없습니다. 저의 청절(淸節)을 인정해 주시기 바랍니다.
저의 최후까지 더럽히지 않은 것을 선생님께 드리겠습니다. 저의 희멀건 살의 매력이 이렇게 다섯 달 동안이나 놀고 있는 것은 참 무엇이라고 말할 수 없이 아깝습니다. 저의 잔털 나스르르한 목 연한 온도가 선생님을 기다리고 있습니다. 선생님이여! 저를 부르십시오. 저더러 영영 오라는 말을 안하시는 것은 그것 역시 가신적 경우와 똑같은 이론에서 나온 구구한 인생 변호의 치사스러운 수법이신가요?

영원히 선생님 '한 분'만을 사랑하지요. 어서 어서 저를 전적으로 선생님만의 것을 만들어 주십시오. 선생님의 '전용'이 되게 하십시오.

제가 아주 어수룩한 줄 오산하고 계신 모양인데 오산치고는 좀 어림 없는 큰 오산이리라.

네만은 제법 든든한 줄만 믿고 있는 네 그 안전 지대라는 것을 너는 아마 하나 가진 모양인데 그까짓 것쯤 내 말 한 마디에 사태가 나고 말리라, 이렇게 일러 드리고 싶습니다. 또——

예끼! 구역질나는 인생 같으니 이러고도 싶습니다.

3월 3일날 오후 두시에 동소문 버스 정류장 앞으로 꼭 와야 되지 그렇지 않으면 큰일나요.

내 징벌을 안 받지 못하리다.

만 19세 2개월을 맞이하는

정희 올림

이상 선생님께

물론 이것은 죄다 거짓부렁이다. 그러나 그 일촉즉발(一觸卽發)의 아슬아슬한 용심법(用心法)이 특히 그중에도 결미의 비견할 데 없는 청초함이 장히 질풍신뢰(疾風迅雷)를 품은 듯한 명문이다.

나는 까무러칠 뻔하면서 혀를 내둘렀다. 나는 깜빡 속기로 한다. 속고 만다.

여기 이 이상 선생님이라는 허수아비 같은 나는 지난 밤 사이에 내 평생을 경력(經歷)했다. 나는 드디어 쭈굴쭈굴하게 노쇠해 버렸던 차에 아침(이 온 것)을 보고 이키! 남들이 보는 데서는 나는 가급적 어줍지 않게 (잠을) 자야 되는 것이어늘, 하고 늘 이를 닦고 그리고는 도로 얼른 자버릇하는 것이었다. 오늘도 또 그럴 셈이었다.

사람들은 나를 보고 짐짓 기이하기도 해서 그러는지 경천동지(驚天動地)의 육중한 경륜을 품은 사람인가 보다고들 속는다. 그러니까 그렇게 하는 것이 내 시시한 자세나마 유지시킬 수 있는 유일무이의 비결이었다.
즉 나는 남들 좀 보라고 낮에 잔다.

그러나 그 편지를 받고 흔희작약(欣喜雀躍), 나는 개세의 경륜과 유서
의 고민을 깨끗이 씻어 버리기 위하여 바로 이발소로 갔다. 나는 여간 아
닌 호걸답게 입술에다 치분(齒粉)을 허옇게 묻혀 가지고는 그 현란한 거
울 앞에 가 앉아 이제 호화장려하게 개막하려 드는 내 종생을 유유히 즐
기기로 거기 해당하게 내 맵시를 수습하는 것이었다.

위선 그 작소라는 뇌명(雷名)까지 있는 봉발을 썰어서 상고머리라는
것을 만들었다. 오각수(五角鬚)는 깨끗이 도태해 버렸다. 귀를 후비고
코털을 다듬었다. 안마도 했다. 그리고 비누세수를 한 다음 문득 거울을
들여다보니 품 있는 데라고는 한 귀퉁이도 없어 보이는 듯하면서 또한 태
생을 어찌 어기리요, 좋도록 말해서 라파엘 전파(前派) 일원같이 그렇게
청초한 백면 서생(白面書生)이라고도 보아 줄 수 있지 하고 실없이 제 얼
굴을 미남자거니 고집하고 싶어하는 구지레한 욕심을 내심 탄식하였다.

아차! 나에게도 모자가 있다. 겨우내 꾸겨박질러 두었던 것을 부득부
득 끄집어 내어다 15분간 세탁소로 가지고 가서 멀쩡하게 만들었다. 그
리고 흰 바지 저고리에 고동색 대님을 다 치고 차림차림이 제법 이색이었
다. 공단은 못 되나마 능직 두루마기에 이만하면 고왕금래(古往今來) 모
모한 천재의 풍모에 비겨도 조금도 손색이 없으리라. 나는 내 그런 여간
이만저만하지 않게 모디파이어하기 위하여 가늘지도 굵지도 않은 그다지
알맞은 단장을 하나 내 손에 쥐어 주어야 할 것도 때마침 잊어버리지는
않았다.

별수없이——

오늘이 즉 3월 3일인 것이다.

나는 점잖게 한 30분쯤 지각해서 동소문 지정받은 자리에 도착하였다.
정희는 또 정희대로 아주 정희답게 한 30분쯤 일찍 와서 있다.

정희의 입상(立像)은 제정 러시아적 우표 딱지처럼 적잖이 슬프다. 이

것은 아직도 얼음을 품은 바람이 해토(解土) 머리답게 싸늘해서 말하자면 정희의 모양을 얼마간 침통하게 해 보인 탓이렷다.

나는 이런 경우에 천만뜻밖에도 눈물이 핑 눈에 그득 돌아야 하는 것이 꼭 맞는 원칙으로서의 의표(意表)가 아닐까 그렇게 생각하면서 저벅저벅 정희 앞으로 다가갔다.

우리 둘은 이 땅을 처음 찾아온 제비 한 쌍처럼 잘 앙증스럽게 만보(漫步)하기 시작했다. 걸어가면서도 나는 내 두루마기에 잡히는 주름살 하나에도 단장을 한 번 휘젓는 곡절에도 세세히 조심한다. 나는 말하자면 내 우연한 종생을 감쪽스럽도록 찬란하게 허식하기 위하여 내 박빙을 밟는 듯한 포즈를 아차 실수로 무너뜨리거나 해서는 절대로 안 된다는 것을 굳게굳게 명(銘)하고 있는 까닭이다.

그러면 맨 처음 발언으로는 나는 어떤 기절참절한 경구(警句)를 내어 놓아야 할 것인가, 이것 때문에 또 잠깐 머뭇머뭇하지 않을 수도 없었지만 그렇다고 바로 대고 거 어쩌면 그렇게 똑 제정 러시아적 우표 딱지같이 초초하니 어쩌니 하는 수는 차마 없다.

나는 선뜻,

"설마가 사람을 죽이느니."

하는 소리를 저 뱃속에서부터 우러나오는 듯한 그런 가라앉은 목소리에 꽤 명료한 발음을 얹어서 정희 귀 가까이다 대고 지껄여 버렸다. 이만하면 아마 그 경우의 최초의 발성으로는 무던히 성공한 편이리라. 뜻인즉, 네가 오라고 그랬다고 그렇게 내가 불쑥 올 줄은 너 꿈에도 생각하지 못했으리라는 꼼꼼한 의도다.

나는 아침 반찬으로 콩나물을 3전어치는 안 팔겠다는 것을 교묘히 무사히 3전어치만 살 수 있는 것과 같은 미끈한 쾌감을 맛본다. 내딴은 다행히 노랑돈 한 푼도 참 용하게 낭비하지는 않은 듯싶었다.

그러나 그런 내 청천에 벽력이 떨어진 것 같은 인사에 대하여 정희는 실로 대답이 없다. 이것은 참 큰일이다.

아이들이 고추 먹고 맴맴 담배 먹고 맴맴 하고 노는 그런 암팡진 수단으로 그냥 단번에 나를 어지러뜨려서는 넘어뜨려 버릴 작정인 모양이다.

정말 그렇다면!

이 상쾌한 정희의 확호 부동 자세야말로 엔간치 않은 출품이 아닐 수 없다. 내가 내어놓은 바 살인 촌철(殺人寸鐵)은 그만 즉석에서 분쇄되어 가엾은 부작(不作)으로 내려 떨어지고 마는 것이다 하고 나는 느꼈다.

나는 나로서 할 수 있는 가장 큰 규모의 손짓 발짓을 한 번 해 보이고 이윽고 낙담하였다는 것을 표시하였다. 일이 여기 이른 바에는 내 포즈 여부가 문제가 아니다. 표정도 인제 더 써먹을 것이 남아 있을 성싶지도 않고 해서 나는 겸연쩍게 안색을 좀 고쳐 가지고 그리고 정희! 그럼 나는 가겠소, 하고 깍듯이 인사하고 그리고?

나는 발길을 돌려서 집을 향해 걷기 시작했다. 내 파란만장의 생애가 자자레한 말 한 마디로 하여 그만 회신(灰燼)으로 돌아가고 만 것이다. 나는 세상에도 참혹한 풍채 아래서 내 종생을 치른 것이라고 생각하면서 그렇다면 그럼 그럴 성싶기도 하게 단장도 한두 번 휘두르고 입도 좀 일기죽일기죽해 보기도 하고 하면서 행차하는 체해 보인다.

5초──10초──20초──30초──1분──

결코 뒤를 돌아다보거나 해서는 못쓴다. 어디까지든지 사심 없이 패배한 체하고 걷는 체한다. 실심(失心)한 체한다.

나는 사실은 좀 어지럽다. 내 쇠약한 심장으로는 이런 자약(自若)한 체조를 그렇게 장시간 계속하기가 썩 어려운 것이다.

묘지명이라. 일세의 귀재 이상은 그 통생의 대작 《종생기》 한 편을 남기고 서력 기원 후 1937년 정축 3월 3일 미시(未時) 여기 백일 아래서 그 파란만장(?)의 생애를 끝맺고 문득 졸하다. 향년 만 25세와 11개월. 오호라! 상심 크다. 허탈이야 잔존하는 또 하나의 이상 구천(九天)을 우러러 호곡하고 이 한산(寒山) 일편석을 세우노라. 애인 정희는 그대의 몰후 수삼 인의 비첩(秘妾)된 바 있고 오히려 장수하니 지하의 이상아!

바라건댄 명목하라.

그리 칠칠치는 못하나마 이만큼 해 가지고 이꼴 저꼴 구지레한 흠집을 살짝 도회(韜晦)하기로 하자. 그만 실수는 여상(如上)의 묘기로 겸사겸사 메꾸고 다시 나는 내 반생의 진용(陳容) 후일에 관해 차근차근 고려하기로 한다. 이상(以上).

역대의 에피그램과 경국(傾國)의 철칙이 다 내게 있어서는 내 위선을 암장하는 한 스무스한 구실에 지나지 않는다. 실로 나는 내 낙명의 자리에서도 임종의 합리화를 위하여 코로처럼 도색(桃色)의 팔레트를 볼 수도 없거니와 톨스토이처럼 탄식해 주고 싶은 쥐꼬리만한 금언(金言)의 추억도 가지지 않고 그냥 난데없이 다리를 삐어 넘어지듯이 스르르 죽어가리라.

거룩하다는 칭호를 휴대하고 나를 찾아오는 '연애'라는 것을 응수하는 데 있어서도 어디서 어떤 노소간의 의뭉스러운 노인들이 발라먹고 내어버린 그런 유훈을 나는 헐값에 걷어들여다가는 제련 재탕 다시 써먹는다는 줄로만 알았다가도 또 내게 혼나는 경우가 있으리라.

나는 찬밥 한 술 냉수 한 모금을 먹고도 넉넉히 일세를 위압할 만한 '고언(苦言)'을 적적(摘摘)할 수 있는 그런 지혜의 실력을 가졌다.

그러나 자의식의 절정 위에 발돋움을 하고 올라선 단말마의 비결을 보통 야시(夜市) 국수버섯을 팔러 오신 시골 아주머니에게 서너 푼에 그냥 넘겨 주고 그만두는 그렇게까지 자신의 에티켓을 미화시키는 겸허의 방식도 또한 나는 무루(無漏)히 터득하고 있는 것이다. 당목(瞠目)할지어다. 이상(以上).

난마(亂麻)와 같이 갈피를 잡을 수 없는 얼마간 비극적인 자기 탐구.

이런 흙발 같은 남루(襤褸)한 주제는 문벌이 버젓한 나로서 채택한 신세가 아니거니와 나는 태서(泰四)의 에티켓으로 차 한 잔을 마실 적의 포즈에 대하여도 세심하고 세심한 용의가 필요하다.

휘파람 한 번을 분다 치더라도 내 극비리에 정선 은닉된 절차를 온고하여야만 한다. 그런 다음이 아니고는 나는 희망 잃은 황혼에서도 휘파람 한 마디를 마음대로 불 수는 없는 것이다.

동물에 대한 고결한 지식?

사슴, 물오리, 이 밖의 어떤 종류의 동물도 내 애니멀 킹덤에서는 낙탈되어 있어야 한다. 나는 이 수렵용으로 귀여히 가여히 되어 먹어 있는 동물 외의 동물에 언제든지 무가내하(無可奈何)로 무지하다.

또——

그럼 풍경에 대한 오만한 처신법?

어떤 풍경을 묻지 않고 풍경의 근원, 중심, 초점이 말하자면 나 하나 '도련님'다운 소행에 있어야 할 것을 방약무인(傍若無人)으로 강조한다. 나는 이 맹목적 신조를 두 눈을 그대로 딱 부르감고 믿어야 된다.

자진한 '우매' '몰각'이 참 어렵다. 보아라. 이 자득하는 우매의 절기(絶技)를! 몰각의 절기를.

백구(白鷗)는 의백사(宜白沙)하니 막부춘 초벽(莫赴春草碧)하라.

이태백. 이 전후 만고의 으리으리한 '화족(華族)'. 나는 이태백을 닮기도 해야 한다. 그렇기 위하여 오언절구 한 줄에서도 한 자 가량의 태연자약한 실수를 범해야만 한다. 현란한 문벌이 풍기는 가히 범할 수 없는 기품과 세도가 넉넉히 고시(古詩) 한 절쯤 서슴지 않고 상채기를 내어놓아도 다들 어수룩한 체들 하고 속느니 하는 교만한 미신이다.

곱게 빨아서 곱게 다리미질을 해 놓은 한 벌 슈미즈의 꼬박 속는 청절처럼 그렇게 아담하게 나는 어떠한 차질(蹉跌)에서도 거뜬하게 얄미운 미소와 함께 일어나야만 하는 것이니까——

오늘날 내 한 씨족이 분명치 못한 소녀에게 섣불리 딴죽을 걸려 넘어진다기로서니 이대로 내 숙망의 호화 장려한 종생을 한 방울 하잘것없는 오점을 내는 채 투시(投匙)해서야 어찌 초지(初志)의 만일에 응답할 수 있는 면목이 족히 서겠는가, 하는 허울좋은 구실이 영일(永日) 밤보다도 오히려 한 뼘 짧은 내 전정(前程)에 대두하기 시작하는 것이었다.

완만 착실한 서술!

나는 과히 눈에 띌 성싶지 않은 한 지점을 재빠르게 붙들어서 거기서 공중 담배를 한 갑 사 (주머니에 넣고) 피워 물고 정희의 뻔한 걸음을 다시 뒤따랐다.

나는 그저 일상의 다반사를 간과하듯이 범연하게 휘파람을 불고, 내 구두 뒤축이 아스팔트를 디디는 템포 음향, 이런 것들의 귀찮은 조절에도 깔끔히 정신차리면서 넉넉잡고 3분, 다시 돌린 걸음은 정희와 어깨를 나란히 걸을 수 있었다. 부질없는 세상에 제 심각하면 침통하면 또 어쩌겠느냐는 듯싶은 서운한 눈의 위치를 동소문 밖 신개지 풍경 어디라고 정치 않은 한 점에 두어 두었으니 보라는 듯한 부득부득 지근거리는 자세면서도 또 그렇지도 않을 성싶은 내 묘기 중에도 묘기를 더한층 허겁지겁 연마하기에 골똘하는 것이었다.

일모(日暮) 청산——

날은 저물었다. 아차! 아직 저물지 않은 것으로 하는 것이 좋을까 보다.

날은 아직 저물지 않았다.

그러면 아까 장만해 둔 세간 기구를 내세워 어디 차근차근 살림살이를 한번 치러 볼 천우의 호기(好機)가 내 앞으로 다달았나 보다. 자——

태생은 어길 수 없어 비천한 '타'를 감추지 못하는 딸——

(전기(前記) 치사한 소녀 운운은 어디까지든지 이 바보 이상(李箱)의 호의에서 나온 곡해다. 모파상의 《지방 덩어리》를 생각하자. 가족은 미만 14세의 딸에게 매음시켰다. 두 번째는 미만 19세의 딸이 자진(自進)했다. 아——세 번째는 그 나이 스물두 살이 되던 해 봄에 얹은 낭자를 내리우고 게다 다홍댕기를 들여 늘어뜨려 편발 처자를 위조하여서는 대거하여 강행으로 매끽(賣喫)하여 버렸다.)

비천한 뉘집 딸이 해빙기의 시냇가에 서서 입술이 낙화지듯 좀 파래지면서 박빙 밑으로는 무엇이 저리도 움직이는가고 고개를 갸웃거리는 듯이 숙이고 있는데 봄 방향(芳香)을 품은 훈풍이 불어 와서 스커트, 아니 너무나, 슬퍼 보이는, 아니, 좀 슬퍼 보이는 홍발을 건드리면——

좀 슬퍼 보이는 홍발을 나붓나붓 건드리면——

여상(如上)이다. 이 개기름 도는 가소로운 무대를 앞에 두고 나는 나 대로 나다웁게 가문이라는 자자레한 '투(套)'는 어떤 일이 있더라도 잊어버리지 않고 채석장 희멀건 단층(斷層)을 건너다보면서 탄식 비슷이,

"지구를 저며 내는 사람들은 역시 자연 파괴자리라."는 둥

"개아미 집이야말로 과연 정연하구나."라는 둥

"비가 오면, 아——천하에 비가 오면."

"작년에 났던 초목이 올해에도 또 돋으려누, 귀불귀(歸不歸)란 무엇인가."라는 둥——

치레 잘 하면 제법 의젓스러워도 보일 만한 가장 한산한 과제로만 골라서 점잖게 방심해 보여 놓는다.

정말일까? 거짓말일까. 정희가 불쑥 말을 한다. 한 소리가 "봄이 이렇게 왔군요." 하고 웃니는 좀 사이가 벌어져서 보기 흉한 듯하니까 살짝 가리고 곱다고 자처하는 아랫니를 보이지 않으려고 했지만 부지불식간에 그렇게 내어다보인 것을 또 어쩝니까 하는 듯시피 가증하게 내어보이면서 또 여간해서 어림이 서지 않는 어중간 얼굴을 그 위에 얹어 내세우는 것이었다.

좋아, 좋아, 좋아, 그만하면 잘 되었어.

나는 고개 대신에 단장을 끄떡끄떡해 보이면서 창졸간에 그만 정희 어깨 위에다 손을 얹고 말았다.

그랬더니 정희는 적이 해괴해하노라는 듯이 잠시 묵묵하더니——

정희도 문벌이라든가 혹은 간단히 말해 에티켓이라든가 제법 배워서 짐작하노라고 속삭이는 것이 아닌가.

꿀꺽!

넘어가는 내 지지한 종생, 이렇게도 실수가 허해서야 물질적 전생애를

탕진해 가면서 사수하여 온 산호편의 본의가 대체 어디 있느냐? 내내 울
화가 복받쳐 혼도할 것 같다.

홍천사(興天寺) 으슥한 구석방에 내 종생의 갈력(竭力)이 정희를 이끌
어들이기도 전에 나는 밤 쓸쓸히 거짓말깨나 해 놓았나 보다.

나는 내가 그윽히 음모한 바 천고불역(千古不易)의 탕아, 이상이 자자
레한 문학의 빈민굴을 교란시키고자 하던 가지가지 진기한 연장이 어느
겨를에 빼물르기 시작한 것을 여기서 깨단해야 되나 보다. 사회는 어떠
쿵, 도덕이 어떠쿵, 내면적 성찰 추구 적발 징벌은 어떠쿵, 자의식 과잉
이 어떠쿵, 제깜냥에 번지레한 칠을 해 내어건 치사스러운 간판들이 미상
불 우스꽝스럽기가 그지없다.

'독화(毒花)'

족하는 이 꼭두각시 같은 어휘 한 마디를 잠시 맡아 가지고 계셔 보구
려?

예술이라는 허망한 아궁이 근처에서 송장 근처에서보다도 한결 더 썰썰
기고 있는 그들 해반주룩한 사도(死都)의 혈족들 땟국내 나는 틈에 가
끼워서, 나는──

내 계집의 치마 단속곳을 갈갈이 찢어 놓았고, 버선 켤레를 걸레로 만
들어 놓았고 검던 머리에 곱던 양자, 영악한 곰의 발자국이 질컥 디디고
지나간 것처럼 얼굴을 망가뜨려 놓았고, 지기(知己) 친척의 돈을 뭉떵
떼어 먹었고, 좌수터 유래 깊은 상호를 쑥밭을 만들어 놓았고, 겁쟁이 취
리자(取利者)는 고랑떼를 먹여 놓았고 대금업자의 수금인을 졸도시켰고,
사장과 취체역(取締役)과 사돈과 아범과 아비와 처남과 처제와 또 아비
와 아비의 딸과 딸 이 허다 중생으로 하여금 서로 서로 이간을 붙이고 붙
이게 하고 얼버무려서 싸움질을 하게 해 놓았고 사글셋방 새 다다미에 잉
크와 요강과 팥죽을 엎질렀고, 누구누구를 임포텐스를 만들어 놓았
고──

'독화'라는 말의 콕 찌르는 맛을 그만하면 어렴풋이나마 어떻게 짐작이

서는가 싶소이까.

잘못 빚은 증편 같은 시 몇 줄 소설 서너 편을 꿰어차고 조촐하게 등장하는 것을 아 무엇인 줄 알고 깜빡 속고 섣불리 손뼉을 한두 번 쳤다는 죄로 제 계집 간음당한 것보다도 더 큰 망신을 일신에 짊어지고 그리고는 앙탈 비슷이 시치미를 떼지 않으면 안 되는, 어디까지든지 치사스러운 예의절차——마귀(터주가)의 소행(덧났다)이라고 돌려 버리자?

'독화'

물론 나는 내일 새벽에 내 길들은 노상에서 무려 내게 필적하는 한 숨은 탕아를 해후할지도 마치 모르나, 나는 신바람이 난 무당처럼 어깨를 치켰다 젖혔다 하면서라도 풍마우세(風磨雨洗)의 고행을 얼른 그렇게 쉽사리 그만두지는 않는다.

아——어쩐지 전신이 몹시 가렵다. 나는 무연(無緣)한 중생의 뭇 원한 탓으로 악역(惡疫)의 범함을 입나 보다. 나는 은근히 속으로 앓으면서 토일릿 정한 대야에다 양손을 정하게 씻은 다음 내 자리로 돌아와 앉아 차근차근 나 자신을 반성 회오(悔悟)——쉬운 말로 자자레한 셈을 좀 놓아 보아야겠다.

에티켓? 문벌? 양식? 번신술(飜身術)?

그렇다고 내가 찔끔 정희 어깨 위에 얹었던 손을 뚝 뗀다든지 했다가는 큰 망발이다. 일을 잡치리라. 어디까지든지 내 뺨의 홍조만을 조심하면서 좋아, 좋아, 좋아, 그래만 주면 된다. 그리고 나서 피차 다 알아들었다는 듯이 어깨에 손을 얹은 채 어깨를 나란히 홍천사 경내로 들어갔다. 가서 길을 별안간 잃어버린 것처럼 자분참 산 위로 올라가 버린다. 산 위에서 이번에는 정말 포즈를 할 일 없이 무너뜨렸다는 것처럼 정교하게 머뭇머뭇해 준다. 그러나 기실 말짱하다.

풍경 소리가 똑 알맞다. 이런 경우에는 제법 번듯한 식자(識字)가 있는 사람이면——

아——나는 왜 늘 항례(恒例)에서 비켜서려 드는 것일까? 잊었느냐?

비싼 월사(月謝)를 바치고 얻은 고매한 학문과 예절을.

현역 육군 중좌에게서 받은 추상열일(秋霜烈日)의 훈육을 왜 나는 이 경우에 버젓하게 내세우지를 못하느냐?

창연한 고찰 유루(遺漏) 없는 장치에서 나는 정신차려야 한다. 나는 내 쟁쟁한 이력(履歷)을 솔직하게 써먹어야 한다. 나는 고개를 숙이고 담배를 한대 피워 물고 도장(屠場)에 들어가는 소, 죽기보다 싫은 서투르고 근질근질한 포즈 체모(體貌) 독주에 어지간히 성공해야만 한다.

그랬더니 그만두잔다. 당신의 그 어림없는 몸치렐랑 그만두세요. 저는 어지간히 식상이 되었습니다 한다.

그렇다면?

내 꾸준한 노력도 일조일석에 수포로 돌아가는 것이 아닌가.

대체 정희라는 가련한 '석녀'가 제 어떤 재간으로 그런 음흉한 내 간계를 요만큼까지 간파했다는 것이다.

일시에 기진한다. 맥은 탁 풀리고는 앞이 팽 돌다 아찔하는 것이 이러다가 까무러치려나 보다고 극력 단장을 의지하여 버텨 보노라니까 희(噫)라! 내 기사회생(起死回生)의 종생도 이번만은 회춘(回春)하기 장히 어려울 듯싶다.

이상! 당신은 세상을 경영할 줄 모르는 말하자면 병신이오. 그다지도 '미혹'하단 말씀이오? 건너다보니 절터지요? 그렇다 하더라도 《카라마조프의 형제》나 《40년》을 좀 구경삼아 들러 보시지요.

아니지! 정희! 그게 뭐냐 하면 나도 살고 있어야 하겠으니 너도 살자는 사기, 속임수, 일부러 만들어 내어놓은 미신 중에도 가장 우수한 무서운 주문이오.

이상! 그러지 말고 시험삼아 한 발만 한 발자국만 저 개흙 밭에다 들여놓아 보시지요.

이 악보같이 스무스한 담소 속에서 비철비철하노라면 나는 내게 필적하는 천의무봉(天衣無縫)의 탕아가 이 목첩(目睫)간에 있는 것을 느낀다.

누구나 제 내어놓았던 협수룩한 포즈를 걷어치우느라고 허겁지겁들 할 것이다. 나도 그때 내 슬하에 이렇게 유산되는 자손을 느끼면서 만재에 드리우는 이 극흉극비(極凶極秘) 종가의 부적을 앞에 놓고서 적이 불안하게 또 한편으로는 적이 안일하게 운명하는 마지막 낙백(落魄)의 아내 종생을 애오라지 방불게 하는 것이었다.

나는 내 분묘될 만한 조촐한 터전을 찾는 듯한 그런 서글픈 마음으로 정희를 재촉하여 그 언덕을 내려왔다. 등뒤에 들리는 풍경 소리는 진실로 내 심통함을 돕는 듯하다고 사자(寫字)하면 정경을 한층 더 반듯하게 매만져 놓는 한 도움이 되리라. 그럼 진실로 풍경 소리는 내 등뒤에서 내 마지막 심통함을 한층 더 들볶아 놓는 듯하더라.

미문에 견줄 만큼 위태위태한 것이 절승(絶勝)에 혹사(酷似)한 풍경이다. 절승에 혹사한 풍경을 미문으로 번안 모사해 놓았다면 자칫 실족 익사하기 쉬운 웅덩이나 다름없는 것이니 첨위(僉位)는 아예 가까이 다가서서는 안 된다. 도스토예프스키나 고리키는 미문을 쓰는 버릇이 없는 체했고 또 황량, 아담한 경치를 '취급'하지 않았으되 이 의뭉스러운 어른들은 오직 미문은 쓸 듯 쓸 듯, 절승 경개는 나올 듯 나올 듯, 해만 보이고 끝끝내 아주 활짝 꼬랑지를 내보이지는 않고 그만둔 구렁이 같은 분들이기 때문에 그 기만술은 한층 더 진보된 것이며, 그런만큼 효과가 또 절대하여 천 년을 두고 만 년을 두고 내리 내리 부질없는 위무(慰無)를 바라는 중속(衆俗)들을 잘 속일 수 있는 것이다. 그러나――왜 나는 미끈하게 솟아 있는 근대건축의 위용을 보면서 먼저 철근 철골, 시멘트와 세사(細砂), 이것부터 선뜩하니 감응하느냐는 말이다.

씻어 버릴 수 없는 숙명의 호곡, 몽고레안 푸렉게(蒙古痣) 오뚝이처럼 쓰러져도 일어나고 쓰러져도 일어나고 하니 쓰러지나 섰으나 마찬가지 의지할 얄팍한 벽 한조각 없는 고독, 고고(枯槁), 독개(獨介), 초초(楚楚).

나는 오늘 대오한 바 있어 미문을 피하고 절승의 풍광을 격하여 소조하

게 왕생하는 것이며 숙명의 슬픈 투시벽(透視癖)은 깨끗이 벗어 놓고 온
아 종용, 외로우나마 따뜻한 그늘 안에서 실명(失命)하는 것이다.

의료(意料)하지 못한 이 홀홀한 '종생' 나는 요절인가 보다. 아니 중
세 최절(摧折)인가 보다. 이길 수 없는 육박, 눈먼 떼까마귀의 매언(罵
言) 속에서 탕아 중에도 탕아 술객(術客) 중에도 술객 이 난공불락(難功
不落)의 관문의 괴멸, 구세주의 최후연히 방방곡곡이 여독(餘毒)은 삼투
하는 허식 중에도 허식의 표백이다. 출색(出色)의 표백이다.

내부(乃夫)가 있는 불의(不義). 내부가 없는 불의. 불의는 즐겁다. 불
의의 주가 낙락(酒價落落)한 풍미를 족하는 아시나이까. 윗니는 좀 잇새
가 벌고 아랫니만이 고운 이 한경(漢鏡)같이 결함의 미를 갖춘 깜찍스럽
게 시치미를 뗄 줄 아는 얼굴을 보라. 7세까지 옥잠화 속에 감춰 두었던
장분만을 바르고 그후 분을 바른 일도 세수를 한 일도 없는 것이 유일의
자랑거리. 정희는 사팔뜨기다. 이것은 무엇으로도 대항하기 어렵다. 정희
는 근시 6도다. 이것은 무엇으로도 대항할 수 없는 선천적 훈장이다. 좌
난시 우 색맹아――이는 실로 완벽이 아니면 무엇이랴.

속은 후에 또 속았다. 또 속은 후에 또 속았다. 14세 미만에 정희를 그
가족이 강행으로 매춘시켰다. 나는 그런 줄만 알았다. 한 방울 눈물――

그러나 가족이 강행하였을 때쯤은 정희는 이미 자진하여 매춘한 후 오
래오래 후다. 다홍 댕기가 늘 정희 등에서 나부꼈다. 가족들은 불의에 올
재앙을 막아 줄 단 하나 값나가는 다홍 댕기를 기탄없이 믿었건만――

그러나――

불의는 귀인답고 참 즐겁다. 간음한 처녀――이는 불의 중에도 가장
즐겁지 않을 수 없는 영원한 밀림이다.

그럼 정희는 게서 멈추나?

나는 자기 소개를 한다. 나는 정희에게 분모(分毛)를 지기 싫기 때문
에 잔인한 자기 소개를 하는 것이다.

나는 벼를 본 일이 없다. 자전차를 탈 줄 모른다. 생년월일을 가끔 잊

어버린다. 90 노조모가 스물여덟 소부로 어느 하늘에서 시집온 10대조의 고성을 내 손으로 헐었고 녹엽천년(綠葉千年)의 호도나무 아름드리 근간을 내 손으로 베었다. 은행나무는 원통한 가문을 골수에 지니고 찍혀 넘어간 뒤 장장 4년, 해마다 봄만 되면 독시(毒矢) 같은 싹이 엄돋는 것이었다.

나는 그러나 이 모든 것에 견디었다. 한 번 석류나무를 휘어잡고 나는 폐허를 나섰다.

조숙 난숙 감(柿) 썩는 골머리 때리는 내. 생사의 기로에서 완이이소(莞爾而笑), 표한무쌍(剽悍無雙)의 척구(瘠軀) 음지에 창백한 꽃이 피었다.

나는 14세 미만 적에 수채화를 그렸다. 수채화의 파과(破瓜). 보아라 목저(木箸)같이 야윈 팔목에서는 삼동에도 김이 무럭무럭 난다. 김 나는 팔목과 잔털 나스르르한 매춘하면서 자라나는 회충같이 매혹적인 살결. 사팔뜨기와 내 흰자위 없는 짝짝이 눈. 옥잠화 속에서 나오는 기술(奇術) 같은 석일(昔日)의 화장과 화장 전폐, 이에 대항하는 내 자전차 탈 줄 모르는 아슬아슬한 천품. 다홍 댕기에 불의와 불의를 방임하는 속수무책의 내 나태.

심판이여! 정희에 비교하여 내게 부족함이 너무나 많지 않소이까?

비등 비등? 나는 최후까지 싸워 보리라.

흥천사 으슥한 구석방 한 칸 방석 두 개 화로 한 개. 밥상 술상——

접전 수십 합. 좌충우돌. 정희의 허전한 관문을 나는 노사(老死)의 힘으로 들이친다. 그러나 돌아오는 반발의 흉기는 갈 때보다도 몇 배나 더 큰 힘으로 나 자신의 손을 시켜 나 자신을 살상한다.

지느냐. 나는 그럼 지고 그만두느냐.

나는 내 마지막 무장을 이 전장에 내어세우기로 하였다. 그것은 곧 주란(酒亂)이다.

한 몸을 건사하기조차 어려웠다. 나는 게울 것만 같았다. 나는 게웠다.

정희 스커트에다. 정희 스타킹에다.

그리고도 오히려 나는 부족했다. 나는 일어나 춤 추었다. 그리고 그 방 뒤 쌍창 미닫이를 열어제치고 나는 예서 떨어져 죽는다고 마지막 한 벌 힘만을 아껴 남기고는 나머지 있는 힘을 다하여 난간을 잡아 흔들었다. 정희는 나를 붙들고 말린다. 말리는데 안 말리는 것도 같았다. 나는 정희 스커트를 잡아 제쳤다. 무엇인가 철썩 떨어졌다. 편지다. 내가 집었다. 정희는 모른 체한다.

속달(S와도 절연한 지 다섯 달이나 된다는 것은 선생님께서도 믿어 주시는 바지요? 하던 S에게서다).

정희! 노하였소? 어젯밤 태서관(泰西舘) 별장의 일! 그것은 결코 내 본의는 아니었소. 나는 그 요구를 하러 정희를 그곳까지 데리고 갔던 것은 아니오. 내 불민을 용서하여 주기 바라오. 그러나 정희가 뜻밖에도 그렇게까지 다소곳한 태도를 보여 주었다는 것으로 적이 자위를 삼겠소.

정희를 하루라도 바삐 나 혼자만의 것을 만들어 달라는 정희의 열렬한 말을 물론 나는 잊어버리지는 않겠소. 그러나 지금 형편으로는 '아내'라는 저 추물을 처치하기가 정희가 생각하는 바와 같이 그렇게 쉬운 일은 아니오.

오늘(3월 3일) 오후 여덟시 정각에 금화장(金華莊) 주택지 그때 그 자리에서 기다리고 있겠소. 어제 일을 사과도 하고 싶고 달이 밝을 듯하니 송림을 거닙시다. 거닐면서 우리 두 사람만의 생활에 대한 설계도 의논하여 봅시다.

3월 3일 아침 S

내게 속달을 띄우고 나서 곧 뒤이어 받은 속달이다.

모든 것은 끝났다. 어젯밤에 정희는——

그 낮으로 오늘 정희는 내게 이상 선생님께 드리는 속달을 띄우고 그 낮으로 또 나를 만났다. 공포에 가까운 변신술이다. 이 황홀한 전율을 즐기기 위하여 정희는 무고의 이상을 징발했다. 나는 속고 또 속고 또 또 속고 또 또 또 속았다.

나는 물론 그 자리에 혼도하여 버렸다. 나는 죽었다. 나는 황천을 헤매었다. 명부에는 달이 밝다. 나는 또다시 눈을 감았다. 태허에 소리 있어 가로대 너는 몇 살이뇨? 만 25세와 11개월이올시다. 요사(夭死)로구나. 아니올시다. 노사(老死)올시다.

눈을 다시 떴을 때에 거기 정희는 없다. 물론 8시가 지난 뒤였다. 정희는 그리 갔다. 이리하여 나의 종생은 끝났으되 나의 종생기는 끝나지 않는다. 왜?

정희는 지금도 어느 빌딩 걸상 위에서 드로어즈의 끈을 푸는 중이요 지금도 어느 태서관 별장 방석을 깔고 드로어즈의 끈을 푸는 중이요 지금도 어느 송림 속 잔디 벗어 놓은 외투 위에서 드로어즈의 끈을 성히 푸는 중이니까다.

이것은 물론 내가 가만히 있을 수 없는 재앙이다.

나는 이를 간다.

나는 걸핏하면 까무러친다.

나는 부글부글 끓는다.

그러나 지금 나는 이 철천의 원한에서 슬그머니 좀 비켜서고 싶다. 내 마음의 따뜻한 평화 따위가 다 그리워졌다.

즉 나는 시체다. 시체는 생존하여 계신 만물의 영장을 향하여 질투할 자격도 능력도 없는 것이라는 것을 나는 깨닫는다.

정희, 간혹 정희의 후틋한 호흡이 내 묘비에 와 슬쩍 부딪는 수가 있다. 그런 때 내 시체는 홍당무처럼 화끈 달면서 구천을 꿰뚫어 슬피 호곡한다.

그 동안에 정희는 여러 번 제 (내 때꼽째기도 묻은) 이부자리를 찬란한 일광 아래 널어 말렸을 것이다. 누누한 이내 혼수(昏睡) 덕으로 부디 이내 시체에서도 생전의 슬픈 기억이 창공 높이 훨훨 날아가나 버렸으면——

나는, 지금 이런 불쌍한 생각도 한다. 그럼——

——만 26세와 3개월을 맞이하는 이상 선생님이여! 허수아비여!

자네는 노옹일세. 무릎이 귀를 넘는 해골일세. 아니, 아니.

자네는 자네의 먼 조상일세. 이상(以上).

유진오

김강사와 T교수
창랑정기

김 강사와 T교수

1

김만필(金萬弼)을 태운 택시는 웃고 떠들고 하며 기운좋게 교문을 들어가는 학생들 옆을 지나 교정(校庭)을 가로질러 기운차게 큰 커브를 그리며 육중한 본관 현관 앞에 우뚝 섰다. 그의 가슴은 벌써 아까부터 두근거리기 시작하였다.

오늘은 그가 일 년 반 동안의 룸펜 생활을 겨우 벗어나서 이 관립 전문학교의 독일어 교사로 득의의 취임식에 나가는 날인 것이다.

어른이 다 된 학생들의 모양을 보기만 해도 젊은 김 강사의 가슴은 두근두근한다. 저렇게 큰 학생들을 앞에 놓고 내일부터 강의를 시작하는 것이로구나 하고 생각하니 근심과 기쁨이 뒤섞여 가만히 있을 수 없는 것이었다.

세물 내온 모닝의 옷깃을 가다듬고 넥타이를 바로잡아 위의를 갖춘 후에 그는 자동차를 내렸다. 초가을 교외의 아침 신선한 공기와 함께 그윽한 나프탈렌의 값싼 냄새가 코밑에 끼친다. 그는 운전사에게 준 돈을 거스를 필요 없다는 의미로 손짓을 하고 무거운 정문을 열고 안으로 들어갔다. 수부에서 교장실을 묻고 복도를 오른편으로 꺾어 둘째 번 도어 앞에 섰다.

교장은 넓은 방 한가운데다 커다란 테이블을 놓고 듬직한 회전의자 위에 가슴을 내밀고 앉아 있었다. 그 일부러 꾸민 태도는 확실히 김만필을 기다리고 있던 것에 틀림없었다. 그전에도 김만필은 대여섯 번이나 교장을 관사로 찾아간 일이 있기는 했지만 그때는 교장의 태도는 몹시 친절한데다가 두 볼이 푹 패인 얼굴이 위엄이 없어서 제법 만만하게 이야기를 할 수 있었다. 그러나 지금 이렇게 교장실에서 대하는 그는 아주 다른 사람같이 느껴졌다. 교장은 눈을 반짝반짝 날카롭게 빛내며 조그만 머리를 뒤로 젖히고 두 팔을 버틴 품이 금방에 덤벼라도 들 것같이 보였다. 그 너무나 굳은 과장된 표정은 자기간에는 교장으로서의 위엄을 차린 것이겠지만 오랜 동안 속료 생활을 해 온 그의 경력을 말하는 것임에 틀림없었다.

"어——어서 오시오. 자 이리로——"

교장은 테이블 앞에 있는 의자를 가리키며 말했다. 그러면서도 두 볼에 깊이 패인 주름살 하나도 움직이지 않는다. 김만필은 온몸이 오그라지는 것을 느끼며 황송해 의자에 앉았다.

교장은 조금 목소리를 부드럽게 해,

"우리 학교는 처음이죠? 이왕에 오신 일이 있던가요?"

"아뇨 처음입니다."

"어때요. 누추한 곳이라서. 도무지 예산이 넉넉치 못하니까."

"천만에요. 대단히 훌륭합니다."

김만필은 교장실 창의 반쯤 열어 놓은 호화스런 자줏빛 커튼으로 눈을 옮기며 대답하였다. 사실 S전문학교의 당당한 철근 콘크리트 삼 층 교사는 그 주위의 돼지우리같이 더러운 올망졸망한 집들을 발 밑에 짓밟고 있는 것같이 솟아 있는 것이다. 교장실 사치한 품도 김만필의 동경 유학 시대에는 별로 보지 못한 것만이었다.

교장은 테이블 위에 놓인 종을 서너 번 울렸다. 옆방으로 통하는 문이 열리며 모닝을 입은 뚱뚱한 친구가 허리를 굽실굽실하며 들어왔다.

"여보게 그것 가져오게."

"핫."

뚱뚱한 친구는 흘낏 김만필을 보고 체수에 맞지 않게 가볍게 허리를 굽실하고 도로 나갔다. 잠깐 있더니 그는 무슨 네모진 종이를 들고 들어와 공손하게 교장에게 내밀었다.

"이것이 당신 사령서입니다."

하고 교장은 그 종이를 받아 김만필에게 내밀었다.

김만필은 뚱뚱한 친구의 눈짓에 재촉되어 황당해 일어나서 사령서를 받아들고 허리를 굽혔다.

사령서를 전한 교장은,

"인젠 자네도,"

하고 말을 잠깐 끊었다가,

"우리 학교의 직원의 한 사람이니까 우리 학교의 특수한 중대 사명을 위해 전력을 다해 주어야 되네."

"네——."

하고 김만필은 다시 한 번 머리를 숙였으나 속으로는 기가 막혔다. 더군다나 '자네'라고 특별히 힘을 주어, 귀에 거슬렸다. 스무 살 가량이나 나이가 위이고 또 교장으로 앉은 사람에게 '자네' 소리를 듣는 것은 그리 이상할 것이 없지만 금방 아까까지도 일부러 '당신'이라고 하던 끝이기 때문에 그 표변하는 품이 너무나 부자연한 것이었다.

교장은 훈사를 계속하였다.

"그리고 특별히 자네한테 주의를 주는 것은 다름 아니라 우리 학교로서는 조선 사람을 교원으로 쓰는 것은 자네가 처음이니까 여러 가지로 주의를 해야 한단 말일세. 학생들도 내선인이 섞여 있을 뿐 아니라 여러 가지 복잡한 문제도 있고 또 당국으로서의 일정한 교육 방침이라는 것도 있으니까 이런 여러 가지 사정을 특별히 주의해 달라는 것일세. 알어듣겠지?"

"네."

김만필은 또 한 번 고개를 꾸벅했다. 그러나 마음속으로는 별별 생각을 다하고 있었다. 교장의 말은 으레 할 소리에 틀림없지만 그것이 자기한테 하는 말이라고 생각하니 우스웠다. 동시에 그는 지금 자기가 처해 있는 환경, 어떤 것이라는 것을 처음으로 조금 깨달은 것같이도 생각되었다.

"그리고 저……, 김군. 이 사람을 소개하지. 이분은 교무주임의 T군……."

교장은 아까부터 옆에 양수 거지하고 섰는 뚱뚱한 친구를 소개하였다.

"T——올시다. 앞으로 많이 사랑해 주십시오."

T교수는 거리의 장사치같이 허리를 굽히며 김만필에게 절을 했다. 김만필은 그제야 약간 숨을 내두르고 금방 아까까지 경멸을 느끼던 T교수에게 도리어 호감을 느끼며 자기도 공손하게 마주 예를 했다.

"자 그러면 우리 저 방으로 가십시다. 곧 식이 시작될 테니까. 교련의 A소좌도 와 계십니다."

T교수는 앞서서 김 강사를 그 옆방——교수실로 안내했다. T교수의 설명에 의하면 A소좌는 먼저 있던 M소좌의 뒤에 이번에 새로 S전문학교 배속이 되었기 때문에 오늘 김과 함께 취임식에 나간다는 것이었다. 김만필은 A소좌와 나란히 앉아 자기의 환경 변화가 너무나 심해 어째 꿈나라에나 온 것같이 생각되었다. 그의 과거——는 그만두더라도 아까 그가 아침을 먹고 나온 하숙집 풍경, 그 더러운 뒷골목 속에 허덕거리고 있는 함께 있는 사람들, 하숙료를 못 내고 담뱃값에 쩔쩔매는 영화감독, 일년 열두 달 감시를 못 벗어나는 요시찰인인 잡지 기자, 아침부터 밤중까지 경상도 사투리로 푸성귀 장사, 밥값 못 낸 손님들을 붙들고 꽥꽥 소리를 지르는 하숙집 마나님…… 이런 모든 것과 이 당당한 건물, 가슴에

훈장을 빛낸 장교, 모닝의 교수들 사이에는 대체 어떠한 연락의 줄이 있는 것일까. 김 강사는 이 두 가지 연락 없는 풍경의 중간에서 기적과 같이 연락을 붙여 놓고 있는 자기 자신이 아무리 해도 현실의 것으로는 생각되지 않는 것이었다.

김 강사와 A소좌의 취임식은 제2학기 시업식에 이어 거행되었다. 식장은 엄숙하다 못해 살기가 뻗친 것 같았다. 교장은 김만필을 동경 제대를 졸업한 보기 드문 수재라고 소개하고 이어 이번에 새로 교련을 맡아 보게 된 A소좌를 맞이하게 된 것은 실로 분수에 넘치는 영광이라고 말했다. 교장이 단을 내려오자 T교수에게 재촉되어 김만필이 먼저 단 위로 올라가고 다음에 A소좌가 따랐다. 단 위에 선 김 강사는 몹시 흥분되어 얼굴이 창백하였다. 검붉은 햇볕에 탄 얼굴과 강철 같은 체격에 나이도 김만필의 존장 뻘이나 됨직한 A소좌가 그 옆에 와 나란히 섰다.

"게——렛——!"

깜짝 놀랄 만큼 큰 소리로 체조 선생이 호령을 불렀다. 동시에 검은 머리가 일제히 아래로 숙였다.

S전문학교의 신임 교원 취임식이 엄숙할 것쯤이야 미리부터 짐작 못한 바 아니었지만 막상 눈앞에 대하고 보니 김만필은 갈피를 잡을 수 없었다. 그러나 학생들이 경례를 하고 있는 동안에 그것은 짧은 동안이었지만 그는 이상하게도 정신이 찬물같이 맑아지며 끝없이 얼크러진 모순에 찬 자기의 과거와 현재를 분석하고 비판해 보는 것이었다. 대학 시대에 문화 비판회라는 학생 단체의 한 멤버이었던 일, 졸업하자 그때까지 속으로 멸시하고 있던 N교수를 찾아 취직을 부탁하던 일, N교수로부터 경성 어떤 관청의 H과장에게 소개장을 받던 일, 서울서는 H과장 집에 자주 드나들면서도 일변으로는 신문 잡지 등속에 독일 좌익 문학 운동의 소개 또는 평론 같은 것을 쓰던 일, H과장의 소개로 작년 가을 처음으로 이 S전문학교 교장을 찾아갔던 일——이 모든 것은 하나도 모순의 감정없이는 한꺼번에 생각할 수 없는 것이었다. 하지만 인생이란 도대체 모순 그것이

아닌가 하고 그는 생각해 보았다. 그중에도 지식 계급이라는 것은 이 사회에서는 이중 삼중 사중 아니 칠중 팔중 구중의 중첩된 인격을 갖도록 강제되고 있는 것이다. 그 많은 중에서 어떤 것이 정말 자기의 인격인가는 남 모르게 저 혼자만 알고 있으면 그만인 것이다. 어떤 사람은 사실 뚝뚝하게 이것을 의식하고 경우를 따라 인격을 변한다. 그러나 어떤 자는 자기 자신의 그 수많은 인격에 황홀해 끝끝내는 어떤 것이 정말 자기의 인격인지도 모르게 되는 것이다——

아——더러운 노릇이다 싫은 노릇이다,라고 김만필은 생각하였다. 그러면 지금 자기는 어떤가? 그 대답은 마음 깊은 속에는 벌써 똑똑하게 나와 있는 것같이 생각되었으나 그것까지는 지금 분석해 보기가 싫었다. 그에게는 그 단 위에 올라서 있는 짧은 동안이 지긋지긋하게 지루하게 생각되었다. 어째 눈이 핑핑 돌고 다리가 우둘우둘 떨리는 것 같았다.

식이 끝나고 강당을 나올 때 T교수는 김만필——아니 김 강사의 옆으로 오며,

"긴상 몹시 몸이 약하시구먼. 얼굴빛이 대단 좋지 않은데요. 어디 괴로우십니까?"

하고 물었다.

"아뇨. 별로 몸에 고장은 없습니다만은……."

김 강사는 등에 식은땀이 흐른 것을 느끼며 대답했다.

2

김만필은 생전 처음 서는 교단이라 실수를 하지 않으려고 그날 밤은 늦도록 공부를 했다. 전에 있던 선생이 병으로 일 학기를 거의 전부 빼먹었기 때문에 학생들의 독일어는 아——베——체——부터 가르치는 것이나 다름없는 것이었지만 그래도 무슨 실수나 있을까봐 아——베——체——, 아——베——체—— 하고 알파벳 발음 연습까지 해 보았다. 그

의 수업 시간은 바로 개학식 다음날에 끼여 있는 것이었다.

이튿날 아침, 김 강사는 전날의 취임식 광경 같은 것을 생각해 가며 그래도 얼마쯤 마음이 가볍게 학교를 갔다. 교관실에 들어가니까 먼저 와 있던 교수가 두서너 사람 떠들고 있다가 잠깐 말을 멈추고 김만필의 인사에 대답하고 도로 떠들기 시작하였다. 시간강사인 김만필에게는 아직 책상이 돌아오지 않았으므로 그는 하는 수 없이 창 앞으로 가서 담뱃불을 붙였다. 교수들은 김만필이 있는 것을 잊어버린 듯이 자기들끼리만 떠들고 있는데 이야기는 아마도 엊저녁의 여자에 관한 것인 듯싶었다. 교수가 하나 늘고 둘 더 옴을 따라 교관실의 소동도 점점 더 커 갔다. 그들은 그 여름이 몹시 더웠던 이야기, 빌리야드, 해수욕, 등산, 갑자원, 야구, 긴부라(은좌 통신보) 스테이크 걸 등등 갖은 종류의 무의미한 화제에 대해 시골 공직자같이 굵은 소리를 내서 한없이 떠들어 대었다.

이러한 교관실의 공기는 김 강사에게는 극단으로 천하게 생각되었다. 전문학교의 교수라고 하면 좀더 학자적 근신과 학문적 향기를 가져야 할 것이다. 그런데 마치 보험회사 외교원이나 길거리의 약장수같이 떠드는 것은 무슨 꼴인가. 그러다가 생각하니 그 떠들고 있는 여러 사람 중에 김 강사와 이야기를 하려고 하는 사람은 하나도 없는 것이었다. 김 강사는 자기가 일부러 돌림뱅이가 된 것 같아서 몹시 고독을 느꼈다. 내가 공연히 신경과민이 된 것이 아닌가 하고 그는 생각해 보았다. 그러나 그렇지도 않다. 다른 사람들은 김 강사의 존재를 무시하는 태도를 취함으로써 그를 모욕하는 것이다. 하지만 아니다. 이것은 자기가 '신출'이기 때문이다. 용기를 내어서 그들 틈에 한몫 끼여 보리라고 돌이켜 생각도 해 본다. 그러나 무어니무어니 해도 그는 아직 책상물림이라 그렇게 뻔뻔한 배짱은 없었다.

김 강사는 내내 교관실을 나와 옆에 있는 신문실로 들어갔다. 신문실에는 외국에서 온 신문 잡지 등속이 겉봉도 뜯지 않은 채로 책상 위에 흩어져 있었다. 새로 온 독일의 그림 신문을 펴들고 있노라니 문이 열리더니

T교수의 벙글벙글하는 친절한 얼굴이 나타났다.

"어——이런 데 와 계셨습니까. 신진 학자는 달르시군."

김 강사는 의미없이 얼굴을 붉히고 일어나 아침 인사를 했다. T교수는 어슬렁어슬렁 옆으로 오며,

"이번이 당신 시간이지요."

"네."

"그거 대단히 잘 됐습니다. 처녀강의를 새학기 첫시간에 하시게 됐으니."

"네 무어."

T교수는 빙글빙글 웃으며 걸상에 앉아서,

"허……. 무어 어련허실 것은 알지만 교장도 걱정을 하고 계시기에 또 말씀하는 것입니다만,"

하고는,

"그건 다름 아니라 당신은 교단에 서시는 것이 처음이시라니까 학생 조정술 같은 데 대해 안즉 생각해 보신 일이 없으실 줄 아는데요. 어쨌든 이 선생 장사라는 것은 남이 보기에는 신성한지 몰라도 결국은 말하자면 일종 인기 장사니까요. 선생이 오면 학생놈들의 버릇이 으레 쫑고 까불고 괴롭게 굽니다. 말하자면 이것도 시험이라 헐까요. 이 시험에 급제를 하면 관계찮지만 만일 떨어지는 날이면 탈이 납니다. 나도 그전에는 이 시험을 당했습니다. 허……, 그리고 또 이건 당신과 나 사이니까 말씀하는 것이지만,"

하고 T교수는 목소리를 낮추어,

"어제 교장 선생도 잠깐 말씀하셨지만 여기는 내선공학 아닙니까. 그러니까 당신한테 대해서도 내지인 학생들이 어떤 태도를 가질는지 이것이 걱정이 됩니다. 쓸데없는 일로 학생들 새에 무슨 재미없는 일이 있더라도 안됐고……, 허기는 다 어련하시겠습니까만은 허……."

T교수의 말을 듣고 있는 동안에 김 강사는 그의 말을 깊이 생각해 볼

여유도 없이 그저 그에게 감사하는 생각뿐이었다. 금방 아까까지 그는 고독을 느끼고 있던 끝이라 상관이며 또 경험 많은 선배인 T교수로부터 이런 솔직한 의견을 듣는 것은 정말 고맙게 생각되었다.

T교수는 몇 마디 잡담을 더 하고 일어나 나갔다. 뚱뚱한 몸을 흔들흔들하며 나가는 뒷모양이 김 강사에게는 몹시 믿음직해 보였다. 사실을 말하면 김 강사는 N교수──H과장──S교장──이렇게 학벌 동향 관계 등의 썩어진 인연을 더듬어 이것을 교묘하게 이용해 차례로 그들을 꼼짝 못할 궁경으로 몰아넣어 가지고 억지로 이 S전문학교에 비비고 들어온 것이므로 거기다가 자기는 조선 사람이라는 자격지심도 있었고──이곳의 교원들에게 이상스런 눈초리로 뵈어지는 것을 처음부터 염려했던 것이다.

그 염려가 어째 헛것이 아니었던 것같이 생각되어 가는 이때에 T교수가 나타난 것이다. 그만큼 그의 친절한 말은 그야말로 빈 골짜기의 발자취 소리같이 생각되는 것이었다.

그러나 첫째 시간의 처녀강의는 의외로 평온하게 지났다. 그를 괴롭게 하기는커녕 학생들은 도리어 이 새로 온 색다른 선생의 말을 흥미있게 듣고들 있었다. 김 강사는 T교수의 주의도 있고 해서 머리를 길게 늘인 국수파 방카라 학생들에게 특별히 경계를 하였으나 그들도 의외로 얌전하게 그의 강의를 듣고 있었다. 단 위에 올라서서 말하는 동안에 차차로 마음이 가라앉아서 어깨를 으쓱하고 눈살을 찌푸리고 앉는 그들 방카라 학생들의 꼴이 도리어 어리게도 보였다.

시간을 끝내고 교관실에서 담배를 피우고 있노라니 T교수가 또 와서 처음 교단에 선 감상이 어떠냐고 빙글빙글 웃으면서 물었다.

"아무 감상도 없습니다만은 생각드니보다도 학생들은 얌전하더구먼요."

김 강사는 약간 득의의 어조로 대답하였다.

"그렇습니까. 그것 잘 됐습니다. 허지만요, 아직 방심해선 안 됩니다.

학생들 중에는 별별 고약한 놈이 다 있으니까요. 에 별놈이 다 있습니다."

하고 T교수는 학교 수첩——학생들이 엠마죠라고 부르는 것——을 꺼내면서,

"당신은 아직 처음이시라 모르실 테니까 미리 말씀해 드립니다만은 (하고 수첩을 펴 연필 끝으로 죽 훑어내려 가면서) 우선 이 스스키란 놈만 해도 웬 고약한 놈입니다. 학교는 결석만 하면서 어쩌다 나오면 선생한테 싸움 걸기가 일쑤고. 이런 놈은 졸업은 안 시킬 텝니다. 그리고 또 이 야마다라는 놈 이놈도 건방진 놈입니다. 그리고 이 김홍규란 놈, 또 가도오 그리고 주형식, 이누이 다까하시, 최, 박, 마쓰모도……, 나쁜 놈들이야. 바보 같은 놈들. 도대체 이 반은 급장부터가 건방져."

T교수의 목소리는 열을 띠어 오며 증오의 가시로 듣는 사람의 신경을 쿡쿡 찌르는 듯이 울렸다. 김 강사는 너무나 의외의 광경에 놀랐다. 웬일일까. 이 온후해 보이던 T교수. 대체 교육자의 태도라는 것이 이래도 좋은 것인가.

"허지만,"

하고 김 강사는 T교수의 안색을 들여다보며 말을 끼였다.

"이편에서 성심으로 전력을 다해도 안 될까요."

"허……."

T교수는 조금 체면이 안된 듯이,

"그야 물론 그렇지요. 학생들이야 어쨌든 이편만 잘 하면 그만이지요. 허지만 그것도 저편에서 이편 뜻을 알아 주어야만 할 것이 아니겠습니까. 당신도 인제 좀 치어나 보시면 차차 생각이 달라지십니다. 학생이라는 것은 요컨대 선생의 ×입니다. 이편에 조금만 틈이 있으면 그저 용서없이 달려드는 겝니다."

마침 그때 급사가 찾으러 왔으므로 T교수는 말을 끊고 교무과로 가 버렸다. 그러나 그가 간 뒤 김 강사는 몹시 우울하였다. 교육이라는 것의

발가벗은 꼴을 눈앞에 본 것 같았다. 그러나 또 그것보다도 그는 오직 하나의 지기로 생각하는 T교수를 삽시간에 잃은 것이 아까웠다. 아——무서운 사람이다,라고 그는 생각하였다.

둘째 시간 종이 울렸으나 김 강사는 멍하니 듣고 앉았을 뿐이다.

3

며칠 지난 후 토요일 밤이었다. 김만필은 오래 찾아보지도 못한 H과장에게 치하의 인사도 할 겸 하숙을 나섰다. H과장은 솔직하고 평민적인 호감을 주는 인물이었다.

H과장의 집은 북악산 밑 관사촌의 북쪽 끝에 있었다. 저녁 후의 고요한 관사촌은 김만필의 발자국 소리에 놀라 셰퍼드인지 무엇인지 무서운 개들의 짖는 소리로 몹시 요란스러웠다. H과장의 집으로 들어가는 골목을 돌려는 순간 바로 등뒤에서 분주하게 걸어오는 발자취 소리가 들렸다. 고개를 휙 돌리자 바로 등뒤에까지 온 그 사람의 얼굴과 거의 마주칠 뻔하였다.

"어——"

"어——"

두 사람은 거의 동시에 입을 열었다. 뒤에 온 것은 T교수였다. 그는 무엇인지 네모진 보퉁이를 끼고 있었다. T교수는 의외로 김 강사와 마주쳤기 때문에 잠깐 머뭇하더니 별안간,

"얏데루나."

하면서 김만필의 어깨를 툭 치며 더러운 비밀을 서로 지고 있는 사람끼리만이 주고받는 비열한 미소를 띠었다. 그 미소의 의미는 김만필도 단번에 알 수 있었다.

"별로 그런 것도 아니지만."

김만필은 좀 좋지 않아 말했다.

"천만에. 흥 당신도 나는 책상물림으로만 알았더니 상당하구먼."

T교수는 여전히 그 미소를 띠고 있다.

"아니 정말 무슨 별짓을 하는 것은 아닙니다. 당신도 아시겠지만 나는 H과장의 힘으로 이번에 취직이 된 것이니까요."

김은 변명에 힘을 들였다.

"그건 나도 잘 압니다. 그러기에 당신도 상당허단 말이지. 나는 과장하고는 고향이 같다우."

"네——그러세요."

김만필은 더 할 말이 없었다. T교수는 잠깐 무슨 생각을 하더니,

"잠깐만 거기서 기둘러 주시오."

하고 저벅저벅 골목 속으로 들어갔다. 그러더니 또 무슨 생각을 했는지 도로 나와서 김만필의 어깨를 또 한 번 툭 치며,

"허……왜 그렇게 멍하고 계슈. 세상이란 다 이런 게 아니우."

하고 들었던 보퉁이를 김만필의 눈앞에 번쩍 들어 보이고 다시 골목 속으로 들어가 H과장 집 부엌 쪽으로 사라졌다.

하녀하곤지 컴컴한 속에서 잠깐 쑤군쑤군하더니 T교수는 곧 나왔다. 이번에는 아까와는 달라서 평상때의 침착한 태도를 회복하고 성난 것 같은 표정을 짓고 있었다.

"자 들어갑시다."

그리고 그는 잠자코 H과장 집 정면 현관의 초인종을 눌렀다.

두 사람이 H과장 집을 나온 때는 아직 초저녁이었다. T교수는 어디로 잠깐 차라도 마시러 가자고 졸랐다. 김만필은 그에게 대해 차차로 말할 수 없는 불쾌를 느끼고는 있었으나 어쨌든 같이 가기로 했다.

두 사람이 간 것은 세르팡이라는 술집이었다. 쑥 빠진 동경 여자라는 모던 여성이 카운터에 서 있는 깨끗한 집이었다. 여자는 둘이 들어서자,

"아라 T——상."

하고 환영했으나 T교수는 쉬——하고 입술에 손가락을 대 침묵을 명하

고 구석 테이블로 가서 자리를 잡았다.

"자주 오십니까, 이 집에?"

김만필은 캉캉하게 생긴 여자와 뚱뚱한 T교수를 번갈아보며 물었다.

"네, 가끔 옵니다. 당신은?"

"나도 두세 번 온 일은 있습니다만."

T교수는 여급에게 레몬 티이 두 잔을 주문하고,

"긴상 어떠시우. 이건?"

하고 왼손으로 술 먹는 시늉을 해 보였다.

"아주 못 먹습니다."

"이거 왜 이러슈. 난 벌써 소문 다 듣고 알았는데 허…….”

하고 너털웃음을 웃고 나서,

"긴상, 긴상 일은 무엇이든지 내 다 잘 알고 있답니다."

하고 이번에는 음침하게 눈을 가늘게 했다.

"긴상은 모르시겠지만 당신 일로 H과장과 우리 학교 교장 새에서 연락을 붙인 것은 사실은 이 나랍니다."

T교수의 말은 김만필로서는 처음 듣는 소리였다. 그러나 생각해 보면 T교수의 지금 지위로 보아서 당연히 있음직도 한 노릇이다.

"그럼 교장하구두 한고향이십니까?"

"그렇구말구요. 안 그렇습니까."

T교수는 뜨거운 차를 후——후 불며 대답했다. 차를 단번에 마시고 나서 이번에는 위스키를 주문했다. 위스키를 연달아 두서너 잔 먹고 나서 T교수는 싱글싱글 웃으면서 말을 꺼냈다.

"실상은 나는 전부터 당신을 알고 있었답니다. 우리 학교로 오시기 전부터."

T교수의 싱글싱글 웃는 얼굴에는 네 비밀은 내가 환하게 알고 앉았다는 의미의 표정이 나타나 있었다. 김만필은 슬그머니 겁이 났으나 잠자코 있노라니 T교수는 기운이 나서 떠들었다.

"나는 작년부터 조선말을 배우기 시작했는데요. 그 때문에 언문 신문을 조선 학생에게 통역해 달라며 읽고 있었는데(김만필은 가슴이 뜨끔했다) 그런 관계로 작년 가을이던가 당신이 쓰신 《독일 좌익 작가 군상》이라는 논문을 읽었세요. 그 논문에는 정말 탄복했습니다. 독일문학에 대해 당신만큼 연구가 깊은 이는 내지에도 적을 것입니다. 참 탄복했습니다. 그래 나는 H과장한테 맨 처음 당신 말씀을 들었을 때 그런 이는 우리 편에서 초빙해도 좋다고, 이래봬도 나도 힘을 썼답니다. 조선 사람 중에도 차차 당신같이 훌륭한 사람이 나오게 됐다는 것은 참 좋은 일입니다. 앞으로도 많이 힘써 주십시오."

T교수는 웅변이 되어 김만필을 칭찬하였으나 김만필은 상처나 다친 듯이 속이 뜨끔하였다. 대체 T교수는 어째서 이런 말을 꺼내는 것인지 그 내심을 알 수가 없었다. 《독일 좌익 작가 군상》이라는 논문은 작년 가을에 몇 푼 안 되는 원고료를 목표로 총총히 쓴 것에 지나지 않았으며 더구나 그 내용은 S전문학교의 직원의 한 사람인 김만필로서는 절대로 비밀에 붙여야 할 것이었다. 김만필은 그것을 익명으로 하지 않았던 경솔을 새삼스레 후회했다. 그러고 보니 그는 익명으로 쓴 그 외의 몇 가지 논문이 생각났다. 그것들은 제법 좌익 평론가인 체하고 꽤 흰소리를 뽑은 것이기 때문에 만일 그것이 탄로가 나면 모든 것은 낭패가 되는 것이다. T교수는 그것들까지도 알고 있는 것일까. 김만필은 의심을 품은 눈초리로 T교수의 얼굴을 더듬었으나 그는 여전히 싱글싱글 웃고 있을 뿐이었다. 김 강사는 눈에 보이지 않는 무서운 압박을 느꼈다.

세르팡을 나오자 김만필은 잠시라도 빨리 T교수의 옆을 떠나고 싶었으나 T교수는 김만필의 양복 소매를 잔뜩 붙잡고 바하트 암라인을 콧노래로 부르며 요릿집 등속이 늘어선 A정으로 끌고 갔다. 그들이 간 곳은 어느 골목 속 조그만 오뎅집으로 삼십 살 가량 되어 뵈는 예기 출신인 듯한 여자가 오뎅 냄비 뒤에 서 있었다. T교수는 이곳서도 단골 손님인 듯싶어 여자와 농담을 주고받으며 술을 먹었다.

두 사람이 오뎅집을 나왔을 때에는 자정이 지났었다. 이번에는 김만필도 상당히 취했으나 정신은 도리어 똑똑했다. 삼월 백화점 앞에 와서 T교수는 단장을 들어 지나가는 택시를 불렀다. 김만필이 사양하니까 전차도 끊어졌는데 걸어갈 수는 없지 않은가, 우리 집에 가려면 어차피 자네집 앞을 지나니까 같이 타자고 억지로 태웠다.

"우리 집을 아십니까?"

김만필은 자동차가 움직이자 물었다. T교수의 훌륭한 문화주택이 김강사의 하숙 근처에 있는 것은 자기도 잘 알고 있었지만 뒷골목 속 더러운 그의 하숙을 T교수가 알고 있는 것은 정말 의외였다.

"아다마다. 문간에 명함 붙여 놓지 않았나. 잘 아네."

"네——"

김만필은 기가 막혔다.

"우리 집도 잘 알지? C상점 바로 옆이야. 인제 가끔 놀러 오게."

"네 가지요."

하고 김만필은 대답했으나 마음속으로는 안 가리라, 절대로 안 가리라고 생각하였다. 무엇 때문에 이자는 탐정견 모양으로 모르는 게 없단 말인가. 하숙까지 알다니——김만필은 으스스 추웠다. 그러다가는 나중에 무슨 소리가 튀어나올지 모르는 것이었다.

자동차가 박석고개를 넘어갈 때 T교수는 김만필의 귀에다 대고,

"인제 차차 김군도 알겠지만 우리 학교 안에도 여러 가지 암류가 있으니 주의하는 게 좋네. 더군다나 S군한테는 주의해야 되네."

하고 수수께끼 같은 말을 속삭였다. S라는 사람은 전해 봄에 만주 공과대학 예과로부터 S전문학교로 옮겨 온 사람으로 이 봄에 교수가 될 것인데 어떤 사정으로——그 이면에는 T교수 일파의 책동이 있었다——교수가 못 되어 그것에 불평을 품고 있는 사람이었다. 그런 사정은 김 강사는 모르고 있었기 때문에 자기 자신에 무슨 관계나 있나 하고 생각해 보았으나 아무것도 알 수 없었다.

김만필이 잠자코 있노라니까 T교수는 껄껄 웃고,

"아니 무어 별로 마음에 새겨들을 것은 없어. 그저 그렇단 말이지. 원체가 놈팽이는 교수 될 자격이 없어."

그리고 또 김만필의 귀에다 입을 대고,

"허지만 사실을 말하면 그자는 자네 시간을 욕심내고 있다네. 그 네 시간만 얻었으면 이번 가을부터 교수가 될 걸 그랬거든. 어쨌든 음흉한 놈이니 주의하게."

김만필은 무슨 무서운 악몽에 붙들린 것 같았다. 그러자 T교수가 스톱! 하고 소리를 질러 자동차는 삐——ㄱ 하고 급정거를 했다. 김만필의 하숙으로 들어가는 골목 앞이었다.

4

김만필은 S전문학교에 다니게 된 후로 갑자기 마음이 우울해져서 아무도 찾아가고 싶지도 않았다. 교장은 생각만 해도 싫었다. 취임식 날 아침의 그의 경박한 인상이 일상 머리에서 사라지지 않는 것이었다. 한편 교장 쪽에서도 김만필의 호감을 사려고 노력할 리는 물론 없으며 두 사람은 어쩌다 복도에서 만나도 형식적인 인사를 주고받을 뿐이었다. T교수는 여전히 친절한 체하였지만 그는 친절하게 굴면 굴수록 점점 더 싫어서 김만필 편에서 경원하였다. 교관실 공기도 참을 수 없었다. 교수들 중에 김 강사에게 먼저 말을 건네는 사람은 하나도 없었다. 그들은 시간 파하는 종이 울리면 앞을 다투어 교관실로 돌아와서는 더러운 물건이나 내버리듯이 백묵갑을 테이블 위에 탁 던지고 웅성웅성 쓸데없는 이야기를 시작하는 것이었으나 김 강사에게는 너 따위 놈은 우리들은 도대체 문제도 삼지 않는다는 듯한 태도를 일부러 지어 보였다. 그중에도 언젠가 T교수에게 귓속말을 들은 일 있는 S강사는 한층 심했다. 그는 김 강사의 얼굴만 보면 불쾌한 빛을 곁에까지 내면서 인사도 잘 하지 않았다. 김 강사는 시간

을 끝내고 교관실에 돌아오면 뜰에 핀 코스모스꽃을 넋없이 바라보는 것
이 버릇이 되었다. 때로는 그의 마음속에도 교만한 동료들에 대한 반항의
마음이 버럭버럭 치밀어 오를 적도 있었다. 놈들! 네깟 놈들이 친절하게
해 준댔자 나는 조금도 기쁠 것 없다. 그러나 그런 생각을 한 후면 이번
에는 자기 자신의 천박한 심정이 도리어 후회되는 것이었다.

그러나 이런 직원 새의 공기와는 반대로 김 강사에 대한 학생들의 평판
은 나쁘지 않았다. 내지인 학생들도 그를 괴롭히기는커녕 얌전하기 짝이
없었다. 김 강사는 가끔 독일 신흥 문학 이야기 같은 것을 꺼내 보았으나
학생들은 도리어 흥미있어하는 듯하였다. 학생이라는 것은——하고 김
강사는 생각하였다——아무 데를 가도 매일반이다. 이것에 기운을 얻어
그는 차츰차츰 일반적인 새로운 문학운동 이야기를 해 보았다. 언젠가 T
교수가 주의를 시켜 주던 스스키니 가도오니 하는 학생들에게는 그래도
안심이 안 되었으나 그들도 예습은 꼭꼭 해 오고 별로 건방지게 구는 법
도 없었다.

시월 하순의 어느 일요일, 아침밥을 먹고 새로 도착한 '룬드 샤우'를
드러누운 채로 펴들고 있는데 마당에서 게다 소리가 들렸다. 문을 열고
보니 그것은 의외에도 무슨 책을 옆에 낀 스스키였다. 스스키가! 하고
김 강사는 잠깐 뜨끔했으나 도리어 일종의 흥미가 생겨서 곧 방으로 불러
들였다.

스스키라는 학생은 키가 크고 광대뼈가 내밀고 아래턱이 큰 것이 마주
앉아 보면 조선 사람 같은 인상을 주었다. 이 얼굴이 T교수의 마음에 안
드는 것인가 하고 김 강사는 생각해 보았다. 스스키는 처음에는 머뭇머뭇
하고 있더니 이야기가 독일문학으로 돌아가자 기운이 나서 떠들기 시작하
였다. 될 수만 있으면 S전문학교 따위는 집어치우고 동경으로 가서 독일
문학을 전공하고 싶다는 것이 그의 희망이었다. 스스키의 어학 힘으로는
아직 독일어 같은 것은 잘 알지 못할 터인데 그는 독일문학 그중에서도
현대문학에 대해 자세히 알고 있었다. 그해 봄에 히틀러가 정권을 잡은

뒤의 일은 김 강사보다도 도리어 잘 알고 있었다.

"에른스트톨러, 게오르그 카이서, 렌 레마르크, 심지어 토마스 만 형제까지도 예술원을 쫓겨났다지요?"

"그랬지요."

김만필은 작년 이래로는 취직운동에 쪼들려 독일문단의 최근 사정을 자세히 알아볼 여유가 없었더니만큼 스스키의 지식에는 감복했지만 그와의 이야기에는 별로 흥을 낼 수 없었다. 그것은 스스끼가 불량학생이라는 T교수의 귀띔이 있었기 때문뿐 아니라 다른 본능적인 경계심도 있었기 때문이다. 그래도 두 사람의 이야기는 나치스 독일에서의 문학자 박해로부터 그것의 정치 조직에 대한 공격으로 옮겨갔다. 스스키는 열을 띠어 히틀러의 문화 유린을 욕하였다. 그러는 동안에 김만필은 차차로 스스키에 대해 부정을 느끼게 되어 이번 가을 후로 감추기에 애써 오던 그의 진실한 반면──그가 지금 어떠한 생활을 하고 있든간에 그 감춰진 반면이야말로 정말 자기라고 남몰래 생각하고 있는 그 반면을 하마터면 토설해서 동경 유학시대 이후로 울적했던 기분을 풀 뻔했으나 마음을 다시 고쳐먹고 스스키의 얼굴을 경계하는 눈으로 들여다보는 것이었다.

화제는 독일서 일본으로 돌아오고 다시 S전문학교로 옮겨졌다. 스스키는 S전문학교 학생들이 대부분 사회적 문화적인 것에는 조금도 흥미를 갖지 않고 학교의 노트만 기가 나서 외고 있다고 분개하며 이것은 요컨대 조선이라는 특수한 환경과 학교 당국의 가혹한 취체 때문이라고 떠들어 댔다.

"동경 같으면 그렇지 않겠지요?"

"글쎄."

하고 김만필이 막연한 대답을 한즉 스스키는 별안간,

"선생님이 문화비판회서 일하고 계실 때는 어땠습니까?"

하고 김만필의 얼굴을 치어다보며 물었다.

"네? 문화비판회?"

김만필은 깜짝 놀랐다. 스스키의 질문은 그에게는 청천의 벽력이나 다름없었다. 김만필은 경성 와서 취직운동을 시작한 후로는 그의 과거 경력은 같은 조선 사람 옛날 친구들한테도 이야기하지 않았었고 더군다나 S 전문학교에 취직한 후로는 이 과거의 비밀이 탄로될 것을 무엇보다도 무서워하고 있던 것이다.

"문화비판회라니?"

김만필은 시치미를 떼고 되물었다. 스스키는 싱글싱글 웃으며,

"선생님이 그 회원으로 굉장하게 활동하신 것은 학생들이 모두들 압니다."

"아뇨. 그런 일은 없소. 그건 무슨 잘못이겠죠."

김만필은 당장에 고개를 좌우로 흔들며 그 말을 부정했다. 가슴 속에서는 그의 조그만 지위와 양심이 저울에 걸려 있는 것을 느끼면서.

"그러셔요."

스스키는 의아하는 표정을 하면서,

"그 회가 해산될 때 선생님이 굉장한 열변을 토하셨다는 말까지 있는데요?"

"아니 그런 일은 없소."

김만필은 그래도 부정했다. 그러나 그의 기억에는 그날의 감격에 찬 광경이 분노에 불타서 말은 더듬거릴망정 그야말로 소리와 눈물을 한꺼번에 내쏟는 열변을 토한 것이었다. 그 고운 기억은 그가 아무리 비열한 인간이 되어 버리는 날이 있을지라도 결코 잊어버릴 수 없는 것인 것이다. 김만필은 그것까지도 터놓고 이야기할 수 없는 자기의 현재의 지위에 대해 잠깐 스스로 책망하는 생각에 잠겼었다. 그러나 곧 그는 공세로 옮겨갔다. 이런 소리까지 냄새를 맡아 가지고 학생 새에 퍼놓는 그 근원은 대체 어느 곳에 있는 것인가.

"그런 소문은 대체 어디서 들었소?"

스스키는 김 강사의 심상치 않은 태도에 당황해서 얼굴을 붉히며,

"요전에 다카하시 군에게 들었습니다."

"다카하시는?"

"T선생이 그러시더래요."

"T선생?"

"네. 김 선생님은 굉장한 수재시고 동경제대서도 문화비판회의 중요한 회원이시었다구요."

"흠——"

김만필은 말없이 생각하였다. 이것은 예사로 넘길 일이 아니다. 무슨 깊은 책략이 있는 것이라고 생각하였다. 그러나 그렇기로 T교수는 대체 어디서 또 그런 소리를 냄새맡아 왔을까. 정말 셰퍼드 같은 작자다. 이놈 이번에는 제 본색을 나타냈구나 하고 분개했다. 그러고 보니 지금 그의 앞에 있는 스스키까지도 의심스러웠다. 스스키는 오늘 처음으로 찾아왔으면서 다른 선생한테 가서 철없이 떠들면 단번에 학교를 쫓겨날 만한 소리를 지지하게 늘어놓았으니 그렇게까지 자기를 신용할 근거가 어디 있는가. 어쩌면 이 스스키 놈도 T교수와 한통이어서 일부러 김만필의 본심을 떠보러 온 것이나 아닐까. 이렇게 의심하기를 시작하니까 다음 다음 모든 것이 의심되었다. 대체 취임식 다음날 T교수가 난데없이 스스키 욕을 자기에게 들려 주던 것부터 이상스러웠다.

그것은 일부러 자기를 속일 전제가 아니었던가……. 스스키는 김 강사의 눈치가 험해 가는 것을 보고 어쩔 줄을 몰라 멈칫거렸으나 그러면 그럴수록 김 강사는, 이놈 시치미를 떼는구나, 하고 점점 더 스스키가 밉게 생각되는 것이었다.

스스키는 흥미 깨진 듯이 한참 앉았더니,

"너무 실례가 많았습니다. 공연히 쓸데없는 소리를 지껄여서."

하고 모자를 들고 일어섰다. 그러나 곧 나가려 하지 않고 잠깐 머뭇머뭇 하더니,

"사실은 선생님께 청이 있어 왔는데요."

하고 김만필의 얼굴을 쳐다보고,

"저희 반에 맘 맞는 동무 몇이 모여서 독일문학 연구의 그룹을 만들었는데 선생께서 지도를 좀 해 주십소사고……."

스스키는 언외에 뜻을 품게 하여 김 강사를 자기들 그룹으로 이끌었다. 사실은 그는 야마다, 김, 가도오들과 함께 학교 안에 조그만 단체를 만들어 가지고 독일문학 연구를 하는 한편 좀더 널리 사회 사정을 연구하려는 것이었다. 그러려면 누구든지 지도자가 한 사람 있어야 할 터인데 김 강사의 강의든가 우연히 들은 그의 과거 경력이든가를 보아 그 일을 김 강사에게 청하려고 오늘 찾아온 것이었다. 그러나 생각이 없는 경솔한 말 때문에 김 강사를 의외로 오해로 몰아넣은 것이다.

김 강사는 스스키의 그런 사정을 알 리가 없고 스스키가 진실한 표정을 하면 할수록 도리어 의심을 깊게 할 뿐이었다.

"바뻐서 난 참가 못하겠소."

그는 스스키의 청을 단번에 거절했다.

"선생님 틈 계신 대로라도……."

"몹시 바쁘니까 난 참가 못하겠소."

김 강사는 다시 한 번 거절했다. 스스키는 그래도 선 채로 잠깐 머뭇머뭇하더니,

"그러면 실례합니다. 오늘은 여러 가지로 미안했습니다."

하고 모자를 손끝으로 빙글빙글 돌리며 대문을 나갔다.

5

스스키가 찾아왔다 간 후 김만필의 생활은 더욱더욱 우울해 갔다. 강박관념에 쪼들리는 신경쇠약 환자같이 그는 항상 무엇엔가 마음의 위협을 느끼고 있었다. 공연히 쭈볏쭈볏하고 아무것을 해도 열심이 안 났다. 그러면 T교수나 H과장을 찾아가서 자기의 약점을 전부 고백하면 좋을 듯

도 싶었으나 그의 우울에는 그 이상의 무슨 깊은 뿌리가 있는 듯싶었다. 뿐 아니라 그곳에는 그의 힘 없는 양심의 최후의 문지기가 서 있었다. 공연히 마음만 안타까울 뿐이었다.

학교에를 가도 그는 점점 더 말을 하지 않았다. T교수가 말을 걸든지 하면 겉으로는 공손하게 대답했지만 속으로는 섬찌근하며 이자가 또 무슨 흉계를 꾸미는 것인가 하고 미워했다. 생각해 보면 그는 S전문학교에 온 뒤로 아직 아무하고도 말다툼을 한 번 한 일 없건만 모든 사람과 마음속으로 미워하고 서로 멸시하고 두고 보아라는 듯이 으르렁거리는 것 같은 형세가 되고 만 것이다.

그러나 이것은 당초부터 정해진 운명이었는지도 모른다. 그래 그는 억지로 S전문학교에 뻐기고 들어간 것을 별로 후회하지도 않았다. 될 대로 되어라는 일종의 자포자기 같은 마음이 드는 것이었다.

그런 중에도 날이 지남을 따라 S전문학교 직원 새의 공기는 외톨박이 김 강사에게도 차차로 짐작되었다. 한편에는 T교수를 중심으로 하는 일파가 교장을 둘러싸고 학교 안의 세력을 쥐고 있고, 한편에는 U교수 S강사들이 '정의파'로 그와 대항하고 있는 듯하였다. S강사는 교장과 특별한 관계가 있는 사람으로, 교장의 초빙으로 만주 공과대학 예과의 자리를 일부러 팽개치고 온 사람인데 T교수의 맹렬한 이간질로 교장과의 사이가 틀어져서 지금까지 교수도 못 되고 U교수의 정의파로 붙은 모양이었다. 김 강사는 그런 무의미한 세력다툼에는 한몫 끼일 자격도 없거니와 생각도 없었으나 마음속으로는 역시 U교수와 S강사들 편으로 동정이 갔다. 만일 S강사가 김 강사에게 이유 없는 멸시와 적의만 보이지 않았으면 그들의 정의파에 가담했을는지 모르는 것이다.

겨울 방학이 가까워 갔다. 으스스하게 흐린 날이 계속되고 때로는 가루 같은 뽀숭뽀숭한 눈발이 날리기도 했다.

어느 날, 김 강사는 학교로 들어가는 도중에서 T교수와 마주쳤다.

"대단 치워졌습니다."

언제나같이 T교수가 먼저 인사를 했다.

"대단 춥습니다."

김 강사도 같은 소리로 대답하고 지나가려는데, 참 잠깐만, 하고 T교수가 불렀다. T교수는 빙글빙글 웃으면서,

"긴상 그날 밤 일 아즉 기억하고 계시죠. H과장 댁 앞에서 우리가 맞닥뜨리던 날 밤……."

김 강사가 의미없는 웃음을 지었더니,

"……기억하고 계시죠. 내가 과자 상자를 들고 갔던 것 보셨죠?"

김 강사는 웃으며 고개를 끄덕였다.

"세상이란 다 그런 겝니다. 난들 그런 것을 하기가 좋아서 하겠소. 어쨌든 지금 연말도 되구 했으니 교장한데 무어 과자라도 한 상자 사 가지구 찾어가 두시란 말이오."

말해 던지고 T교수는 그대로 가 버렸다.

교실에 들어가 강의를 하면서도 김 강사는 T교수의 말을 잊어버릴 수가 없었다. 씹어 생각해 보면 T교수의 말은 그럴 듯도 싶었다. 그러나 다시 생각해 보면 지금 와서 과자 상자를 사 들고 주적주적 교장을 찾아가도 소용이 없을 뿐 아니라 도리어 업신여김을 받을 것 같았다. 뿐 아니라 T교수의 성격이라든지 그외 모든 것을 생각해 보면 그가 진정으로 김 강사를 위해 무슨 말을 해 줄 이유가 하나도 없는 것이다. 만일 그렇다면 T교수의 말은 실상은 책상물림 주제에다 어딘가 만만치 않은 고장이 있는 김 강사를 조롱한 것에 지나지 않는 것이다. 그러나 또다시 돌려 생각하면 T교수의 말은 좀더 의미가 깊은 것으로 '교장은 너를 미워하고 있다. 너도 미리 생각을 돌리지 않으면 목이 잘라진다.'라는 협박같이도 생각되었다.

그러나 어쨌든 그날 밤 김 강사는 명치옥에 가서 서양과자를 한 상자 샀다. 위뚜껑에 '조품'이라 두 자를 쓰고 그 밑에 자기의 명함을 붙였다. 그러나 그러는 동안에도 그의 마음속에서는 종시 두 가지 의사가 싸우고

있었다. 암만 무얼해도 이 짓만은 하기 싫다. 자기가 이것을 가지고 가면 교장은 이놈 인제두 하고 빙그레 웃고 T교수는 등뒤에서 그 능글능글한 웃음을 띠고 나의 어리석음을 조소할 것이다. 어차피 S전문학교에 다니는 것도 길지는 않을 것이니 이런 짓까지 하면 그만치 나는 밑질 뿐 아닌가. 그러나 바로 그 다음에는 다른 생각이 드는 것이었다. 아니 T교수의 말대로 세상이란 다 이런 것이다. 내가 지금 암만 뽐내 본댔자 뱃속을 짜개면 S전문학교를 나가고 싶지 않은 것이 본심이 아닌가. 물에 빠지는 자는 지푸라기라도 잡는다 한다. 이론이 다 무엇이냐. 내가 이런 짓을 하는 것이 더럽다 하면 나에게 이런 짓을 하게 하는 자들은 더 더러운 것이다. 이런 것으로 더럽히는 내 양심이다. 나는 요런 조꼬만 미끼를 물고 좋아하는 놈들의 그 천박한 꼴을 조소하면 그뿐인 것이다——

김 강사는 악마의 마음을 먹은 셈잡고 과자상자를 들고 서대문행 전차를 탔다. 그러나 그의 결심은 오래 계속되지 못했다. 그는 광화문 정류장에서 전차를 내려 효자동으로 가는 전타를 타지 않고 천천히 종로로 갔다. 본정통의 번잡한 데 비해 이곳은 몹시 잠잠했다. 일류미네이션만 헛되게 빛나고 세모 대매출의 붉은 깃발이 쓸쓸한 섣달 대목거리의 먼지에 퍼덕이고 있었다. 한참이나 거리를 어슬렁거리다가 욕심쟁이로 일가간에 돌림뱅이가 된 아주머니를 생각한 그는 걸음을 빨리 해 파고다 공원 뒷골목으로 들어갔다.

6

동기방학이 되고 해가 바뀌었으나 김 강사는 하숙에 꼭 들어앉아 있었다. 연하장 한 장도 내지 않았다. 그의 마음은 점점 더 비틀려 갔으나 속에는 일종의 깨달음 같은 것이 생기고 있었다. 그에게는 막다른 골목까지 온 것 같은 지금의 생활을 타개해 나갈 의사 같은 것은 물론 없고 차츰차츰 숨이 가빠 들어와도 그대로 누워 죽음을 기다리는 수밖에 없다고 생각되었다. 책상 위에는 먼지가 쌓이고 외국서 온 신문 잡지는 겉봉도 뜯기 싫었다. 그는 늦잠을 자는 버릇이 생겼다. 점심때나 되어 일어나서는 밥을 한 술 떠넣고 바람 부는 거리를 거니는 것이 일과가 되었다. 새해라 해도 종로 거리에는 장식 하나 없고 살을 에는 매운 바람이 먼지를 불어 올릴 뿐이었다.

피곤하면 뒷골목에 갑자기 많아진 찻집을 찾아 들어가 정신 나간 사람같이 앉아 있었다. 찻집에는 아무 데를 가도 일상 김 강사와 같은 젊은 사내들이 그득하였다. 그들은 대개는 김만필과 비슷한 경우에 처해 있는 사람들이었다. 학교는 졸업했으나 갈 곳은 없고 학문이나 예술상의 기적적인 사업이 하룻밤 되는 것도 아니고 그렇다고 현상 타파의 마음을 굳게 해서 강철이나 불길을 사양치 않을 만한 용기를 제마다 갖고 있는 것도 아니고 보니 차를 사 먹을 잔돈푼이 아직 있는 동안에 이렇게 찻집에 와서는 웅덩이에 괸 물 같은 시간을 보내고 있는 것이다. 여기에서는 활발한 토론의 꽃이 피는 법도 없으며 불길 같은 사랑의 피가 타오르는 일도 없고 오직 죽음과 같은 침묵의 시간이 계속될 뿐이었다.

날이 감에 따라 김만필은 점점 자기의 힘으로는 이길 수 없는 정신의 피로를 느끼기 시작하였다. 어떻게든지 해야겠다 하는 초조한 마음은 점점 없어지고 축 늘어진 채 의미없는 시간만을 맞고 보내고 하는 것이었다.

벌써 칠팔 년 전에 대학 불란서말 코스에서 우연히 눈에 뜨인 도데의 소설 속의 짧은 구절이 머리에 떠서 지워지지 않았다.——L'ennui lui vint.(그에게 피곤이 왔다.)는 이 짧은 구절이 무슨 깊고 또 깊은 의미를 가진 것같이 생각이 되는 것이다. 이야기는 철사에 붙들려 매서 날마다 평화한 목장의 풀을 먹고 있던 어린양이 드디어 생활에 권태를 느끼고 어느 날 이 철사를 끊고 숲속으로 달아나서 거기서 기다리고 있던 이리한테 잡아먹혔다는 것이다. 김만필은 하숙 온돌에 드러누워 빈대 피 터진 벽을 바라보며 그 잡아먹힌 어린양의 행복을 걱정해 보기도 했다.

휴가가 끝난 뒤에 교관실에 나타난 T교수는 그전보다도 한층 기운이 있었다. 이번 겨울은 특별히 추워 영하 이십 도라는 엄한이 여러 날 계속 되었건만 그는 잠방이 하나로 지내 왔다고 교관실이 가뜩하도록 떠들었다. 얼굴에는 붉은 피가 가득 차 있다. 별안간 그는 이번 겨울 방학 동안에 조선의 민속(民俗)에 대해 많이 연구했다고 말을 꺼냈다.

"마침 무당을 하나 붙들었기에 여러 가지 조선의 신앙, 미신, 관혼 상제의 습관, 풍속 같은 것을 조사해 봤는데 썩 흥미가 있데나. 한 민족을 철저하게 이해하려면 역시 이 방면부터 조사해 가는 것이 제일 첩경이야. 미친 것을 고치려면 신장내린 무당이 동쪽으로 뻗친 복사나무가지로 병자를 실컷 때려 주면 멀쩡하게 나아 버린다네. 허……. 이것은 아주 합리적이거든. 난 조선 여자들의 살결이 왜 고운가 했더니 그 비밀을 이번에 처음으로 알었어. 밤에 잘 적에 오줌으로 세수를 헌데나그려. 인제 우리 여편네한테두 오줌세수를 시켜 볼까. 허……어허."

T교수의 호걸 같은 웃음에 따라 다른 교수들도 일제히 깔깔려 웃었다. 그러나 김만필은 가만히 있을 수 없었다. T교수의 뺨이라도 힘껏 후려갈기고 싶었으나 참는 수밖에 없어서,

"그런 풍속이 어데 있단 말씀이오. 나는 듣도보도 못했소."

김 강사는 겨우 이 말만 했다. T교수를 비롯해 모든 사람들은 비로소 김 강사 있는 것을 깨달은 듯이 그의 얼굴을 바라보고 교관실의 공기는 별안간 싸늘해졌다.

T교수는,

"아니 당신은 이런 것은 이리저리 생각하실 것 없지요. 무식한 무당한 테 들은 소리니까."

하고 그로서는 처음 보는 미안한 얼굴을 지었다.

"어쨌든 미신이라는 것은 어떤 문명국에라도 있는 것이니까."

김 강사는 한 마디 더 말하고 싶었다. 그러나 마침 종이 울렸으므로 그는 백묵 상자를 들고 썩썩 교관실을 나와 버렸다.

이번 겨울은 이상스레도 흐린 날이 계속되었다. 그 일기도 김 강사의 비위에 맞지 않았다. S전문학교에 가는 도중에 전차 창으로 내다보이는 교외의 풍경은 한결같이 회색 빛깔로 물칠되었었다. 앞에는 더러운 빠락 집들이 톱니빨같이 불규칙하게 늘어서고 그 지붕 위를 수력전기의 송전탑이 까맣게 멀리 숲 편으로 달아나는 것이다. 잿빛 하늘 저편에는 시커먼 북한산이 잠잠히 서 있고……. 김만필은 옛날을 생각해 본다. 아직 중학생 때 겨울이 되면 흔히 스케이트를 둘러메고 이 근처로 얼음을 타러 다녔다. 그때에는 이 더러운 빠락들도 무서운 송전탑도 물론 없었고 수양버들 늘어진 큰길이 멀리멀리 논밭 가운데로 구불거려 있었다. 하늘은 일상 샛푸르게 개었었다. 편한 논벌판 저편에는 능(陵) 소나무숲이 보이고 그 저편 쪽 하늘에는 눈을 인 북한산의 야윈 봉우리가 굳세게 높게 솟아 있는 것이었다. 논에는 물이 가득해 그것이 유리쪽같이 얼고 그 얼음 위를 바람을 차고 중학생 김만필은 마음껏 뛰어 돌아다니던 것이었다——

이월도 그믐께 가까운 어느 날, 첫째 시간을 끝내고 일상 하듯이 김만필은 신문실에서 멍하고 있노라니 T교수가 나타나서 오늘 잠깐 할 말이 있으니 교수가 끝나거든 교무과로 와 달라 하였다.

시간을 마치고 교무과로 갔더니 T교수는 대략 다음과 같은 이야기를 하였다.

"오늘은 잠깐 당신께 꼭 해야 할 말씀이 있습니다. 다름 아니라 엊저녁에 오래간만에 H과장 집에 놀러 갔더니 H과장은 무슨 까닭인지 당신한테 관해 무슨 이상스런 소문을 듣고 대단 기색이 좋지 못한 모양입니다. 어떤 말을 듣고 그러는지는 나도 모르겠소마는 그래 내가 지금 당신께 하려는 말씀은 사실은 우리 학교 교장은 원체 성미가 그런 사람인데다가 무엇인지 당신이 교장 비위를 몹시 거슬려 놓지 않았나 싶습니다. 실례의 말씀이지만 당신은 아직 세상이라는 것을 모르고 계시다고 나는 봅니다. 세상이라는 것은 어쨌든 이론대로 되는 것이 아니니까요. 윗사람한테 대해서는 철을 찾어 무슨 선사는 안한다 하더라도 가끔 찾어가 보는

것쯤은 해 두는 것이 좋단 말이오. 들으니까 H과장도 그때 이후 찾어가
지 않었다지요. H과장이 그럽디다. 당신은 나와 달라서 처음부터 H과
장 소개로 들어왔것다, 당신만 잘 하면 앞으로는 시간도 차차 더 얻을 수
있을 것인데……."

"그러면 저……."

"아니 무어 자세한 이야기를 들은 것은 아니니까 어쨌든 내 생각에는
오늘 저녁에라도 우선 H과장 집에라도 한번 찾어가 보시는 것이 좋을 듯
합니다만……."

"네……."

김 강사는 분명치 않은 대답을 했으나 T교수의 이야기를 듣고 있는 동
안에 오랫동안 숨을 죽이고 있던 마음속의 불똥이 이상스레 끓어오르는
것을 느꼈다. 나쁜 놈들! 내가 비겁한 짓을 하고 절절매고 있으니까 제
멋대로 건방지게 구는구나. 나는 너희들 앞에 말라빠진 이 몸을 내던지고
짓밟든지 차든지 너희들 할 대로 하라고 참아 오지 않었느냐. 이 이상 무
엇을 더 어떻게 하라는 것이냐. 김 강사는 보이지 않는 소리로 H과장과
교장들을 욕하고 남을 극도로 멸시하는 소리를 뻔뻔스레 친절한 귀띔 모
양으로 들려 주는 T교수의 얼굴에다 마음속으로는 힘껏 침을 뱉어 주었
다.

그러나 집에 돌아온즉 불안한 마음에 암만 해도 가만히 있을 수 없었
다. T교수의 말치로 보아서는 자기의 운명도 이미 결정된 듯 싶었으나
그렇게 되고 보니까 또 전부터 정해 온 배짱이 흔들흔들하기 시작하는 것
이었다. 김 강사는 끝까지 현실에 연연하는 자기의 약한 성격에 스스로
싫증과 미움까지 났으나 그렇다고 그것을 어떻게 처치할 수는 없었다. 드
디어 그는 이번 한 번만 더 T교수의 말대로 해 보기로 마음을 정했다.
그리고 이번에야말로 언젠가 그가 권하듯이 과자 상자를 사 가지고 가는
것이라고 자기 자신에게 일러 두었다.

H과장 현관에는 먼저 온 손님이 있는지 구두 한 켤레가 놓여 있었다. 그러나 응접실에 들어가니까 손님은 방금 간 모양으로 하녀가 나와서 테이블 위의 찻종과 과자 접시 등속을 치우고 있었다. H과장은 혼자서 걸상에 앉았는데 웬일인지 노기가 등등한 얼굴이었다.

"무얼 하러 왔나!"

하고 쏘아붙였다. 김만필은 너무나 의외의 인사에 깜짝 놀라 H과장의 얼굴을 치어다보고 도로 머리를 숙였다. 다 글렀다! 하는 생각만이 머리에 가득 차서 오는 길에 생각해 둔 갖가지 변명이 하나도 안 남고 날아가 버렸다.

"너무 오래 찾어뵙지도 못했기에……."

김만필은 겨우 입을 떼었다.

"이 남의 은혜를 모르는!"

또 한 번 정신이 번쩍 들어 김만필은 얼굴을 들고 H과장을 보았다. H과장은,

"대체 자네는 왜 남의 얼굴에 똥칠을 해 놓는 겐가?"

라고 또 소리쳤다.

창졸간에 무엇이라 대답해야 할는지를 몰라 김만필은 머리를 숙이고 덮어놓고 사과를 했다. 그러나 H과장은 여전히 되풀이하는 것이다.

"왜 나를 창피한 꼴을 보이는 거야?"

"네 제가 과장님께 무슨 창피를……제가."

H과장에게 창피한 꼴을 보여 준 적은 없는 것이다.

"그래두 자네는 나를 속일 작정인가."

"과장을 속인 일은 저는 없습니다."

"없어?"

H과장은 금방 덤벼들듯이,

"그럼 내 입으로 말해 줄까. 자네는 대학 시대에 ××주의 단체에 들었었지. 이리로 온 후도 좌익 문학운동에 관계했지."

"허지만 그것은……."

하고 김만필은 대답하려 하였으나 이번에는 H과장은 부들부들 떨리는 목소리가 되어,

"왜 자네는 그것을 나한테 말하지 않고 감추었단 말인가. 응, 그래두 상관없다고 생각했단 말인가. 그래 놓고 자네는 뻔뻔스레 학교 선생이 되어 시치미를 뚝 떼고 있지만 자네를 추천해 논 이 내 얼굴은 어찌 된단 말인가. 나는 자네만은 염려없다고 학교 당국의 강경한 반대를 무릅쓰고 억지로 자네를 집어넣은 것이야. 허기는 경솔하게 자네를 신용한 내가 잘못이지. 섣불리 동정심을 낸 것이 잘못이야. 이 은혜를 모르는 제 욕심만 채우는……."

H과장이 떠들어 대는 동안 김만필은 올 것이 온 것이다,라고 생각하였다. 그러나 막상 이렇게 되고 보니 도리어 별로 겁날 것이 없었다. 생각하면 작년 가을 이후로 날마다 밤마다 자기를 괴롭게 하고 눈앞에 얼씬거리던 검은 그림자의 정체는 겨우 요것이던가. 그렇게 생각하니 도리어 무거운 짐을 내려논 것 같았다. 그러나 사정만은 똑똑히 해 두어야 된다고 그는 생각하였다. 과거에 있어서 그는 제법 정말 무슨 주의자였던 일은 없는 것이다.

"그건 무슨 오해십니다. 저는 지금까지 ××주의자였던 적은 없습니다."

"무엇야! 그래도 나를 속이려나!"

H과장은 다시 격노해 소리를 버럭 지르고 의자와 테이블을 와당탕거리며 벌떡 일어났다.

그때 이웃방으로 통하는 문이 열리며 H과장 부인이 차를 가지고 들어왔다. 이어 부인의 등뒤에는 언제나 일반으로 봄 물결이 늠실늠실하듯 온 얼굴에 벙글벙글 미소를 띤 T교수가 응접실로 따라 들어왔다.

창랑정기

1

'해만 저물면 바닷물처럼 짭조름히 향수(鄕愁)가 저려든다.'고 시인 C군은 노래하였지만 사실 고향을 그리는 마음이란 짭짤하고도 달콤하며 아름답고도 안타까우며 기쁘고도 서러우며 제 몸 속에 있는 것이로되 정체를 잡을 수 없고 그러면서도 혹 우리가 무엇에 낙망하거나 실패하거나 해서 몸과 마음이 고달픈 때면 그야말로 바닷물같이 오장육부 속으로 저려 들어와 지나간 기억을 분홍의 한 빛깔로 물칠해 버리고 소년시절을 보내던 시골집 소나무 우거진 뒷동산이며 한글방에서 공부하고 겨울이면 같이 닭서리 해다 먹던 수남이 복동이들이 그리워서 앉도 서도 못하도록 우리의 몸을 다들게 만드는 이상한 힘을 가진 감정이다.

향수(鄕愁)란 그러나 반드시 사람의 심사를 산란케만 해 주는 것은 아니고 우리가 그렇게 할 마음의 여유만 갖는다면 우리의 거칠 대로 거칠어진 정서의 거친 벌을 다시 곱게 빗질해 줄 수도 있는 것이며 또는 갈기갈기 흩어진 어지러운 생각을 외가닥길로 인도해 주는 수도 있는 것이다.

가령 여기 젊어서 청운의 큰 뜻을 품고 만리 타향에 나갔던 사람이 있다 하자. 바람 비 거친 몇십 년을 지난 뒤 이마에 주름살이 깊어 가고 은빛 흰 머리칼이 나날이 늘어갈 때 달 밝은 어느 밤 그가 고향을 그리는 마음에 이리 뒹굴 저리 뒹굴하며 잠을 이루지 못한다면 언뜻 생각하면 향수란 놈은 사람의 마음을 재리재리하게 좀먹어 들어가는 우수의 사자(使者)인 것 같기도 하나 다시 생각하면 그가 젊어서 품었던 청운의 뜻이 뜻대로 이루지 못했을 때 또는 처음 뜻대로 이루었다 해도 그 소위 청운의 큰 뜻이라는 것이 결국은 인생이란 것을 분홍빛 베일을 통해서만 볼 줄 알던 젊었을 때의 일시의 헛된 꿈이요 사람의 마음과 몸을 영원히 안식시켜 줄 깊고도 높고 또 튼튼한 것이 아니었다는 것을 깨달았을 때 의지할 바를 잃은 그의 심정을 부드러운 손길로 쓰다듬어 주어 위대한 안심의 길로 인도해 주는 거룩한 어머니의 손길이야말로 고향을 그리는 마음이라고도 할 수 있지 않을까. '청운의 큰 뜻'을 이룬 사람에게나 못 이룬 사람에게나 향수란 다 같이 최후의 도착점이 아닐 것인가.

옛날 《귀거래사》의 시인은 '새는 날다 고달프면 돌아올 줄을 안다'고 읊었고 《영원의 청춘》을 누리던 괴테도 서른한 살의 젊음으로써 이미 '모든 산봉우리에 휴식이 있느니라'고 노래했거니와 이것은 즉 그들이 남다른 직관과 감수력으로 이 향수의 구슬프고도 깊은 의미를 몸으로써 느꼈기 때문이라고 말할 수 있을 것이다.

나어린 시절을 경개 아름다운 시골서 보낸 사람은 이런 의미에서 대단히 행복된 사람이다. 그는 몸이나 마음이 고달픈 때마다 찾아 들어갈 따뜻한 어머니의 품속을 가졌기 때문이다. 그러나 도회에서 나서 도회에서 자라고 몇 해에 한 번씩 또는 한 해에도 몇 번씩 이 골목에서 저 골목으로 이사를 돌아다니는 사람은 그리워하려도 그리워할 고향이 없으므로 대단히 불행한 사람이다. 그리워할 고향이 없으면 아무것도 그리워하지 말고 항상 앞날만을 바라보고 나가면 그만 아니냐고 할 사람이 있을는지도 모르나 사람의 마음이란 그렇게 꺾으면 부러질 듯이 일상 꼿꼿하게 뻗쳐

만 있을 수는 없는 것이니 긴장의 뒤에는 반드시 해이가 오는 것이요, 해이는 새로운 큰 긴장의 전주곡이라고도 할 수 있는 것이다.

어쨌든 우리는 누구를 물론하고 다 같이 향수를 가지고 있다. 그리워할 고향이 있는 경우에는 물론이거니와 그런 것이 없는 때에도 사람은 항상 무엇인가를 그리워하며 그 때문에 슬퍼하기도 하고 기뻐하기도 하는 것이 사실이다. 그 고향 없는 향수의 대상은 혹은 소년 시대의 어느 날 저녁 우연히 꿈에 본 산천인 수도 있는 것이요, 또는 꿈에나마 한 번도 본 적 없는 생판 공상의 소녀이기도 할 것이다. 이렇게 말하면 종교가는 네가 말하는 향수란 결국 거룩하신 하나님의 품을 의미하는 것이니 사람은 지혜의 열매를 따먹고 에덴의 동산을 쫓겨나올 때 벌써 숙명적으로 그런 향수를 등진 것이니라고 할는지도 모르나 종교가가 무엇이라고 하든간에 사람이란 항상 무엇인가를 그리워하면서만 그의 생존의 의미를 느끼는 것임은 움직일 수 없는 사실이다.

서울서 나서 서울서 자라난 나는 남들과 같이 가끔가끔 가슴을 졸이며 그리워할 아름다운 고향을 갖고 있지 못하다. 내가 나서 세 살이 될 때까지 살았다는 가회동 꼭대기 집은 어느 새에 흔적도 없이 없어지고 지금은 낯모르는 문화주택이 들어섰을 뿐이다. 그러나 나에게도 내 마음이 고달픈 때 그 마음을 가져갈 고향의 기억이 아주 없는 것은 아니니, 하나는 여섯 살 때부터 열네 살 되던 해까지 살던 계동집의 기억이 그것이요 하나는 이곳에 기록하려는 창랑정의 기억이 그것이다.

2

창랑정이란 대원군 집정 시대에 선전관으로 이조판서 벼슬까지 지내던 나의 삼종 증조부되는 서강대신 김종호가 세상이 뜻과 같지 않아 쇄국의 꿈이 부서지고 대원군도 세도를 잃게 되자 자기도 벼슬을 내놓고 서강 —지금의 당인리 부근 강가에 있는 옛날 어떤 대관의 별장을 사 가지고 스스로 창랑정이라고 이름 붙인 후 울울한 말년을 보내던 정자 이름이다.

내가 처음 창랑정을 갔던 것은 자세한 기억은 나지 않으나 일곱 살이나 잘 해야 여덟 살 먹었을 적이니까 이럭저럭 스물일고여덟 해 전 일이다. 이른봄 봄이라도 냉이순이 파릇파릇 내밀 무렵이었으니까 삼월 중순이나 하순께쯤이었을까. 나는 아버지를 따라 그곳에 가서 며칠 동안을 지낸 것이었다. 그 며칠 동안에 보고 듣고 한 기억이 이상스럽게도 어린 머릿속에 깊이 새겨져서 거의 삼십 년이란 긴 세월이 흘러간 지금까지도 가끔 내 추억의 나라 속을 왕래하며 때로는 달디단 일종의 향수가 되어 내 마음을 안타깝게까지도 하는 것이다.

청랑정은 서강이라 해도 당인리 편으로 가까운 강가 솔숲 우거진 조그만 봉우리가 강으로 향해 비스듬히 얕아 가다가 별안간 깎아지른 듯이 낭떠러지가 된 바로 그 위에 있는 칠십 칸이 넘는 큰 집이었다. 서강 동네를 지나 강가에 나서서 서편을 바라보면 보통때는 물 한 방울 없는 개를 건너 저편 언덕 위에 좌우로 줄행랑이 늘어서고 가운데 솟을대문이 우뚝 솟은 큰 집이 보인다.

"자 인제 다 왔다. 저기 저 집이 창랑정——서강 할아버지 댁이다."

왼손으로 타박거리는 내 바른편 손을 붙들고 아버지는 바른편 손으로 단장을 들어 개 건너 큰 집을 가리켰다. 저녁 해를 비스듬히 받은 그 큰 집의 인상이 얼마나 이상스러웠던지 처음으로 아버지가 그 집을 서강 할아버지 댁이라고 가르쳐 주시던 그 순간의 광경이 바로 엊그제 일같이 지금도 내 눈에 선하다. 가까이 가 보니 창랑정을 멀리서 볼 때와는 달라지은 지 몇백 년이나 됐는지 행각 기둥이 이리저리 기울고 쓰러진 아주 퇴락한 옛집이었다. 화방도 군데군데 무너지고 어떤 데는 큰 소라도 드나들직하게 구멍이 뚫려 있었다. 언덕을 올라가 대문간을 들어서니 시꺼먼 늙은 은행나무가 무서운 악몽같이 앞을 막는다. 이것은 뒤에 들은 이야기거니와 그 은행나무에는 귀신이 접했다 해서 동넷집에서 고사를 지내면 반드시 그곳부터 갔다 지내고 동네서 무슨 불길한 일이 일어나도 그 나무에 동티가 난 것이라 하여 무서워들 하는 것이었다.

　은행나무를 지나면 바로 또 급한 언덕이요, 좌우에 작은 사랑이 있고 강으로 향한 정면 높은 축대 위에 서강대신이 거처하는 큰사랑이 있는 것이다. 마당 앞은 불과 두서너 자밖에 안 되는 얕은 담이요, 돌을 딛고 올라서서 담 너머로 넘겨다보면 담 밖은 바로 낭떠러지여서 까맣게 내려다보이는 저 밑에 검푸른 강물이 출렁거리는 것이었다.

　서강대신은 병석에 누워 계셨다. 양명한 저녁 햇빛이 서남으로 터진 큰사랑 앞마루에 환하게 비치고 있었지만 문을 열고 큰사랑에 처음 들어섰을 때에는 방 안은 아무것도 보이지 않을 만큼 캄캄하였다. 아버지는 아랫목편으로 가서 누워 있는 대신에게 절을 하시고 난 뒤 나더러 절을 하라 하신다. 시키는 대로 절을 하고 무릎을 꿇고 앉으니까,

　"제 자식이올시다."

하고 나를 설명하신다.

　"오 그놈 잘생겼구나."

　서강대신은 일부러 일어나 내 머리를 쓰다듬으면서,

　"몇 살이냐?"

하고 묻는다.

　"일곱 살이올시다."

　"음 자식이나 똑똑히 나아지……."

　그제서야 내 눈에는 방 안의 것이 똑똑히 보이기 시작하였다. 서강대신은 그때 나이 벌써 팔십이나 되고 거기다가 오래 병석에 누워 있을 때라 몹시 수척하기는 했으나 게름한 얼굴, 흰 살결, 은빛 같은 수염, 모든 것이 과연 어린 내 마음에도 갖은 풍상을 다 겪은 귀인의 풍모같이 보였다.

　아버지와 서강대신이 무엇인지 이야기하고 있는 동안 나는 차례차례로 방 안을 둘러보았다. 모든 것이 그때까지 계동 우리 집 간반 방 사랑밖에 모르던 나에게는 진기하기 짝이 없었다. 마루로 향한 미닫이에는 갑창을 굳이 닫은 위로 또다시 짙은 자줏빛 방장이 드리워 있고 그 반대편에는

구름을 타고 물결 위에 노니는 신선을 그린 큰 병풍이 삼 칸 벽을 꽉 채우고 있었다. 방 구석에 놓인 사방탁자와 대신의 머리맡에 놓인 한 쌍 문갑 위에는 커다란 옛날 책들이 길길이 쌓여 있다. 벼루갑 위에 놓인 용을 새긴 붓꽂이, 그 옆에 있는 범을 새긴 대리석 도장, 벽에 걸린 옛날 명필의 글씨, 흰 말꽁지로 만든 긴 총채……, 아 모든 신비스럽고도 호화롭던 방 장식은 지금도 내 눈에 보이는 듯하다.

3

얼마 있더니 문이 열리며 스무 살이 될락말락해 보이는 상투 짠 젊은 사람이 들어왔다. 아버지가,

"일어나 형님께 절해라."

고 하신다. 시키시는 대로 나는 또 일어나 절을 하였다. 그것이 그 집 젊은 주인 서강대신의 증손자 나의 열두 촌 형님 김종근이었다. 서강대신은 아들도 손자도 일찍 여의고 단지 이 어린 증손 하나를 대를 물릴 귀한 자손으로 애지중지해 거느리고 있던 것이다.

아버지와 서강대신과는 종근을 옆에 앉히어 놓고 또 무슨 이야긴지 길게 하기 시작하였다. 무슨 이야기를 하는 것인지는 알 수 없었으나 '학교'니 무엇이니 하는 말이 자꾸 나오던 것으로 보아 서강대신은 종근을 학교에다 보낼까말까에 대해 아버지에게 상의하던 것인가 싶다. 다른 일이면 상의할 사람이 얼마든지 있었겠지마는 신식 개화에 대해서는 멀고 가까운 것을 물론하고 집안에 나의 아버지밖에는 아는 사람이 없었던 것이다. 그때 아버지는 한국 관비 유학생으로 일본 유학을 갔다와서 탁지부로 내각제도국으로 벼슬을 다니다가 합방이 된 후에도 그대로 계속해 다니고 계셨던 것이다.

서강대신과 아버지가 그때 하던 이야기가 종근에게 신식 공부를 시킬 것인가 아닌가 하는 것이었음은 그후에 아버지가 일상 서강대신이 완고해

서 종근에게 학교 공부를 안 시킨 것이라고 원망하던 것으로 짐작이 된
다. 생각건대 서강대신은 대원군 시절에 가장 맹렬하게 양이——서양 오
랑캐를 물리치기를 주장하던 분이라 세상이 날로 그의 생각과는 달라 감
을 보자 하나밖에 없는 귀한 자손에게 신식 공부를 시킬 필요를 느끼고
아버지하고까지 의논을 한 것이었으나 끝끝내 자기의 신념에 충실해서 종
근을 학교에 안 보냈던 것인가 싶다.

어른들의 이야기가 너무 오래 계속되므로 나는 갑갑함을 참다못해 가만
히 자리를 일어나서 웃목 두껍닫이를 열고 마루로 나갔다. 마루도 문은
사방이 다 닫혔으나 저녁 햇빛을 받아 정신이 번쩍 나게 환하고 밝았다.
장식은 별로 없으나 이곳에도 가득 쌓인 책과 대들보에 걸린 '滄浪亭'이
라는 현판이 역시 나의 호기심을 끌었다. 나는 창랑정이라는 현판을 한참
이나 쳐다보고 옳지, 창랑정 창랑정 하더니 찰 창자와 물결 랑자 정자 정
자로구나 하고 그것을 알아낼 수 있었던 것이 몹시 기쁘고 뽐내고 싶었
다. 현판은 서강대신이 스스로 쓴 것이어서 끝에는 '濤庵'이라는 서명까
지 있었다.

한참이나 현판을 쳐다보다가 나는 마룻가로 가서 강편으로 향한 덧문을
밀어 보았다. 의외에도 덧문은 소리도 없이 스르르 열리며 예기하지 못했
던 창랑정의 웅대한 풍경이 눈앞에 전개되었다. 아 그 일순간에 소리도
없이 내 눈 속으로 확 달려들던 창랑정의 대관. 그것도 역시 지금 내 눈
에 선하다. 바로 눈 아래 보이는 검푸른 물결. 물결 건너로 눈에 가득하
게 들어오는 넓고 넓은 백사장. 그 백사장 저편 끝으로 멀리 하늘 끝단
데까지 물결치듯 울멍줄멍한 아득한 산과 산——나는 그 장대한 풍경에
정신이 팔려 시간 가는 줄을 모르고 그곳에 섰었다.

얼마나 지났는지 그 장대한 풍경에 별안간 영롱한 빛이 비치어 정신 차
려 보니 저녁놀이 뜨기 시작한 것이었다. 저녁놀이라는 것은 차츰차츰 뜨
기 시작하는 것이로되 보는 사람에게는 별안간 뜬 것같이 보이는 것이라
는 것을 그때 알았다. 삼월달인데도 공교롭게 하늘에는 층층이 갖은 형상

을 다한 구름이 겹쳐 떠 있었다. 연기같이 가로 길게 꼬리를 끄는 구름, 가를 은빛으로 빛내며 풀솜처럼 뭉게뭉게 피어오르는 구름, 거대한 맹수의 싸움처럼 보고 있는 동안에 산같이 솟았다가는 파도같이 무너지는 구름, 저 맨 위에 아련히 새긴 비늘같이 엷게 입히어 움직이지 않는 구름, 그 가지가지 구름이 혹은 붉게 혹은 분홍으로 혹은 자주로 혹은 오렌지빛으로 제각각 물들여져 간간이 내다보이는 푸른 하늘과 한데 되어 오색이 영롱한 요지경을 이룬 것이다. 그 오색찬란한 하늘이 다시 물 위에 거꾸로 비치어 하늘과 땅이 함께 어우러져 장대화려한 꽃밭을 이룬 황홀한 광경은 일곱 살의 소년 아니라도 누구나 한 번 보면 한평생 잊을 수 없을 것이다.

그러나 그 아름다운 자연보다도 한층 내 어린 기억에 지워지지 않는 인상을 준 사건이 곧 일어났다.

황홀한 놀 뜬 풍경에 팔려 나는 내 발 밑 누마루 앞마당에 누가 왔는지 누가 갔는지 아무것도 모르고 있었는데 어쩌다가 언뜻 눈앞을 내려다보니 언제 온 것인지 열두서너 살 먹어 보이는 소녀가 앞마당에 와 서서 방긋방긋 웃으며 나를 쳐다보고 있다. 회화나무 꽃씨로 물들인 '호야노랑' 저고리에 잇다홍치마를 입은 소녀는 오색이 영롱한 저녁놀을 등지고 서서 방긋방긋 웃으며 나를 쳐다보는 것이다.

나는 곧 그 소녀에게 몸이 잦아지는 것 같은 호감을 느꼈다. 그때 나도 모르는 동안에 빙긋이 웃었더니 소녀는 이리 오라 이리 오라고 나에게 손짓을 하였다.

4

나는 고개를 끄떡하고 마당으로 내려가려고 큰사랑으로 들어갔다. 그랬더니 어디 가 있었느냐고 아버지가 꾸중을 하시면서 인제 안으로 들어가 할머니를 뵈어야 할 테니 거기 가만 있으라고 하신다. 마당에 있는 소녀가 궁금해 좀이 쑤시어 죽겠으나 하는 수 없이 아버지 옆에 가 무릎을 꿇고 앉았다.

안채는 사랑채보다도 더 드높고 더 뼈대가 굵었다. 육 칸 대청을 가운데 끼고——퇴까지 합하면 여덟 칸이나 된다——서편으로 안방, 동편으로 건넌방, 안방머리에는 마루방, 건넌방머리에는 목방, 거기서 꺾여 뒷방 뜰 아래로 뜰아랫방이 둘——이렇게 적어 오면 굉장히 으리으리한 것 같으나 원체 후락한 집이라 몹시 충충한데다가 서까래가 썩어 유착한 지붕 끝이 아래로 축 늘어진 것이 무슨 옛날 이야기에 나오는 폐절(廢寺) 같았다. 지붕에는 작년에 났던 망초 마른 것이 어수선하고——

안대문을 들어서자 음식 냄새가 코를 찌르고 대청과 부엌에 사람들이 득실득실한다. 떡시루를 들고 왔다갔다하는 사람, 부침개질을 하는 사람, 갈빗대를 들고 도끼로 내리찍는 사람, 도라지를 쪼개는 사람, 콩나물을 다듬는 사람, 고기를 재는 사람, 그 충충한 큰 집이 떠들썩하다. 대갓집이라 사는 번새가 그런가 하고 속으로 생각하노라니,

"내일이 노할머니 생신이시란다. 나는 저녁 먹고 집으로 갈 테니 혼자 여기서 종근 형하고 같이 자고 며칠 자고 놀다가 오너라. 내일 아침에는 어머니가 나오신다."

하고 아버지가 말씀하신다.

아버지는 기침을 에헴에헴 하시며 나를 데리고 정경부인 누워 계신 안방으로 들어가셨다. 대청에 있는 젊은이들은 더러 피하는 사람도 있었으나 안방에는 나이 많은 분들이 가득 앉아서 아버지가 들어가셔도 피하기는커녕 "영감 왔소." "자네 왔나." 하면서 아버지를 백주에 아이 취급이다. 정경부인은 아랫목에 누워 계신데 아버지와 내가 번갈아 절을 해도 누렇게 들뜬 얼굴을 조금 돌렸을 뿐 꼼짝도 하지 않았다. 정경부인께 절을 한 뒤 아버지와 나와는 무슨 할머니다 무슨 아주머니다 하는 방 안 노인들께 돌아가며 절을 하노라고 혼이 났다.

절이 한 바퀴 끝난 뒤 울멍줄멍한 이상한 천장——그것이 소란 반자라

는 것이었다——을 쳐다보며 한숨 돌리고 앉았는데 방 안이 또다시 수선
수선하더니 문이 열리며 달덩이 같은——정말 그때 나에게는 달덩이같
이 환하게 보였다——새색시가 눈을 내리깔고 방으로 들어왔다. 새색시
는 아버지께 공손하게 절을 한다. 아버지도 당황한 듯이 반쯤 일어나 절
을 받으신다. 청대 반물치마에 호야노랑 저고리를 맵시 있게 입은 새색시
를 바라보며 나는 문득 아까 본 소녀 생각을 하였다. 소녀는 그의 누이나
조카딸이리라——

"너 아주머니께 절해라."

누가 나더러 절을 하라 한다. 새색시는 종근 형의 색시였던 것이다.

저녁이 지난 뒤에 아버지는 처음 말씀대로 나만 그곳에 남겨 두고 문안
집으로 돌아가셨다. 그때까지 집을 나가 외방에서 자 본 일이 한 번도 없
는 터라 아버지를 따라 들어갈 생각도 간절하였으나 어린 마음에도 그곳
에 있으면 내일은 아까 그 소녀를 마음대로 만날 수 있으리라 싶어 나는
쉽사리 아버지의 말씀을 승낙하고 무슨 모험이나 하러 나서는 것 같은 호
기심에 가슴을 뛰며 잠이 들었다.

이튿날은 새벽부터 손님들이 오기 시작하였다. 손님들이래야 대개는
안손님이요 거의 다 마님 아씨들이라 내가 아는 할머니 아주머니도 여러
분 계셨다.

그러는 중에 기다리던 어머니가 오시더니,

"잘 잤니. 세수는 했니. 집에 오고 싶지 않데. 무얼 좀 먹었니?"

하시며 나를 보고 반색을 하신다. 나는 소녀 생각도 무엇도 다 집어치우
고 어머니만 반가워 어머니 옆을 떨어지지 않으리라 하였다.

어머니를 따라 안으로 들어가니 그 동안에 어디서 그렇게 모였는지 대
청에는 노랑 저고리에 남치마를 질질 끄는 새댁들이 득시글득시글한다.
그래도 어저께는 그렇게 떠들지는 않더니 오늘은 새색시들은 예의도 잊어
버리고 "그것 이리 주게." "이것 저리 두세요." 하고 고함고함치며 야단
들이다. 그들은 오래 농 속에 갇혔다가 처음으로 놓여 나온 참새 떼처럼

무슨 이야기를 쏘곤쏘곤하기도 하다가 킬 하고 웃기도 하다가 서로 허리를 쿡쿡 찌르며 장난도 하다가 어떤 이는 만들던 음식을 집어 재빠르게 입으로 집어넣고 우물우물 씹어 먹기도 하였다.

방 안도 마루도 잔치 손님으로 가득 차 어디 가 편하게 앉을 구석도 없다. 거기다가 일시도 입을 다물고 잠자코 있는 이도 없다. 여인네가 모이면 시끄럽게 떠드는 것은 옛날이나 지금이나 다름이 없는 것이다. 나는 정신이 얼떨떨해 견디다 못해서 늦은 아침을 간신히 얻어먹자 곧 그 사람 고장을 빠져 나와 안 뒤꼍으로 갔다.

5

안 뒤꼍에는 또 마당이 있고 마당에 연해서 바로 뒷동산이다. 집 뒤 산 중턱을 잘라 개와담을 넓게 돌려싸 놓고 복사나무 살구나무 오얏나무 앵두나무 등 갖은 과일나무 수양버들 동청 개나리 등속을 터가 좁도록 심어 놓은 안이 뒷동산이다. 동산 기슭에는 단청칠 벗겨진 사당채가 있다. 나는 한참이나 사당채를 구경하다가 동산 맨 위에 올라가 보리라 생각하고 과일나무 사이 좁은 길을 올라가기 시작하였다. 그때였다. 누가,

"얘 얘."

하고 뒤서 부른다. 돌아다보니 노랑 저고리에 잇다홍치마를 입은 어제 그 소녀가 막 뒷방 모퉁이를 돌아 나 있는 곳으로 오는 것이었다.

나는 몹시 반가웠으나,

"왜!"

대답만 하고 그 자리를 움직이지 않고 서 있었다.

소녀는 나 있는 곳으로 올라오더니,

"우리 저리 올라가 놀까?"

동산 위를 가리키며 내 얼굴을 들여다본다.

"응."

하고 내가 고개를 끄덕이니까 그는 내 손을 붙들고 동산을 올라가기 시작
하였다.

"너 이름이 무어지?"

내 얼굴을 들여다보며 묻는다.

"김시근이."

"어디 사니?"

"계동."

"계동이 어디야?"

"여기서 아주 멀단다."

이야기하면서 나는 무엇인지 모르게 포근포근한 행복을 느꼈다. 소녀
하고 어디까지라도 그렇게 손을 붙들고 걸어가고 싶었다. 그러고 보니 나
도 소녀의 이름이 알고 싶어진다.

"넌 이름이 무어냐?"

"내 이름?"

하고 소녀는 어린애답지 않게 그런 것을 묻는 나를 의외로 생각했던지,

"을순이란다."

하고 대답한다. 나는 소녀에 대해 좀더 알고 싶었다.

"너 이집 새아주머니 동생이냐?"

"아──니. 새애기씨는 우리 작은아씨란다."

"작은아씨?"

하고 재차 물었다.

"지금은 새애기씨지만……."

그래도 무슨 뜻인지 알 수 없었지만 나는 더 묻지 않았다. 이것도 나중
안 것이지만 을순이는 종근 형의 새색시가 시집 올 때 데리고 온 교전비
(轎前婢)였던 것이다.

그러는 동안에 우리는 맨 꼭대기 담 밑까지 갔다. 편편한 잔디밭이었
다.

"우리 여기서 놀아 응."

하고 을순이는 나를 잔디밭에 앉히고 저도 옆에 가 앉았다. 내려다보니 그 큰 집 안채 사랑채들이 고래등같이 눈 아래 엎드리고 그 너머로 어제 저녁 때 내가 황홀해 내다보던 강물과 흰 모래밭 탁 트인 경치가 한눈에 보인다.

나는 을순이가 내 손을 조몰락거리는 것이 어째 부끄러워,

"강물은 왜 저렇게 퍼럴까?"

강물을 가리키며 물어 보았다.

"강물이 그럼 퍼렇지 무어?"

하더니 을순이는 내 옆으로 바싹 다가앉으며,

"너 몇 살이지?"

"일곱 살."

"누님 있니?"

"응"

"누님은 몇 살이냐?"

"열다섯 살."

"이쁘지. 이쁘게 생겼지?"

나는 그때까지 누님을 예쁘다고 생각해 본 적은 없으나 남 앞에 밉게 생겼다고 하기도 싫어서 "응." 하고 대답하였다.

"언니는?"

"언니두 하나 있어."

"몇 살이냐?"

"열두 살."

"잘생겼니. 이렇게 너같이?"

또 "응." 하고 대답하려는데 을순이는 별안간 내 앞으로 다가앉으며 두 손으로 내 양편볼을 꼭 끼고 바르르 떤다.

을순의 그런 행동은 나에게도 어쩐지 몸이 자지러지게 기뻤으나 한편으

로는 별안간 무서운 생각이 났다.

어째 을순이가 달려들어 때리고 꼬집고 할 것 같았다.

"싫여. 얘 난 싫여."

나는 고개를 흔들며 손으로 내 볼을 긴 을순이 손을 떼려 하였으나 을순이는 방긋방긋 웃으며 놓으려 않는다.

"싫여. 얘 난 싫여."

나는 아까보다 더 고개를 내저으며 우는 얼굴이 되었다. 그제서야 을순이는 손을 놓으며,

"아냐 아냐 못난이 같으니. 내가 이쁘다고 그랬지 무어."

하더니 잠깐 있다가,

"우리 놀았다구 아무보구두 말 말어 웅."

하고 내 얼굴을 들여다본다. 나는 고개를 끄덕여 비밀을 지킬 것을 약속하였다.

잠깐 있다가 을순이는 무엇을 생각한 듯이,

"아이구 찾으실 텐데."

하고 벌떡 일어나며,

"우리 이따 또 놀아."

해 놓고 동산길을 뛰어 내려갔다.

을순이 내려가는 뒷모양을 보며 나는 몹시도 섭섭했다. 내가 고개를 흔들었기 때문에 내려간 것 같아 후회도 되었다.

이번에 을순이가 또 그렇게 하거든 가만히 있으리라고 생각하였다. 그러나 곧 나는 이런 생각은 도로 잊어버리고 동산을 이리 뛰고 저리 뛰기 시작하였다.

6

그후 나는 창랑정에 며칠 더 있는 동안 을순이와 아주 친해져서 틈만

있으면 같이 뒷동산에 올라가 놀았다. 바구니를 들고 냉이를 캐기도 하고 흙을 헤치고 메를 캐먹기도 하는 재미는 그때까지 도회의 한복판을 떠나 본 일 없던 나에게는 처음 경험하는 신기한 것이었다. 그러는 동안에 하루는 내가 창랑정을 생각할 때 빼놓을 수 없는 인상 깊은 사건이 또 하나 일어났다. 어느 날 저녁때 나는 또 메 캐러 가자는 을순의 말을 따라 뒷동산에를 올라갔다. 나무꼬챙이를 들고 이곳저곳 물씬물씬한 흙을 파헤치고 손가락으로 뒤적뒤적하면 오직오직 부러지는 메에 섞여 달크무레한 물이 나오는 맛이란 일 전에 둘씩하는 왜떡이나 눈깔사탕에 비할 것이 아니다. 처음에는 다른 질긴 풀뿌리를 메로 잘못 알고 씹어 보다가는 써서 퉤퉤하고 뱉기도 했지만 차차로 나도 메와 다른 풀뿌리를 쉽사리 분간하게 되었다. 을순이는 어느 결에 그렇게 캐는지 금방 금방으로 한 옴큼씩 캐 가지고 와서는 말짱하게 흙을 떨어 나더러 먹으라고 준다. 나중에는 두었다 집에 가서 먹으라고 조끼 호주머니가 뿌듯하도록 넣어 주기까지 한다.

해가 거의거의 넘어갈 무렵이었다. 을순이는 저편에서 메를 캐고 나는 나대로 흙을 파헤치고 있는데 무엇인지 나무꼬챙이 끝에 딱딱하게 걸리는 것이 있다. 처음에는 대수롭지 않게 알고 그 옆을 또 찔렀더니 거기서도 무슨 나무 썩은 것 같은 것이 나오고 그것을 또 헤치니까 부연 무슨 쇠 같은 것이 보인다.

"얘 이게 뭐냐?"

나는 곧 을순이를 불렀다.

"뭐?"

하며 을순이가 쫓아온다.

을순이는 엎드려 좌우를 더 파헤치며 흙을 떨어 가며 들여다보더니 별 안간,

"칼이다! 칼이다!"

하고 소리를 치며 일어난다. 그것은 내가 보기에도 확실히 칼이었다. 우

리는 땅 속에 가로묻힌 칼 한 중턱을 파낸 것이었다. 을순이는,

"얘 가만 있어. 내 호미 가지구 올게."

해 놓고 동산을 뛰어 내려갔다.

을순이와 내가 한참이나 힘을 들여 파낸 것은 내 키보다도 더 길고 내 힘으로는 쳐들기도 무거운 큰 칼이었다. 다 썩은 칼집은 군데군데 붙어 있을 뿐 파내는 통에 다 떨어져 갔으나 알맹이는 흙을 대강 떨고 보니 등이며 날이 엊그제 새로 묻은 것같이 아직도 생생하였다. 칼자루와 손받이에는 이상스런 조각(彫刻)이 가득하고 찬란한 순금 장식이 눈이 어리게 빛나고 있다.

"야——"

나는 감격해 소리치며 전신의 힘을 모아 한 번 번쩍 들어 저물어 가는 하늘에 휘둘러 보았다. 저녁 햇빛을 받아 칼끝이 번쩍번쩍 한다.

"얘 그러지 말어. 그러지 말어."

말리는 을순이를 제치고 나는 또 한 번 칼을 번쩍 들어 휘둘러 보았다. 옛날 이야기에 나오는 장검을 빗겨찬 장수가 된 것 같은 장쾌한 그때의 느낌을 나는 지금도 잊을 수가 없다.

그 칼이 얼마나한 보검이었던지 그후에 그 칼이 어떻게 되었는지는 나는 모른다. 그러나 그것이 상당한 명검이었던 것은 몇 핸지 몇십 년인지를 땅 속에 파묻혀 칼집이 다 썩었으면서도 날에는 대단한 녹도 슬지 않았던 것으로 알 수가 있다. 그날 밤 서강대신이 칼을 앞에 놓고 눈을 감았다 떴다 하며 감개무량하던 그 얼굴은 지금도 눈에 선하다.

서강대신은,

"허긴 이 집은 옛날에 정 대장이 살던 집이니까……."

하고 혼잣말하듯 중얼거리며 무슨 깊은 생각에 잠겨 있었다. 정 대장이 누군지 어째서 그런 칼을 땅 속에 묻어 감추었던 것인지 그것도 지금은 알 길이 없다. 그러나 그 칼에는 반드시 무슨 깊은 비밀과 숨은 얘기가 있었을 것은 그날 밤의 서강대신의 표정으로도 판단할 수 있다.

창랑정의 기억은 대개 여태까지 기록해 온 것에 그친다. 그러나 그뿐이라면 또 그다지 창랑정이 내 머리를 왕래하지 않았을 것이요, 소설의 형식을 빌어 이곳에 일부러 쓰게까지도 되지 않았을 것이다. 사람이란 일상현재 눈앞에 있는 것보다는 지나간 것, 없어진 것에 이상한 애착을 느끼는 법이라 창랑정은 더 한층 내 향수를 자아내는 것이다.

창랑정의 후일담은 그 자신 한편의 장편소설이 되겠으므로 이곳에 쓰지 않거니와 간단히 뼈만 추려 말하면 내가 다녀오던 해로 정경부인이 돌아가고 그후 오륙 년이 지나 서강대신이 구십이 가까운 나이로 마저 돌아가고 그 소상이 지나기도 전에 그 며느님 종근의 할머니도 또 돌아가셨다. 사람만 이렇게 없어진 것이 아니라 이를테면 수백 년 바람 비 겪던 늙은 거목이 매운 겨울을 치른 어느 봄 소리도 없이 새싹은 돋지 못하듯이 수십 년 영화를 누리던 서강대신의 집안은 나날이 변하는 세상 풍파에 밀려 불과 몇 해 동안에 여지없이 망해 없어지고 만 것이다.

7

창랑정의 몰락을 재촉한 것은 나의 형 뻘 되는 종근의 난봉이었다. 어른들이 다음 다음 돌아가시자 그때까지 들어앉아 한문 책만 읽고 있던 종근 형이 별안간 머리를 깎고 양복을 입고 기생 오입을 시작하였다. 서강대신 대상 때에는 벌써 창랑정은 집터까지 남의 손으로 넘어간 텅 비인 껍데기뿐이었다. 그때 여러 해 만에 아버지를 따라 깃들인 고향을 찾아들듯이 다시 창랑정에를 나간 나는 너무나 심한 그 변화에 놀라지 않을 수 없었다. 사람들이 득시글득시글하던 옛날의 그림자는 아무 데서도 찾을 수 없고 집은 무너지는 대로, 마당의 잡초는 나는 대로 거기다가 그 큰 집에 그날 모인 사람이라고는 불과 십여 명에 지나지 않았다. 을순이와 놀던 동산에는 볼 만한 나무 한 주 없고 남치마 입은 새댁들이 득시글거리던 대청에는 까만 생쥐같이 초라한 형수가 늙은 어멈 하나를 데리고 제

수를 차리고 있었다. 저이가 그 달덩이같이 보이던 분인가.

나는 내 눈을 의심할 지경이었다.

그날 밤 서강대신이 거처하던 큰사랑에는 나의 아버지를 중심으로 일고 여덟 분이 돌아앉아 보슬비에 젖은 것 같은 얇은 음성으로 가지가지 회고담을 하시는 것이었다. 그때는 나도 나이 열여섯이라 어른들 말씀을 대강 알아들을 수 있었다. 아버지는 임진란에 창랑정 근처가 진터가 되었었다는 이야기부터 대원군 시절에 선교사를 학살한 것 때문에 불란서 해군 제독 로스 장군이 프리모게 이하 군함 세 척을 거느리고 강화도로부터 한강을 쳐올라와 조정을 발끈 뒤집히게 하며 여러 날을 정박하던 곳이 바로 창랑정 사랑 마당 앞이었다는 이야기, 그때에 조정에서 가장 맹렬하게 '양이' 배척을 주장하던 이는 다른 이가 아니라 선전관으로 계시던 서강대신 바로 그분이었다는 이야기들을 밤이 이슥토록 하고 계셨다.

굴건제복을 입은 몸을 갑갑한 듯이 가끔 굼실거리며 용렬스레 고개를 푹 숙이고 앉아 있는 서강대신의 증손자 종근을 바라보며 나는 감개무량하게 아버지의 말씀을 들었다. 아버지의 말씀은 가만가만 잔물 흐르듯 하는데 밤은 깊어져 만뢰가 고요하다. 언뜻 눈을 들어 아랫목 제상을 보니 황초에 켜 놓은 누런 불길이 바람도 없는데 흔들흔들 흔들리어 천장으로 늘어났다가는 도로 짧게 오므라진다.

그후 다시 거의 이십 년, 나의 아버지도 벌써 전에 돌아가시고 나는 내 길을 걸어오는 동안에 창랑정은 아주 흔적도 없이 없어지고 말았다. 종근 형의 식구가 서울 살림을 다 파헤치고 시골 일가촌중으로 낙향해 간 지도 이미 오래다. 그 동안 나는 창랑정을 잊지는 않았으나 별로 그렇게 심하게 생각하지는 않았는데 올 봄 들어서며 웬일인지 연속해 세 번이나 창랑정 꿈을 꾸었다. 꿈속에서는 반드시 나는 도로 일곱 살의 소년이며 창랑정 앞 하늘에는 놀이 뜨고 큰사랑에는 서강대신의 은실 같은 수염과 거물거리는 황초불이 있으며 아버지는 단장을 들어 창랑정을 가리키시고 뒷동산에서는 나와 을순이가 저녁 햇빛을 받고 노는 것이었다.

세 번째 꿈을 꾸었을때 아침에 일어나니 나는 어젯밤 꿈이 하도 역력해 그리운 마음을 억제할 수 없었다. 생각해 보니 멀지 않은 곳에 있으면서도 서강대신의 대상날 밤 이후 거의 이십 년이 지난 지금까지 나는 한 번도 창랑정에를 가 본 일이 없는 것이다. 마침 공일이요, 거기다가 시절도 바로 삼월이라 나는 점심을 먹은 후 산보 겸 카메라를 메고 집을 나섰다.

처음 타 보는 당인리행 자동차를 타고 서강에서 내려 나는 옛날 기억을 더듬어 창랑정을 찾아가려 하였다. 그러나 이상스레도 그 산이 어느 산이던가 그 집이 어느 집이던가, 꿈속에서는 그렇게 똑똑하던 곳이 실지로 가 보니 도저히 찾을 수가 없었다. 겨우 근사해 보이는 곳을 찾기는 하였으나 집 뒷산이던 곳은 빨간 북더기요 그 밑 창랑정이 있던 듯이 생각되는 곳에는 낯 모르는 큰 공장이 있어 하늘을 찌를 듯한 굴뚝으로 검은 연기를 토하고 있었다.

너무나 심한 변화에 실망한 채 나는 한참이나 공장 앞마당 석탄재 쌓인 위를 거닐며 꿈속의 기억을 되풀이해 보려 하였다. 마당 앞 낭떠러지 밑 푸른 강물은 옛날과 마찬가지로 출렁거리고 있다. 그러나 음산하게 찌푸린 하늘에서는 봄이라 해도 오슬오슬 쌀쌀한 바람이 불어 내려올 뿐 끊임없이 왈가닥거리고 돌아가는 기계 소리는 애써 옛 기억을 더듬으려는 내 머리를 여지없이 혼란시킨다.

창랑정은 추억의 나라 구름과 연기에 싸인 꿈의 저편에만 있을 수 있는 존재였던가! 나른한 추억에 잠겼던 내 정신은 차차로 굳센 현실 앞에 잠깨 온다.

문득 강 건너 모래밭에서 요란한 프로펠러 소리가 들린다. 건너다보니 까맣게 먼 저편에 단엽쌍발동기 최신식 여객기가 지금 하늘로 날아오르려고 여의도 비행장을 활주중이다. 보고 있는 동안에 여객기는 땅을 떠나 오십 미터 백 미터 이백 미터 오백 미터 천 미터 처참한 폭음을 내며 떠올라갔다. 강을 넘고 산을 넘고 국경을 넘어 단숨에 대륙의 하늘을 무찌르려는 전금속제(全金屬製) 최신식 여객기다.

박태원

소설가 구보 씨의 일일

성탄제

소설가 구보 씨(仇甫氏)의 일일(一日)[1]

어머니는

아들이 제 방에서 나와, 마루 끝에 놓인 구두를 신고, 기둥 못에 걸린 단장을 꺼내 들고 그리고 문간으로 향하여 나가는 소리를 들었다.

"어디 가니."

대답은 들리지 않았다.

중문 앞까지 나간 아들은, 혹은 자기의 한 말을 듣지 못하였는지도 모른다. 또는 아들의 대답소리가 자기의 귀에까지 이르지 못하였는지도 모른다. 그 둘 중의 하나라고 생각한 어머니는 이번에는 중문 밖에까지 들릴 목소리를 내었다.

"일즉어니 들어오너라."

역시 대답은 들리지 않았다.

중문이 소리를 내어 열려지고, 또 소리를 내어 닫혀졌다. 어머니는 얇은 실망을 느끼려는 자기 자신을 스스로 위로하려 한다. 중문 소리만 크

---

1) 길을 따라 시각을 이동시켜 시종을 나타내는 중편. 최인훈의 《소설가 구보 씨의 일일》도 이런 형식의 중편이다. 박태원의 장편 《천변풍경》도 이런류의 소설이다.

게 나지 않았으면, 아들의 '네' 소리를, 혹은 들을 수 있었을지도 모른다.

어머니는 다시 비누질을 하며, 대체 그애는 매일 어딜 그렇게 가는 겐가, 하고 그런 것을 생각하여 본다.

직업과 아내를 갖지 않은, 스물여섯 살 짜리 아들은 늙은 어머니에게는 온갖 종류의 근심 걱정거리였다. 우선 낮에 한번 집을 나서면 아들은 밤늦게나 되어 돌아왔다.

늙고 쇠약한 어머니는 자리도 깔지 않고, 맨바닥에 가 팔을 괴고 누워 아들을 기다리다가 곧잘 잠이 든다. 편안하지 못한 잠은 두 시간씩 세 시간씩 계속될 수 없다. 잠깐 잠이 들었다 깰 때마다, 어머니는 고개를 들어 아들의 방을 바라보고, 그리고 기둥에 걸린 시계를 쳐다본다.

자정──그리 늦지는 않았다. 이제 아들은 돌아올 게다. 어머니는 아들이 어서 돌아와 자라고 빌며, 또 어느 틈엔가 꼬빡 잠이 든다.

그가 두 번째 잠을 깨는 것은 새로 한점 반이나 두점, 그러한 시각이다. 아들의 방에는 그저 불이 켜 있다.

아들은 잘 때면 반드시 불을 끈다. 그러나 혹은 어느 틈엔가 아들은 돌아와 자리에 누워 책이라도 읽고 있는 게 아닐까. 아들에게는 그런 버릇이 있다.

어머니는 소리 안 나게 아들의 방 앞에까지 걸어가 가만히 안을 엿듣는다. 마침내 어머니는 방문을 열어 보고 입때 웬일일까, 호젓한 얼굴을 하고, 다시 방문을 닫으려다 말고 방 안으로 들어온다.

나이 찬 아들의 기름과 분냄새 없는 방이, 늙은 어머니에게는 애달펐다. 어머니는 초저녁에 깔아 놓은 채 그대로 있는 아들의 이부자리와 베개를 바로 고쳐 놓고, 그리고 그 옆에 가 앉아 본다.

스물여섯 해를 길렀어도 종시 마음이 놓이지 않는 것은 자식이었다. 설혹 스물여섯 해를 스물여섯 곱하는 일이 있다더래도 어머니의 마음은 늘 걱정으로 차리라. 그래도 어머니는 그가 작은며느리를 보면, 이렇게 밤

늦게 한 가지 걱정을 덜 수 있으리라 생각한다.

"참, 이애는 왜 장가를 들려구 안하는 겐구."

언제나 혼인 말을 꺼내면, 아들은 말하였다.

"돈 한푼 없이 어떻게 기집을 먹여 살립니까?"

"하지만……. 어떻게 도리야 있느니라. 어디 월급쟁이가 되드래두, 두 식구 입에 풀칠이야 못헐라구……."

어머니는 어디 월급자리라도 구할 생각은 없이, 밤낮으로 책이나 읽고 글이나 쓰고 혹은 공연스리 밤중까지 쏘다니고 하는 아들이 보기에 딱하고 또 답답하였다.

'그래두 장가를 들어 놓면 맘이 달러지지.'

'제 계집 귀여운 줄 알면, 자연 돈벌 궁릴 하겠지.'

작년 여름에 아들은 한 '색시'를 만나본 일이 있다. 그애면 저두 싫다구는 않겠지. 이제 이놈이 들어오거든 단단히 다져 보리라……, 그리고 어머니는 어느 틈엔가 손주 자식을 눈앞에 그려 보기조차 한다.

아들은

그러나 돌아와, 채 어머니가 무어라고 말할 수 있기 전에, 입때 안 주무셨어요, 어서 주무세요 그리고 자리옷으로 갈아입고는 책상 앞에 앉아 원고지를 펴논다.

그런 때 옆에서 무슨 말이든 하면, 아들은 언제든 불쾌한 표정을 지었다. 그것은 어머니의 마음을 아프게 한다. 그래 어머니는 가까스로,

"늦었으니 어서 자거라, 그걸랑 낼 쓰구……."

한마디를 하고서 아들의 방을 나온다.

"얘기는 낼 아침에래두 허지."

그러나 열한점이나 오정에야 일어나는 아들은, 그대로 소리없이 밥을 떠먹고는 나가 버렸다.

때로 글을 팔아 몇 푼의 돈을 구할 수 있을 때, 그 어느 한 경우에, 아들은 어머니를 보고 무어 잡수시구 싶으신 거 업세요, 그렇게 묻는 일이 있었다.

어머니는 직업을 가지지 못한 아들이, 그래도 어떻게 몇 푼의 돈을 만들어, 자기에게 그런 말을 할 수 있는 것을 신통하게 기뻐하였다.

"어서 내 생각 말구, 네 양말이나 사 신어라."

그러면 아들은, 으레 제 고집을 세웠다. 아들의 고집 센 것을, 물론 어머니는 좋게 생각 안했다. 그러나 이러한 경우라면 아들이 고집을 세우면 세울수록 어머니는 만족하였다. 어머니의 사랑은 보수를 원하지 않지만, 그래도 자식이 자기에게 대한 사랑을 보여 줄 때, 그것은 어머니를 기쁘게 하여 준다.

대체 무얼 사 줄 테냐. 무어든 어머니 마음대루. 먹는 게 아니래두 좋으냐. 네. 그래 어머니는 에누리없이 욕망을 말해 본다.

"너, 나 치마 하나 해 주려므나."

아들이 흔연히 응락하는 걸 보고,

"네 아주멈은 무어 안해 주니?"

아들은 치마 두 가음의 가격을 묻고, 그리고 갑자기 엄숙한 얼굴을 한다. 혹은 밤을 새우기까지 하여 아들이 번 돈은 결코 대단한 액수의 것이 아니었다. 그래, 어머니는 말한다.

"그럼 네 아주멈이나 해 주렴."

아들은,

"아니에요, 넉넉해요. 갖다 끊으세요."

그리고 돈을 내놓았다.

어머니는 얼마를 주저한다. 그러나 마침내 그는 가장 자랑스러이 돈을 집어들고, 얘애 옷감 바꾸러 나가자, 아재비가 치마허라구 돈을 주었다. 네 아제비가…… 그렇게 건넌방에서 재봉틀을 놀리고 있던 맏며느리를 신기하게 놀래어 준다.

치마가 되면 어머니는 그것을 입고 나들이를 하였다.

일갓집 대청에 가 주인 아낙네와 마주앉아, 갓난애같이 어머니는 치마 자랑할 기회를 엿본다. 주인 마누라가 섣불리, 참 치마 조흔 거 해 입으셨구먼,이라고나 한다면, 어머니는 서슴지 않고,

"이거 내 둘째 아이가 해 준 거죠. 제 아주멈 해하구, 이거하구……."

이렇게 묻지도 않는 말을 하였다. 어머니는 그것이 아들의 훌륭한 자랑거리라 생각하였다. 자식을 사랑할 때, 어머니는 얼마든지 뻔뻔스러울 수 있다.

그러나 그런 일은 늘 있을 수 없다. 어머니는 역시 글을 쓰는 것보다는 월급쟁이가 몇 갑절 낫다고 생각하고, 그리고 그렇게 재주있는 내 아들은 무엇을 하든 잘 하리라고 혼자 작정해 버린다. 아들은 지금 세상에서 월급자리 얻기가 얼마나 힘드는 것인가를 말한다. 하지만 보통학교만 졸업하고도 고등학교만 나오고도, 회사에서 관청에서 일들만 잘 하고 있는 것을 알고 있는 어머니는, 고등학교를 졸업하고도, 또 동경엘 건너가 공불하고 온 내 아들이, 구하여도 일자리가 없다는 것이 도무지 믿어지지가 않았다.

구보는

집을 나와 천변 길을 광교로 향하여 걸어가며, 어머니에게 단 한 마디 '네.' 하고 대답 못했던 것을 뉘우쳐 본다. 하기야 중문을 여닫으며 구보는 '네' 소리를 목구멍까지 내어 보았던 것이나, 중문과 안방과의 거리는 제법 큰 소리를 요구하였고 그리고 공교롭게 활짝 열린 대문 앞을, 때마침 세 명의 여학생이 웃고 떠들며 지나갔다.

그렇더라도 대답은 역시 하여야만 하였었다고, 구보는 어머니의 외로워할 때의 표정을 눈앞에 그려 본다. 처녀들은 어느 틈엔가 그의 시야에서 사라졌다.

구보는 마침내 다리 모퉁이에까지 이르렀다. 그의 일 있는 듯싶게 꾸미는 걸음걸이는 그곳에서 멈추어진다. 그는 어딜 갈까 생각하여 본다. 모두가 그의 갈 곳이었다. 한 군데라도 그가 갈 곳은 없었다.

한낮의 거리 위에서 구보는 갑자기 격렬한 두통을 느낀다. 비록 식욕은 왕성하더라도, 잠은 잘 오더라도, 그것은 역시 신경쇠약에 틀림없었다.

구보는 떠름한 얼굴을 하여 본다.

취 박(臭剝)	4,0
취 나(臭那)	2,0
취 안(臭安)	2,0
고 정(苦丁)	4,0
수 (水)	200,0

일일 3회분 복 2일분

그가 다니는 병원의 젊은 간호부가 반드시 '3 삐스이'라고 발음하는 이 약은 그에게는 조그마한 효험도 없었다.

구보는 갑자기 옆으로 몸을 비킨다. 그 순간 자전거가 그의 몸을 가까스로 피하여 지났다. 자전거 위의 젊은이는 모멸 가득한 눈으로 구보를 돌아본다. 그는 구보의 몇 칸통 뒤에서부터 요란스리 종을 울렸던 것임에 틀림없다. 그것이 위험이 박두하였을 때에야 비로소 몸을 피할 수 있었던 것은 반드시 그가 '3 삐스이'의 처방을 외우고 있었기 때문만이 아니었다.

구보는, 자기의 왼편 귀 기능에 스스로 의혹을 갖는다. 병원의 젊은 조수는 결코 익숙하지 못한 솜씨로 그의 귓속을 살피고, 그리고 대담하게도 그 안이 몹시 불결한 까닭 외에 아무 이상이 없다고 선언하였었다. 한 덩어리의 '귀지'를 갖기보다는 차라리 4주일간 치료를 요하는 중이염을 앓고 싶다 생각하는 구보는, 그의 선언에 무한한 굴욕을 느끼며, 그래도 매일 신경질나게 귀 안을 소제하였었다.

그러나 구보는 다행하게도 중이질환(中耳疾患)을 가진 듯싶었다. 어느 기회에 그는 의학사전을 뒤적거려 보고, 그리고 별까닭도 없이 자기는 중이가답아(中耳加答兒)²'에 걸렸다고 혼자 생각하였다. 사전에 의하면 중이가답아에는 급성 및 만성이 있고, 만성중이가답아(慢性中耳加答兒)에는 또다시 이를 만성건성(慢性乾性) 및 만성습성(慢性習性)의 이자(二者)로 나눈다 하였는데, 자기의 이질(耳疾)은 그 만성습성의 중이가답아에 틀림없다고 구보는 작정하고 있었다.

그러나 부실한 것은 그의 왼쪽 귀뿐이 아니었다. 구보는 그의 바른쪽 귀에도 자신을 갖지 못한다. 언제든 수이 전문의를 찾아보아야겠다고 생각은 하면서도, 1년이나 그대로 내버려둔 채 지내 온 그는, 비교적 건강한 그의 바른쪽 귀마저 또 한편 귀의 난청 보충으로 그 기능을 소모시키고, 그리고 불원한 장래에 '듄케르 청장관(聽長管)'이나 '전기보청기'의 힘을 빌지 않으면 안 될지도 모른다.

구보(仇甫)는

갑자기 걸음을 걷기로 한다. 그렇게 우두커니 다리 곁에가 서 있는 것의 무의미함을 새삼스러이 깨달은 까닭이다. 그는 종로 네거리를 바라보고 걷는다. 구보는 종로 네거리에 아무런 사무(事務)도 갖지 않는다. 처음에 그가 아무렇게나 내어놓았던 바른발이 공교롭게도 왼편으로 쏠렸기 때문에 지나지 않는다.

갑자기 한 사람이 나타나 그의 앞을 가로질러 지난다. 구보는 그 사나이와 마주칠 것 같은 착각을 느끼고, 위태롭게 걸음을 멈춘다.

그리고 다음 순간, 구보는 이렇게 대낮에도 조금의 자신도 가질 수 없는 자기의 시력을 저주한다. 그의 코 위에 걸려 있는 24도(二十四度)의 안경은 그의 근시를 도와 주었으나, 그의 망막에 나타나 있는 무수한 맹점을 제거하는 재주는 없었다. 총독부 병원 시대(總督府病院時代)의 구보

---

2) 귓속에서 앵앵거리는 병.

의 시력 검사표는 그저 그 우울한 '안과 재래(眼科在來)'의 책상 서랍 속
에 들어 있을지도 모른다.

　　　R,4　　L,3

　구보는 2주일간 열병을 앓은 끝에, 갑자기 쇠약해진 시력을 호소하러
처음으로 안과의(眼科醫)와 대하였을 때의, 그 조그만 테이블 위에 놓여
있던 '시야측정기(視野測定器)'를 지금 기억하고 있다. 제 자신 강도(强
度)의 안경을 쓰고 있던 의사는, 백묵(白墨)을 가져와, 그 위에 용서없
이 무수한 맹점(盲點)을 찾아 내었었다.

　그래도 구보는, 약간 자신이 있는 듯싶은 걸음걸이로 전차 선로를 두
번 횡단하여 화신상회 앞으로 간다. 그리고 저도 모를 사이에 그의 발은
백화점 안으로 들어서기조차 하였다.

　젊은 내외가 너댓 살 되어 보이는 아이를 데리고 그곳에 가 승강기를
기다리고 있었다. 이제 그들은 식당으로 가서 그들의 오찬(午餐)을 즐길
것이다. 흘낏 구보를 본 그들 내외의 눈에는 자기네들의 행복을 자랑하고
싶어하는 마음이 엿보였는지도 모른다. 구보는 그들을 업신여겨 볼까 하
다가, 문득 생각을 고쳐 그들을 축복하여 주려 하였다. 사실 4,5년 이상
을 같이 살아왔으면서도, 오히려 새로운 기쁨을 가져 이렇게 거리로 나온
젊은 부부는 구보에게 좀 다른 의미로서의 부러움을 느끼게 하였는지도
모른다. 그들은 분명히 가정을 가졌고, 그리고 그들은 그곳에서 당연히
그들의 행복을 찾을 게다.

　승강기가 내려와 서고, 문이 열려지고, 닫혀지고 그리고 젊은 내외는
수남(壽男)이나 복동(福童)이와 더불어 구보의 시야를 벗어났다.

　구보는 다시 밖으로 나오며, 자기는 어디 가서 행복을 찾을까 생각한
다. 발 가는 대로, 그는 어느 틈엔가 안전지대에 가 서서, 자기의 두 손
을 내려다보았다. 한 손의 단장과 또 한 손의 공책과——물론 구보는 거
기에서 행복을 찾을 수는 없다.

　안전지대 위에 사람들은 서서 전차를 기다린다. 그들에게 행복은 알 수

없다. 그러나 그들은 분명히 갈 곳만은 가지고 있었다.

전차가 왔다. 사람들은 내리고 또 탔다. 구보는 잠깐 머엉하니 그곳에 서 있었다. 그러나 자기와 더불어 그곳에 있던 온갖 사람들이 모두 저 차에 오르는 것을 보았을 때, 그는 저 혼자 그곳에 남아 있는 것에 외로움과 애달픔을 맛본다. 구보는 움직이는 전차에 뛰어올랐다.

전차 안에서

구보는 우선 제자리를 찾지 못한다. 하나 남았던 좌석은 그보다 바로 한 걸음 먼저 차에 오른 젊은 여인에게 점령당했다. 구보는 차장대(車掌臺) 가까운 한구석에 가 서서, 자기는 대체 이 동대문행 차를 어디까지 타고 가야 할 것인가를, 대체 어느 곳에 행복은 자기를 기다리고 있을 것인가를 생각해 본다.

이제 이 차는 동대문을 돌아 경성 운동장(京城運動場)[3] 앞으로 해서 ……, 구보는, 차장대·운전대로 향한, 안으로 파란 융을 받혀대인 창을 본다. 전차과(電車課)에서는 그곳에 '뉴스'를 게시한다. 그러나 사람들은 요사이 축구도 야구도 하지 않는 모양이었다.

장충단으로, 청량리로, 혹은 성북동으로……. 그러나 요사이 구보는 교외를 즐기지 않는다. 그곳에는 하여튼 자연이 있었고, 한적(閑寂)이 있었다. 그리고 고독조차 그곳에는 준비되어 있었다. 요사이 구보는 고독을 두려워한다.

일찍이 그는 고독을 사랑한 일이 있었다. 그러나 고독을 사랑한다는 것은 그의 심경의 바른 표현이 못 될 것이다. 그는 결코 고독을 사랑하지 않았는지도 모른다. 아니 도리어 그는 그것을 그지없이 무서워하였는지도 모른다. 그러나 그는 고독과 힘을 겨루어 결코 그것을 이겨 내지 못하

---

3) 경성은 서울임. 지금의 동대문 운동장을 말함.

였다. 그런 때, 구보는 차라리 고독에게 몸을 떠맡기어 버리고 그리고 스스로 자기는 고독을 사랑하고 있는 것이라고 꾸며 왔었는지도 모를 일이다.

표 찍읍쇼, 차장이 그의 앞으로 왔다. 구보는 단장을 왼팔에 걸고 바지 주머니에 손을 넣었다. 그러나 그가 그 속에서 다섯 닢의 동전을 골라 내었을 때, 차는 종묘 앞에 서고, 그리고 차장은 제자리로 돌아갔다.

구보는 눈을 떨어뜨려, 손바닥 위의 다섯 닢 동전을 본다. 그것은 공교롭게도 모두가 뒤집혀 있었다. 대정(大正)4) 12년, 11년, 8년, 12년 ……, 구보는 그 숫자에서 어떤 한 개의 의미를 찾아 내려 들었다. 그러나 그것은 부질없는 일이었고 그리고 또 설혹 그것이 무슨 의미를 가지고 있었다 하더라도, 그것은 적어도 '행복'은 아니었을 것이다.

차장이 다시 그의 옆으로 왔다. 어디를 가십니까. 구보는 전차가 향하여 가는 곳을 바라보며 문득 창경원에라도 갈까, 하고 생각한다. 그러나 그는 차장에겐 아무런 사인도 하지 않았다. 갈 곳을 갖지 않은 사람이, 한번 차에 몸을 의탁하였을 때, 그는 어디서든 섣불리 내릴 수 없다.

차는 서고 또 움직였다. 구보는 창밖을 내어다보며, 문득 대학 병원에라도 들를 것을 그랬나, 하여 본다. 연구실에서, 벗은 정신병을 공부하고 있었다. 그를 찾아가 좀 다른 세상을 구경하는 것은 행복은 아니어도 어떻든 한 개의 일일 수 있다.

구보가 머리를 돌렸을 때, 그는 그곳에 지금 마악 차에 오른 듯 싶은 한 여성을 보고, 그리고 신기하게 놀랐다. 집에 돌아가 어머니에게 오늘 전차에서 '그 색씨'를 만났죠 하면, 어머니는 응당 반색을 하고 그리고 '그래서, 그래서', 뒤를 캐어 물을 게다. 그가 만약 오직 그뿐이라고라도 말한다면, 어머니는 실망하고, 그리고 그를 주변머리없다고 책할지도 모른다. 그러나 누가 그 일을 알고, 그리고 아들을 졸(拙)하다고라도 말한

───────────

4) 일본의 연호로 명치(明治), 대정(大正), 소화(昭和)로 나가는데 1922년을 말함.

다면, 어머니는 내 아들은 원체 얌전해서⋯⋯, 그렇게 변호할 게다.

　구보는 여자와 시선이 마주칠까 겁(怯)하여, 얼토당토 않은 곳을 보며, 저 여자는 내가 여기 있는 것을 보았을까, 하고 생각한다.

여자는

혹은 그를 보았을지도 모른다. 전차 안에 승객은 결코 많지 않았고 그리고 자리가 몇 군데 비어 있음에도 불구하고 구석에 가 서 있는 사람이란 남의 눈에 띄기 쉽다. 여자는 응당 자기를 보았을 게다. 그러나 여자는 능히 자기를 알아볼 수 있었을까. 그것은 의문이다. 작년 여름에 단 한 번 만났을 뿐으로, 이래 일 년간 길에서라도 얼굴을 대한 일이 없는 남자를, 그렇게 쉽사리 여자는 알아내지 못할 게다. 그러나 자기가 기억하고 있는 여자에게, 자기의 기억이 없으리라고 생각하는 것은, 누구에게 있어서든 외롭고 또 쓸쓸한 일이다. 구보는 여자와의 회견 당시(會見當時)의 자기의 그 대담한, 혹은 뻔뻔스런 태도와 화술이, 그에게 적지않이 인상 주었으리라고 생각하고, 그리고 여자는 때때로 자기를 생각하여 주고 있었다고 믿고 싶었다.

　그는 분명히 나를 보았고 그리고 나를 나라고 알았을 게다. 그러한 그는 지금 어떠한 느낌을 가지고 있을까, 그것이 구보는 알고 싶었다.

　그는 결코 대담하지 못한 눈초리로, 비스듬히 두 칸통 떨어진 곳에 앉아 있는 여자의 옆얼굴을 곁눈질하였다. 그리고 다음 순간, 그와 눈이 마주칠 것을 겁하여 시선을 돌리며, 여자는 혹은 자기를 곁눈질한 남자의 꼴을 곁눈으로 느꼈을지도 모르겠다고, 그렇게 생각하여 본다. 여자는, 남자를 그 남자라 알고 그리고 남자가 자기를 그 여자라 안 것을 알고 있을지도 모른다. 이러한 경우에, 나는 어떠한 태도를 취하여야 마땅할까 하고, 구보는 그러한 것에 머리를 썼다. 아는 체를 하여야 옳을지도 몰랐다. 혹은 모른 체하는 게 정당한 인사일지도 몰랐다. 그 둘 중에 어느 편을 여자는 바라고 있을까. 그것을 알았으면 하였다. 그러다가 갑자기 그러한 것에 마음을 태우고 있는 자기가 스스로 괴이하고 우스워, 나는 오직 요만 일로 이렇게 흥분할 수가 있었던가 하고 스스로를 의심하여 보았다. 그러면 나는 마음속 그윽이 그를 생각하고 있었던지도 모르겠다고 생각하여 보았다. 그러나 그가 여자와 한 번 본 뒤로, 이래 일 년간, 그를 일찍이 한 번도 꿈에 본 일이 없었던 것을 생각해 내었을 때, 자기는 역시 진정으로 그를 사랑하고 있는 것은 아닌지도 모르겠다고, 그러한 생각이 들었다. 만약 그렇다면 자기가 여자의 마음을 헤아려 보고, 그리고 이리저리 공상을 달리고 하는 것은, 이를테면 감정의 모독이었고 그리고 일종의 죄악이었다.

그러나 만약 여자가 자기를 진정으로 그리우고 있다면……

구보가 여자 편으로 눈을 주었을 때, 그러자 여자는 자리에서 일어나 양산을 들고 차가 동대문 앞에 정류하기를 기다리어 내려갔다. 구보의 마음은 또 한 번 동요하며, 창 너머로 여자가 청량리행 전차를 기다리느라 그곳 안전지대로 가 서는 것을 보았을 때, 그는 자기도 차에서 곧 내리고 싶은 충동을 느꼈다. 그러나 여자가 청량리행 전차 속에서 자기를 또 한 번 발견하고 그리고 자기가 일도 없건만, 오직 여자와의 사이에 어떠한 기회를 엿보기 위하여 그 차를 탄 것에 틀림없다는 것을 눈치챌 때, 여자는 그러한 자기를 얼마나 천박하게 생각할까. 그래 구보가 망설거리는 동안, 전차는 달리고 그들의 사이는 멀어졌다. 마침내 여자의 모양이 완전히 그의 시야에서 떠났을 때, 구보는 갑자기 아차, 하고 뉘우친다.

행복은

그가 그렇게도 구하여 마지 않던 행복은, 그 여자와 함께 영구히 가 버렸는지도 모른다. 여자는 자기에게 던져 줄 행복을 가슴에 품고서, 구보가 마음의 문을 열어 가까이 와 주기를 갈망하였는지도 모른다. 왜 자기는 여자에게 좀더 대담하지 못하였나. 구보는 여자가 가지고 있는 온갖 아름다운 점을 하나하나 헤어 보며, 혹은 이 여자말고 자기에게 행복을 약속하여 주는 이는 없지나 않을까, 하고 그렇게 생각하였다.

방향판을 '한강교'로 갈고 전차는 훈련원을 지났다. 구보는 자리에 앉아, 주머니에서 5전 백동화를 골라 꺼내면서, 비록 한 번도 꿈에 본 일은 없었더라도 역시 그가 자기에게는 유일한 여자가 아닐까, 하고 생각하여 본다.

자기가 그를, 그 동안 대수롭지 않게 여겨 왔던 것같이 생각하는 것은, 구보가 제 감정을 속인 것에 지나지 않을지도 모른다. 그가 여자를 만나 보고 돌아왔을 때, 그는 집에서 아들을 궁금히 기다리고 있던 어머니에게 '그 여자면' 정도의 뜻을 표시하였었던 것에 틀림없었다. 그러나 구보는, 어머니가 색싯집으로 솔직하게 구혼할 것을 금하였다. 그것은 허영만에서 나온 일은 아니다. 그는 여자가 자기 생각을 안하고 있는 경우에 객쩍게스리 여자를 괴롭혀 주고 싶지 않았던 까닭이다. 구보는 여자의 의사와 감정을 존중하고 싶었다.

그러나 물론 여자에게서는 아무런 말도 하여 오지 않았다. 구보는 여자가 은근히 자기에게서 무슨 말이 있기를 기다리고 있는 것이나 아닐까, 하고도 생각하여 보았다. 그러나 그런 것을 생각하는 것은 제 자신 우스운 일이다. 그러는 동안에 날은 가고 그리고 그것에 대한 흥미를 구보는 잃기 시작하였다. 혹시 여자에게서라도 먼저 말이 있다면……. 그러면 구보는 다시 이 문제에 흥미를 가질 수 있을 게다. 언젠가 여자의 집과 어떻게 인척관계가 있는 노마나님이 와서 색싯집에서도 이편의 동정만 살피고 있는 듯싶더란 말을 들었을 때, 구보는 쓰디쓰게 웃고 그리고 그것이 사실이라면, 그것은 희극이라느니보다는, 오히려 한 개의 비극이라고 생각하였다. 그러면서도 구보는 그 비극에서 자기네들을 구하기 위하여 팔을 걷고 나서려 들지 않았다.

전차가 약초정(若草町) 근처를 지나갈 때, 구보는 그러나 그 흥분에서 깨어나 뜻 모를 웃음을 입가에 띠어 본다. 그의 앞에 어떤 젊은 여자가 앉아 있었다. 그 여자는 자기의 두 무릎 사이에다 양산을 놓고 있었다. 어느 잡지에선가 구보는 그것이 비처녀성을 나타내는 것임을 배운 일이 있다. 딴은 머리를 틀어올렸을 뿐이나, 그만한 나이로는 저 여인은 마땅히 남편은 가졌어야 옳을 게다. 아까 그는 양산을 어디다 놓고 있었을까 하고 구보는 객쩍은 생각을 하다가, 여성에 대하여 그러한 관찰을 하는 자기는, 혹은 어떠한 여자를 아내로 삼든 반드시 불행하게 만들어 주지나 않을까, 하고 생각하였다. 그러나 여자는……여자는 능히 자기를 행복되게 하여 줄 것인가. 구보는 자기가 알고 있는 온갖 여자를 차례로 생각하여 보고 그리고 가만히 한숨 지었다.

일찍이

구보는 벗의 누이에게 짝사랑을 느낀 일이 있었다. 어느 여름날 저녁, 그가 벗을 찾았을 때, 문간으로 그를 옹대하러 나온 벗의 누이는, 혹은 정말 나이 어린 구보가 동경의 마음을 갖기에 알맞도록 아름답고 깨끗하였는지도 모른다. 열다섯 살짜리 문학 소년은 그를 사랑하고 싶다 생각하고, 뒷날 그와 결혼할 수 있다 하면 응당 자기는 행복이리라 생각하고, 자주 벗을 찾아가 그와 만날 기회를 엿보고, 혹 만나면 저 혼자 얼굴을 붉히고 그리고 돌아와 밤 늦게 여러 편의 연애시(戀愛詩)를 초(草)하였다. 그가 자기보다 세 살이나 위라는 것을 생각할 때, 구보의 마음은 불안하였다. 자기가 한 여자의 앞에서 자기의 사랑을 고백하여도 결코 서투르지 않을 나이가 되었을 때, 여자는 이미 그 전에 다른 더 나이 먹은 이의 사랑을 용납해 버릴 게다.

그러나 구보가 그것에 대하여 아무런 대책도 강구할 수 있기 전에, 여자는 참말 나이 먹은 남자의 품으로 갔다. 열일곱 살 먹은 구보는, 자기의 마음이 퍽이나 괴로웁고 슬픈 것같이 생각하려 들고 그리고 그러면서도 그들의 행복을, 특히 남자의 행복을 빌려 들었다. 그러한 감정은 그가 읽은 문학서류에 얼마든지 쓰여 있었다. 결혼비용 삼천 원, 신혼여행은 동경으로. 관수동에 그들 부처를 위하여 개축된 집은 행복을 보장하는 듯싶었다.

이번 봄에 들어서서, 구보는 벗과 더불어 그들을 찾았다. 이미 두 아이의 어머니인 여인 앞에서, 구보는 얼굴을 붉히는 일 없이 평범한 이야기를 서로 할 수 있었다. 구보가 일곱 살 먹은 사내아이를 영리하다고 칭찬하였을 때, 젊은 어머니는 그러나 그애가 이 골목 안에서는 그중 나이 어림을 말하고 그리고 나이 먹은 아이들이란, 저희보다 적은 아이에게 대하여 얼마든지 교활할 수 있음을 한탄하였다. 언제든 딱지를 가지고 나가서는 최후의 한 장까지 빼앗기고 들어오는 아들이 민망하여, 하루는 그 뒤에 연필로 하나하나 표를 하여 주고 그것을 또 다 잃고 돌아왔을 때, 그는 골목 안의 아이들을 모아 그들이 가지고 있는 딱지에서 원래의 내 아이 물건을 가리어 내어, 거의 모조리 회수할 수 있었다는 이야기를, 젊은 어머니는 일종의 자랑조차 가지고 구보에게 들려 주었다.

구보는 가만히 한숨 짓는다. 그가 그 여인을 아내로 삼을 수 없었던 것은 결코 불행이 아니었다. 그러한 여인은, 혹은 한평생을 두고 구보에게 행복이 무엇임을 알 기회를 주지 않았을지도 모른다.

조선은행 앞에서 구보는 전차를 내려 장곡천정(長谷川町)으로 향한다. 생각에 피로한 그는 이제 마땅히 다방에 들러 한 잔의 홍차를 즐겨야 할 것이다.

몇 점이나 되었나. 구보는 그러나 시계를 갖지 않았다. 갖는다면 그는 우아한 회중시계를 택할 게다. 손목시계——그것은 소녀 취미에나 맞을 게다. 구보는 그렇게도 손목시계를 갈망하던 한 소녀를 생각하였다. 그는 동리에 전당(典當)나온 십팔금 손목시계를 탐내고 있었다. 그것은 4원 80전에 구할 수 있었다. 그리고 그는 그 시계말고 치마 하나를 해 입을 수 있을 때에, 자기는 행복의 절정에 이를 것같이 생각하고 있었다.

'벰베르크'실로 짠 보일 치마, 3원 60전. 하여튼 8원 40전이 있으면, 그 소녀는 완전히 행복일 수 있었다. 그러나 구보는 그 결코 크지 못한 욕망이 이루어졌음을 듣지 못했다.

구보는 자기는 대체 얼마를 가져야 행복일 수 있을까 생각해 본다.

다방의

오후 두시, 일을 가지지 못한 사람들이 그곳 등의자에 앉아 차를 마시고, 담배를 태우고, 이야기를 하고, 또 레코드를 들었다. 그들은 거의 다 젊은이들이었고 그리고 그 젊은이들은 그 젊음에도 불구하고 이미 자기네들은 인생에 피로한 것같이 느꼈다. 그들의 눈은 그 광선이 부족하고 또 불균등한 속에서 쉴 사이 없이 제각각의 우울과 고달픔을 하소연한다. 때로 탄력 있는 발소리가 이 안을 찾아들고 그리고 호화로운 웃음소리가 이 안에 들리는 일도 있었다. 그러나 그것들은 이곳에 어울리지 않았고, 그리고 무엇보다도 다방에 깃들인 무리들은 그런 것을 업신여겼다.

구보는 아이에게 한 잔의 가배차(珈琲茶)⁵⁾와 담배를 청하고 구석진 등탁자로 갔다. 나는 대체로 얼마가 있으면……. 그의 머리 위에 한 장의 포스터가 걸려 있었다. 어느 화가의 '도구류별전(渡歐留別展)⁶⁾'. 구보는 자기에게 양행비(洋行費)⁷⁾가 있으면, 적어도 지금 자기는 거의 완전히 행복일 수 있으리라 생각한다. 동경(東京)에라도……. 동경도 좋았다. 구보는 자기가 떠나 온 뒤의 변한 동경이 보고 싶다 생각한다. 혹은 더 좀 가까운 데라도 좋았다. 지극히 가까운 데라도 좋았다. 오십 리 이내의 여정에 지나지 않더라도, 구보는 조그만 '슈케이스'를 들고 경성역에 섰을 때, 응당 자기는 행복을 느끼리라 믿는다. 그것은 금전과 시간이 주는 행

---

5) 커피를 말함.
6) 유럽에서의 전시전을 말함.
7) 외국에 갈 여비.

복이다. 구보에게는 언제든 여정에 오르려면, 오를 수 있는 시간의 준비
가 있었다.

구보는 차를 마시며, 약간의 금전이 가져다 줄 수 있는 온갖 행복을 손
꼽아 보았다. 자기도, 혹은 8원 40전을 가지면, 우선 조그만 한 개의,
혹은 몇 개의 행복을 가질 수 있을 게다. 구보는 그러한 제 자신을 비웃
으려 들지 않았다. 오직 고만한 돈으로 한때, 만족할 수 있는 그 마음은
애달프고 또 사랑스럽지 않은가.

구보는 담배에 불을 붙이며 자기가 원하는 최대의 욕망은 대체 무엇일
고 하였다. 석천탁목(石川啄木)[8]은 화롯가에 앉아 곰방대를 닦으며, 참
말로 자기가 원하는 것이 무엇일꾸 생각하였다. 그러나 그것은 있을 듯
하면서도 없었다. 혹은 그럴 게다. 그러나 구태여 말하여, 말할 수 없을
것도 없을 게다. '원차마경의구여붕우공폐지이무감(願車馬輕衣裘與朋友共
敝之而無憾)'은 자로(子路)의 뜻이요, '좌상객상만 회중주불공(座上客常
滿 樽中酒不空)'은 공융(孔融)의 원하는 바였다. 구보는 저도 역시, 좋은
벗들과 더불어 그 즐거움을 함께 하였으면 한다.

갑자기 구보는 벗이 그리워진다. 이 자리에 앉아 한 잔의 차를 나누며,
또 같은 생각 속에 있고 싶다 생각한다.

구둣발 소리가 바깥 포도를 걸어와, 문 앞에 서고, 그리고 다음에 소리
도 없이 문이 열렸다. 그러나 그는 구보의 벗이 아니었다. 뿐만 아니라
두 사람의 시선이 마주쳤을 때, 두 사람은 거의 일시에 머리를 돌리고 그
리고 구보는 그의 고요한 마음속에 음울을 갖는다.

그 사나이와

구보는 일찍이 인사를 한 일이 있었다. 그러나 그것은 공교롭게 어두운

---

8) 이시카와 타쿠보쿠(1886~1912). 일본의 가인(歌人). 가집 《한줌의 모래》가
   있다.

거리에서였다. 한 벗이 그를 소개하였다. '말씀은 많이 들었습니다.' 하
고 그는 말하였었다. 사실 그는 구보의 이름과 또 얼굴을 전부터 알고 있
었던 것임에 틀림없었다. 그러나 구보는, 구보는 그를 몰랐다. 물론 채
어두운 곳에서 그대로 헤어져 버린 구보는, 뒤에 그를 만나도 그를 그라
고 알아내지 못하였다. 그 사나이는 구보가 자기를 보고도 알은 체 안하
는 것에 응당 모욕을 느꼈을 게다. 자기를 자기라 알고도 모르는 체하는
것이라 생각할 때, 그의 마음은 평온할 수 없었을 게다. 그러나 구보는,
구보는 몰랐고 모르면 태연할 수 있다. 자기를 볼 때마다 황당하게 또 불
쾌하게 시선을 돌리는 그 사나이를, 구보는 오직 괴이하게만 여겨 왔다.
괴이하게만 여겨 오는 동안은 그래도 좋았다. 마침내 구보가 그를 그라고
알아낼 수 있었을 때, 그것은 그의 마음에 암영을 주었다. 그뒤부터 구보
는 그 사나이와 시선이 마주치면, 역시 당황하게 그리고 불안하게 고개를
돌리는 수밖에 없었다. 그것은 사람의 마음을 우울하게 하여 놓는다. 구
보는 다방 안의 한 구획을 그의 시야 밖에 두려 노력하며, 사람과 사람
사이의 교섭의 번거로움을 새삼스러이 느끼지 않으면 안 된다.

　구보는 백동화를 두 푼 탁자 위에 놓고 그리고 공책을 들고 그 안을 나
왔다. 어디로……. 그는 우선 부청(府廳) 쪽으로 향하여 걸으며, 아무튼
벗의 얼굴이 보고 싶다 생각하였다. 구보는 거리의 순서로 벗들을 마음속
에 헤아려 보았다. 그러나 이 시각에 집에 있을 사람은 하나도 없을 듯
싶었다. 어디로……. 구보는 한길 위에 서서, 넓은 마당 건너 대한문을
바라본다. 아동유원지 유동의자라도 앉아서……. 그러나 그 빈약한,
너무나 빈약한 옛 궁전은 역시 사람의 마음을 우울하게 하여 주는 것임에
틀림없었다.

　구보가 다 탄 담배를 길 위에 버렸을 때, 그의 옆에 아이가 와 선다. 그
는 구보가 놓아 둔 채 잊어버리고 나온 단장을 들고 있었다. 고맙다. 구
보는 그렇게도 방심한 제 자신을 쓰게 웃으며, 달음질하여 다방으로 돌아
가는 아이의 뒷모양을 한참 바라보고 있다가 자기도 그 길을 되걸어갔다.

　다방 옆 골목 안, 그곳에서 젊은 화가는 골동점을 경영하고 있었다. 구보는 그 방면에 대한 지식을 갖지 않는다. 그러나 하여튼, 그것은 그의 취미에 맞았고 그리고 기회 있으면 그 방면의 이야기를 듣고 싶다, 생각한다. 온갖 지식이 소설가에게는 필요하다.

　그러나 벗은 전(廛)에 있지 않았다.

　"바로 지금 나가셨습니다."

　그리고 기둥에 걸린 시계를 쳐다보며,

　"한 십 분, 됐을까요."

　점원은 덧붙여 말하였다.

　구보는 골목을 전찻길로 향하여 걸어 나오며, 그 십 분이란 시간이 얼마만한 영향을 자기에게 줄 것인가, 생각한다.

　한길 위에 사람들은 바쁘게 또 일있게 오고 갔다. 구보는 포도 위에 서서, 문득 자기도 창작을 위하여 어디, 예(例)하면 서소문정 방면이라도 답사할까 생각한다. '모데르놀지'를 게을리하기 이미 오래다.

　그러나 그러한 생각과 함께 구보는 격렬한 두통을 느끼며, 이제 한 걸음도 더 옮길 수 없을 것 같은 피로를 전신에 깨닫는다. 구보는 얼마 동안을 망연히 그곳 한길 위에 서 있었다.

얼마 있다

구보는 다시 걷기로 한다. 여름 한낮의 뙤약볕이 맨머리 바람의 그에게 현기증을 주었다. 그는 그곳에 더 그렇게 서 있을 수 없다. 신경쇠약. 그러나 물론 쇠약한 것은 그의 신경뿐이 아니다. 이 머리를 가져, 이 몸을 가져, 대체 얼마만한 일을 나는 하겠단 말인고……. 때마침 옆을 지나는 장년의, 그 정력가형 육체와 탄력 있는 걸음걸이에 구보는 일종 위압조차 느끼며, 문득 아홉 살 적에 집안 어른의 눈을 기어 춘향전을 읽었던 것을 뉘우친다. 어머니를 따라 일갓집에 갔다와서, 구보는 저도 얘기책이 보고

싶다 생각하였다. 그러나 집안에서는 그것을 금했다. 구보는 남몰래 안짬
재기에게 문의하였다. 안짬재기는 세책(貰冊) 집에는 어떤 책이든 있다
는 것과, 일 전이면 능히 한 권을 세내 올 수 있음을 말하고, 그러나 꾸중
들우……. 그리고 다음에, 재미있긴 춘향전이 제일이지, 그렇게 그는 혼
잣말을 하였었다. 한 분(分)의 동전과 한 개의 주발 뚜껑, 그것들이 17
년 전의 그것들이, 뒤에 온 그리고 또 올, 온갖 것의 근원이었을지도 모
른다. 자기 전에 읽던 얘기책들, 밤을 세워 읽던 소설책들. 구보의 건강
은 그의 소년 시대에 결정적으로 손상되었던 것임에 틀림없다.

　변비(便秘), 뇨의 빈수(尿意頻數), 피로(疲勞), 권태(倦怠), 두통(頭
痛), 두중(頭重), 두압(頭壓), 삼전정마(森田正馬) 박사의 단련요법(鍛
鍊療法)……. 그러한 것은 어떻든 보잘것없는, 아니, 그 살풍경하고 또
어수선한 태평통(太平通)9)의 거리는 구보의 마음을 어둡게 한다. 그는
저 불결한 고물상들을 어떻게 이 거리에서 쫓아 낼 것인가를 생각하며,
문득 반자의 무늬가 눈에 시끄럽다고, 양지(洋紙)로 반자를 발라 버렸던
서해(曙海)10)역시 신경쇠약이었음에 틀림없었다고, 이름 모를 웃음을 입
가에 띠어 보았다. 서해(曙海)의 너털웃음. 그것도 생각하여 보면, 역시
공허한, 적막한 음향이었다.

　구보는 고인에서 받은 《홍염(紅焰)》11)을, 이제껏 한 페이지도 들쳐보
지 않았던 것을 생각해 내고 그리고 딱한 표정을 지었다. 그가 읽지 않은
것은 오직 서해의 작품뿐이 아니다. 독서를 게을리하기 이미 3년. 언젠
가 구보는 지식의 고갈을 느끼고 악연(愕然)하였다.

　갑자기 한 젊은이가 구보의 시야에 들어왔다. 그는 구보가 향하여 걸어
가고 있는 곳에서 왔다. 구보는 그를 어디서 본 듯싶었다. 자기가 마땅히

---

9) 태평로를 말함.
10) 《탈출기》를 쓴 신경향파인 최학송(崔鶴松)의 호.
11) 서해의 《조선문단》(1927.1.)에 발표된 단편. 북간도에서 중국인의 소작이 되
　　어 겪는 민족의 수난사적 비극소설.

알아보아야만 할 사람인 듯싶었다. 마침내 두 사람의 거리가 한 칸통으로 단축되었을 때, 문득 구보는 어린 시절을 회상하고 그리고 그곳에 옛동무를 발견한다. 그리운 옛시절. 그리운 옛동무. 그들은 보통학교를 나온 채 이제도록 한 번도 못 만났다. 그래도 구보는 그 동무의 이름까지 기억 속에서 찾아 낸다.

그러나 옛동무는 너무나 영락(零落)하였다. 모시 두루마기에 흰 고무신, 오직 새로운 맥고자를 쓴 그의 행색은 너무나 초라하다. 구보는 망설거린다. 그대로 모른 체하고 지날까. 옛동무는 분명히 자기를 알아본 듯싶었다. 그리고 구보가 자기를 알아볼 것을 두려워하는 듯싶었다. 그러나 마침내 두 사람 서로 지나치는, 그 마지막 순간을 포착하여 구보는 용기를 내었다.

"이거 얼마만이야, 유군(劉君)."

그러나 벗은 순간에 약간 얼굴조차 붉히며,

"네, 참 오래간만입니다."

"그 동안 서울에, 늘 있었어?"

"네."

구보는 다음에 간신히,

"어째서 그렇게 뵈올 수 없었어요?"

한마디를 하고 그리고 서운한 감정을 맛보며 그래도 또 무슨 말이든 하고 싶다 생각할 때, 그러나 벗은, 그만 실례합니다. 그렇게 말하고 그리고 구보의 앞을 떠나 저 갈 길을 가 버린다.

구보는 잠깐 그곳에 섰다가 다시 고개 숙여 걸으며 울 것 같은 감정을 스스로 억제하지 못한다.

조그만

한 개의 기쁨을 찾아, 구보는 남대문을 안에서 밖으로 나가 보기로 한다.

그러나 그곳에는 불어 드는 바람도 없이 양옆에 웅숭그리고 앉아 있는, 서너 명의 지게꾼들의 그 모양이 맥없다.

구보는 고독을 느끼고, 사람들 있는 곳으로, 약동하는 무리들이 있는 곳으로 가고 싶다 생각한다. 그는 눈앞의 경성역을 본다. 그곳에는 마땅히 인생이 있을 게다. 이 낡은 서울의 호흡과 또 감정이 있을 게다. 도회의 소설가는 모름지기 이 도회의 항구와 친하여야 한다. 그러나 물론 그러한 직업의식은 어떻든 좋았다. 다만 구보는 고독을 삼등 대합실 군중 속에 피할 수 있으면 그만이다.

그러나 오히려 고독은 그곳에 있었다. 구보가 한옆에 끼여 앉을 수도 없게스리 사람들은 그곳에 빽빽하게 모여 있어도, 그들의 누구에게서도 인간 본래의 온정을 찾을 수는 없었다. 그네들은 거의 옆의 사람에게 한 마디 말을 건네는 일도 없이, 오직 자기네들 사무에 바빴고 그리고 간혹 말을 건네도, 그것은 자기네가 타고 갈 열차의 시각이나 그러한 것에 지나지 않았다. 그네들의 동료가 아닌 사람에게 그네들은 변소에 다녀올 동안의 그네들 짐을 부탁하는 일조차 없었다. 남을 결코 믿지 않는 그네들의 눈은 보기에 딱하고 또 가엾었다.

구보는 한구석에 가 서서 그의 앞에 앉아 있는 노파를 본다. 그는 뉘집에 드난을 살다가 이제 늙고 또 쇠잔한 몸을 이끌어 결코 넉넉하지 못한 어느 시골, 딸네집이라도 찾아가는지 모른다. 이미 굳어 버린 그의 안면근육은 어떠한 다행한 일에도 펴질 턱 없고 그리고 그의 몽롱한 두 눈은 비록 그의 딸의 그지없는 효양(孝養)을 가지고도 감동시킬 수 없을지 모른다. 노파 옆에 앉은 중년의 시골 신사는 그의 시골서 조그만 백화점을 경영하고 있을 게다. 그의 점포에는 마땅히 주단포목도 있고, 일용잡화도 있고, 또 흔히 씨우는 약품도 갖추어 있을 게다. 그는 이제 그의 옆에 놓인 물품을 들고 자랑스러이 차에 오를 게다. 구보는 그 시골 신사가 노파와의 사이에 되도록 간격을 가지려고 노력하는 것을 발견하고 그리고 그를 업신여겼다. 만약 그에게 옅은 지혜와 또 약간의 용기를 주면 그는 삼

등 승차권을 주머니 속에 간수하고 일, 이등 대합실에 오만하게 자리잡고 앉을 게다.

문득 구보는 그의 얼굴에 부종(浮腫)을 발견하고 그의 앞을 떠났다. 신장염. 그뿐 아니라 구보는 자기 자신의 만성 위확장을 새삼스러이 생각해 내지 않으면 안 되었다. 그러나 구보가 매점 옆에까지 갔었을 때, 그는 그곳에서도 역시 병자를 보지 않으면 안 되었다. 40여 세의 노동자. 전경부(前頸部)의 광범한 팽륭(澎隆). 돌출한 안구. 또 손의 경미한 진동. 분명한 '바세도우씨'병. 그것은 누구에게든 결코 깨끗한 느낌을 주지는 못한다. 그의 좌우에 좌석이 비어 있어도 사람들은 그곳에 앉으려 들지 않는다. 뿐만 아니라, 그에게서 두 칸통 떨어진 곳에 있던 아이 업은 젊은 아낙네가 그의 바스켓 속에서 꺼내다 잘못하여 시멘트 바닥에 떨어뜨린 한 개의 복숭아가 굴러 병자의 발 앞에까지 왔을 때, 여인은 그것을 쫓아와 집기를 단념하기조차 하였다.

구보는 이 조그만 사건에 문득 흥미를 느끼고, 그리고 그의 대학노트를 펴 들었다. 그러나 그가, 문 옆에 기대어 섰는 캡 쓰고 린네르 스메리 양복 입은 사나이의, 그 온갖 사람에게 의혹을 갖는 두 눈을 발견하였을 때, 구보는 또다시 우울 속에 그곳을 떠나지 않으면 안 되었다.

개찰구 앞에
두 명의 사나이가 서 있었다. 낡은 파나마에 모시 두루마기, 노랑 구두를 신고 그리고 손에 조그만 보따리 하나도 들지 않은 그들을, 구보는 확신을 가져 무직자라고 단정한다. 그리고 이 시대의 무직자들은, 거의 다 금광 브로커에 틀림없었다. 구보는 새삼스러이 대합실 안팎을 둘러본다. 그러한 인물들은, 이곳에도 저곳에도 눈에 띄었다.

황금광(黃金鑛) 시대.

저도 모를 사이에 구보의 입술엔 무거운 한숨이 새어 나왔다. 황금을 찾아, 그것도 역시 숨김없는 인생의 분명한 일면이다. 그것은 적어도 한 손에 단장과 또 한 손에 공책을 들고, 목적없이 거리로 나온 자기보다는 좀더 진실한 인생이었을지도 모른다. 시내에 산재한 무수한 광무소(鑛務所). 인지대 100원, 열람비 5원, 수수료 10원, 지도대 18전⋯⋯. 출원 등록된 광구, 조선 전토(全土)의 7할. 시시각각으로 사람들은 졸부가 되고 또 몰락하여 갔다. 황금광 시대. 그들 중에는 평론가와 시인, 이러한 문인들조차 끼여 있었다. 구보는 일찍이 창작을 위하여 그의 벗의 광산에 가 보고 싶다 생각하였다. 사람들의 사행심, 황금의 매력, 그러한 것들을 구보는 보고, 느끼고 하고 싶었다. 그러나 고도의 금광열은 오히려 총독부 청사, 동측 최고층, 광무과 열람실에서 볼 수 있었다.

문득 한 사나이가 둥글넓적한, 그리고 또 비속한 얼굴에 웃음을 띠고, 구보 앞에 그의 모양 없는 손을 내민다. 그도 벗이라면 벗이었다. 중학 시대의 열등생. 구보는 그래도 약간 웃음에 가까운 표정을 지어 보이고, 그리고 단장 든 손을 그대로 내밀어 그의 손을 가장 엉성하게 잡았다. 이거 얼마만이야. 어디 가나. 응, 자네는⋯⋯.

구보는 친하지 않은 사람에게 '자네' 소리를 들으면 언제든 불쾌하였다. '해라'는, 해라는 오히려 나았다. 그 사나이는 주머니에서 금시계를 꺼내 보고, 다음에 구보의 얼굴을 쳐다보며, 저기 가서 차라도 안 먹으려나. 전당포 집의 둘째 아들. 구보는 그러한 사나이와 자리를 같이 하여 차를 마실 생각은 없었다. 그러나 그러한 경우에 한 개의 구실을 지어, 그 호의를 사절할 수 있도록 구보는 용감하지 못하다. 그 사나이는 앞장을 섰다. 자, 그럼 저리로 가지. 그러나 그것은 구보에게만 한 말이 아니었다.

구보는 자기 뒤를 따라오는 한 여성을 보았다. 그가 한 번 흘낏 보기에도, 한 사나이의 애인 된 티가 있었다. 어느 틈엔가 이런 자도 연애를 하는 시대가 왔나. 새삼스러이 그 천한 얼굴이 쳐다보였으나 그러나 서정시인조차 황금광으로 나서는 때다.

의자에 가 가장 자신 있게 앉아, 그는 주문(注文)들으러 온 소녀에게, 나는 가루삐스[12] 그리고 구보를 향하여, 자네두 그걸루 하지. 그러나 구보는 거의 황급하게 고개를 흔들고, 나는 홍차나 커피로 하지.

음료 칼피스를 구보는 좋아하지 않는다. 그것은 외설(猥褻)한 색채를 갖는다. 또 그 맛은 결코 그의 미각에 맞지 않았다. 구보는 차를 마시며 문득 끽다점(喫茶店)[13]에서 사람들이 취하는 음료를 가져, 그들의 성격, 교양, 취미를 어느 정도까지는 알 수 있을 것이 아닌가, 하고 생각하여 본다. 그리고 그것은 동시에, 그네들의 그때그때의 기분조차 표현하고 있을 게다.

구보는 맞은편에 앉은 사나이의, 그 교양 없는 이야기에 건성 맞장구를 치며, 언제든 그러한 것을 연구하여 보리라 생각한다.

월미도로

놀러 가는 듯싶은 그들과 헤어져, 구보는 혼자 역 밖으로 나온다. 이러한 시각에 떠나는 그들은 적어도 오늘 하루를 그곳에서 묵을 게다. 구보는 문득 여자의 벌거숭이를 아무 거리낌없이 애무할 그 남자의 야비한 웃음으로 하여 좀더 추악해진 얼굴을 눈앞에 그려 보고, 그리고 마음이 편안하지 못했다.

여자는, 여자는 확실히 어여뻤다. 그는 혹은, 구보가 이제까지 어여쁘다고 생각하여 온 온갖 여인들보다도 좀더 어여뻤을지도 모른다. 그뿐 아니다. 남자가 같이 가루삐스를 먹자고 권하는 것도 물리치고, 한 접시의 아이스크림을 지망할 수 있도록 여자는 총명하였다.

문득 구보는 그러한 여자가 왜 그자를 사랑하려 드나 또는 그자의 사랑

---

12) 음료수의 한가지인 칼피스(calpis), 우유를 살균하여 냉각 발효시킨 뒤, 당액과 칼슘을 넣어 약간 시고 단맛이 남.
13) 다방과 같은 찻집을 말한다.

을 용납하는 것인가 하고, 그런 것을 괴이하게 여겨 본다. 그것은, 그것은 역시 황금인 까닭일 게다. 여자들은 그렇게도 쉽사리 황금에서 행복을 찾는다. 구보는 그러한 여자를 가엾이 또 안타까웁게 생각하다가, 갑자기 그 사나이의 재력을 탐내 본다. 사실 같은 돈이라도 그 사나이에게 있어서는, 헛되이 그리고 또 아까웁게 소비되어 버릴 게다. 그는 날마다 기름진 음식이나 실컷 먹고, 살찐 계집이나 즐기고 그리고 아무 앞에서나 그의 금시계를 꺼내 보고는 만족하여 할 게다.

일순간 구보는, 그 사나이의 손으로 소비되어 버리는 돈이, 원래 자기의 것이나 되는 것같이 입맛을 다시어 보았으나, 그 즉시 그러한 제 자신을 픽 웃고, 내가 언제부터 이렇게 돈에 걸신이 들렸누……. 단장 끝으로 구두코를 탁 치고, 그리고 좀더 빠른 걸음걸이로 전차 선로를 횡단하여, 구보는 포도 위를 걸어갔다.

그러나 여자는, 여자는 확실히 어여뻤고 그리고 또……, 구보는 갑자기 그 여자가 이미 오래 전부터 그자에게 몸을 허락하여 온 것이나 아닐까, 생각하였다. 그것은 생각만 하여 볼 따름으로 그의 마음을 언짢게 하여 준다. 역시 여자는 결코 총명하지 못했다. 또 생각하여 보면 어딘지 모르게 저속한 맛이 있었다. 결코 기품있는 인물은 아니다. 그저 좀 예쁠 뿐…….

그러나 그 여자가 그자에게 쉽사리 미소를 보여 주었다고 새삼스러이 여자의 값어치를 깎을 필요는 없었다. 남자는 여자의 육체를 즐기고, 여자는 남자의 황금을 소비하고 그리고 두 사람은 충분히 행복할 수 있을 게다. 행복이란 지극히 주관적인 것이다.

어느 틈엔가 구보는 조선은행 앞에까지 와 있었다. 이제 이대로, 이대로 집으로 돌아갈 마음은 없었다. 그러면 어디로……. 구보가 또다시 고독과 피로를 느꼈을 때, 약 칠해 신으시죠 구두에. 구보는 혐오의 눈을 가져 그 사나이를, 남의 구두만 항상 살피며 그곳에 무엇이든 결점을 잡아 내고야 마는 그 사나이를 흘겨보고, 그리고 걸음을 옮겼다. 일면식도 없는 나의 구두를 비평할 권리가 그에게 있기라도 한단 말인가. 거리에서 그에게 온갖 종류의 불유쾌한 느낌을 주는, 온갖 종류의 사물을 저주하고 싶다 생각하며, 그러나 문득 구보는 이러한 때, 이렇게 제 몸을 혼자 두어 두는 것에 위험을 느낀다. 누구든 좋았다. 벗과, 벗과 같이 있을 때, 구보는 얼마쯤 명랑할 수 있었다. 혹은 명랑을 가장할 수 있었다.

마침내 그는 한 벗을 생각해 내고, 길가 양복점을 들어가 전화를 빌렸다. 다행하게도 벗은 아직 사(社)에 남아 있었다. 바로 지금 나가려든 차야, 하고 그는 말했다.

구보는 그에게 부디 다방으로 와 주기를 청하고, 그리고 잠깐 또 할 말을 생각하다가, 저편에서 전화를 끊어 버릴 것을 염려하여, 당황하게 덧붙여 말했다.

"꼭 좀, 곧 좀, 오……."

다행하게도

다시 돌아간 다방 안에 사람들은 많지 않았다. 또 문득 생각하고 둘러보아, 그 벗 아닌 벗도 그곳에 있지 않았다. 구보는 카운터 가까이 자리를 잡고 앉아, 마침 자기가 사랑하는 '스키퍼'의 '아이 아이 아이'를 들려주는 이 다방에 애정을 갖는다. 그것이 허락받을 수 있는 것이라면 그는 지금 앉아 있는 등의자를 안락의자로 바꾸어, 감미한 오수를 즐기고 싶다. 이제 그는 그의 앞에, 아까의 신기료 장수를 보더라도 고요한 마음을 가져 그를 용납하여 줄 수 있을 게다.

조그만 강아지가 저편 구석에 앉아, 토스트를 먹고 있는 사나이의 그리 대단하지도 않은 구두코를 핥고 있었다. 그 사나이는 발을 뒤로 물리며, 쉬 쉬, 강아지를 쫓았다. 강아지는 연해 꼬리를 흔들며 잠깐 그 사나이의 얼굴을 쳐다보다가, 돌아서서 다음 탁자 앞으로 갔다. 그곳에 앉아 있는 젊은 여자는, 그는 확실히 개를 무서워하는 듯싶었다. 다리를 잔뜩 웅크리고 얼굴빛조차 변하여 가지고, 그는 크게 뜬 눈으로 개의 동정만 살폈다. 개는 여전히 꼬리를 흔들며 그러나 저를 귀해 주고 안해 주는 사람을 용하게 가릴 줄이나 아는 듯이, 그곳에 오래 머무르지 않고 또 옆탁자로 갔다. 그러나 구보가 앉아 있는 자리에서 그곳이 잘 안 보였다. 어떠한 대우를 그 가엾은 강아지가 그곳에서 받았는지 그는 모른다. 그래도 어떻든 만족한 결과는 아니었든 게다. 강아지는 다시 그곳을 떠나, 이제는 사람들의 사랑을 구하기를 아주 단념이나 한 듯이 구보에게서 한 칸통쯤 떨어진 곳에 가 네 발을 쭉 뻗고 모로 쓰러져 버렸다.

강아지의 반쯤 감은 두 눈에는 고독이 숨어 있는 듯싶었다. 그리고 그와 함께, 모든 것에 대한 단념도 그곳에 있는 듯싶었다. 구보는 그 강아지를 가여웁다 생각한다. 저를 사랑하는 단 한 사람일지라도 다방 안에 있음을 알려 주고 싶다 생각한다. 그는 문득 자기가 이제까지 한 번도 그의 머리를 쓰다듬어 준다거나, 또는 그가 핥는 대로 손을 맡기어 둔다거나, 그러한 그에 대한 사랑의 표현을 한 일이 없었던 것을 생각해 내고, 손을 내밀어 그를 불렀다. 사람들은 이런 경우에 휘파람을 분다. 그러나 원래 구보는 휘파람을 안 분다. 잠깐 궁리하다가, 마침내 그는 개에게만 들릴 정도로 '캄, 히어' 하고 말해 본다.

강아지는 영어를 해득하지 못하는지도 모른다. 머리를 들어 구보를 쳐다보고 그리고 아무 흥미도 느낄 수 없는 듯이 다시 머리를 떨어뜨렸다. 구보는 의자 밖으로 몸을 내밀어, 조금 더 큰 소리로, 그러나 한껏 부드러웁게, 또 한 번, '캄, 히어' 그리고 그것을 번역하였다. '이리 온' 그러나 강아지는 먼젓번 동작을 또 한 번 되풀이하였을 따름. 이번에는 입을 벌려 하품 비슷한 짓을 하고 아주 눈까지 감는다.

구보는 초조와, 또 일종 분노에 가까운 감정을 맛보며, 그래도 그것을 억제하고, 이번에는 완전히 의자에서 떠나, 그의 머리를 쓰다듬어 주려 하였다. 그러나 그보다도 먼저 강아지는 진저리치게 놀라 몸을 일으켜 구보에게 향하여 적대적 자세를 취하고, 캥, 캐캥 하고 짖고 그리고 제풀에

질겁을 하여 카운터 뒤로 달음질쳐 들어갔다.

구보는 저도 모르게 얼굴을 붉히고, 강아지의 방정맞은 성정(性情)을 저주하며, 수건을 꺼내어 땀도 안 난 이마를 두루 씻었다. 그리고 그렇게까지 당부하였건만, 곧 와 주지 않는 벗에게조차 그는 가벼운 분노를 느끼지 않으면 안 되었다.

마침내

벗이 왔다. 그렇게 늦게 온 벗을 구보는 책망할까 하고 생각하여 보았으나, 그보다 먼저 진정 반가워하는 빛이 그의 얼굴에 떠올랐다. 사실 그는, 지금 벗을 가진 몸의 다행함을 느낀다.

그 벗은 시인이었던 것임에도 불구하고, 지극히 건장한 육체와 또 먹기 위하여 어느 신문사 사회부 기자라는 직업을 가지고 있었다. 그것이 때로 구보에게 애달픔을 주지 않은 것은 아니다. 그래도, 그래도 그와 대하고 있으면, 구보는 마음속에 밝음을 가질 수 있었다.

"나, 소다스이를 다우."

벗은 즐겨 음료 조달수(曹達水)를 취하였다. 그것은 언제든 구보에게 가벼운 쓴웃음을 준다. 그러나 물론 그것은 적어도 불쾌한 감정은 아니다.

다방에 들어오면, 여학생이나 같이 조달수를 즐기면서도 그래도 벗은 조선문학 건설에 가장 열의를 가지고 있었다. 그러한 그가 하루에 두 차례씩, 종로서와, 도청과, 또 체신국엘 들르지 않으면 안 되었던 것은 한 개의 비참한 현실이었을지도 모른다. 마땅히 시를 초하여야만 할 그의 만년필을 가져, 그는 매일같이 살인 강도와 방화 범인의 기사를 쓰지 않으면 안 되었다. 그래 이렇게 제 자신의 시간을 가지면, 그는 억압당하였던 그의 문학에 대한 열정을 쏟아 놓는다.

오늘은 주로 구보의 소설에 대하여서였다. 그는 즐겨 구보의 작품을 읽

는 사람의 하나이다. 그리고 또 즐겨 구보의 작품을 비평하려 드는 독지
가였다. 그러나 그의 그러한 후의에도 불구하고, 구보는 자기 작품에 대
한 그의 의견에 그다지 신용을 두고 있지 않았다. 언젠가 벗은 구보의 그
리 대단하지 않은 작품을 오직 한 개 읽었을 따름으로, 구보를 완전히 알
수나 있었던 것같이 생각하고 있는 듯싶었다.

오늘은 그러나 구보는 그의 말에 귀를 기울이지 않으면 안 된다. 벗은,
요사이 구보가 발표하고 있는 작품을 가리켜 작가가 그의 나이 분수보다
엄청나게 늙었음을 말했다. 그러나 그뿐이면 좋았다. 벗은 또, 작가가 정
말 늙지는 않았고, 오직 늙음을 가장하였을 따름이라고 단정하였다. 혹은
그럴지도 모른다. 구보에게는 그러한 경향이 있었을지도 모른다. 그리고
다시 돌이켜 생각하면 그것이 오직 가장에 그치고, 그리고 작가가 정말
늙지 않았음은 오히려 구보가 기꺼워하여 마땅할 일일 게다.

그러나 구보는 그의 작품 속에서 젊을 수가 없었을지도 모른다. 그가
만약 구태여 그러려 하면 벗은, 이번에는 작가가 무리로 젊음을 가장하
였다고 말할 게다. 그리고 그것은 틀림없이 구보의 마음을 슬프게 하여
줄 게다.

어느 틈엔가 구보는 그 화제에 권태를 깨닫고 그리고 저도 모르게 '다
섯 개의 임금(林檎)' 문제를 풀려 들었다. 자기가 완전히 소유한 다섯 개
의 임금을 대체 어떠한 순차로 먹어야만 마땅할 것인가. 그것에는 우선
세 가지의 방법이 있을 게다. 그중 맛있는 놈부터 차례로 먹어 가는 법.
그것은 언제든, 그중에 맛있는 놈을 먹고 있다는 기쁨을 우리에게 줄 게
다. 그러나 그것은, 혹은 그 결과가 비참하지나 않을까. 이와 반대로, 그
중 맛없는 놈부터 차례로 먹어 가는 법. 그것은 점입가경, 그러한 뜻을
가지고 있으나 뒤집어 생각하면, 사람은 그 방법으로는 항상 그중 맛없는
놈만 먹지 않으면 안 되는 셈이다. 또 계획없이 아무거나 집어먹는 법.
그것은…….

구보는 맞은편에 앉아, 그의 문학론에 앙드레 지드의 말을 인용하고 있

던 벗을, 갑자기 이 유민(流民)다운 문제를 가져 어이없게 만들어 주었다. 벗은 대체, 그 다섯 개의 임금이 문학과 어떠한 교섭을 갖는가 의혹하며, 자기는 일찍이 그러한 문제를 생각하여 본 일이 없노라 말하고,

"그래, 그것이 어쨌단 말이야?"

"어쩌기는 무에 어째."

그리고 구보는 오늘 처음으로 명랑한, 혹은 명랑을 가장한 웃음을 웃었다.

문득,

창 밖 길가에, 어린애 울음소리가 들린다. 그것이 울음소리에는 틀림없었다. 그러나 어린애의 것보다는 오히려 짐승의 소리에 가까웠다. 구보는 '율리시즈'를 논하고 있는 벗의 탁설(卓說)에는 상관없이, 대체 누가 또 죄악의 자식을 낳누, 하고 생각한다.

가엾은 벗이 있었다. 그는 어렸을 때부터, 그렇게 불행하였던 그는 온갖 고생을 겪지 않으면 안 되었었고, 또 그렇게 경란한 사람이었던 까닭에, 벗과의 사귐에 있어서도 가장 관대한 품이 있었다. 그는 거의 구보의 친우였다. 그러나 그에게는 남자로서의 가장 불행한 약점이 있었다. 그의 앞에서 구보가 말을 한다면 '다정다한(多情多恨)', 이러한 문자를 사용할 게다. 그러나 그것은 한 개의 수식에 지나지 않았고, 그 벗의 통제를 잃은 성본능은 누가 보기에도 진실로 딱한 것임에 틀림없었다. 구보는 왕왕, 그 벗의 여성에 대한 심미안에 의혹을 갖기조차 하였다. 그러나 오히려 그러고 있는 동안은 좋았다. 마침내 비극이 왔다. 그 벗은 결코 아름답지도 총명하지도 않은 한 여성을 사랑하고, 여자는 또 남자를 오직 하나의 사내라 알았을 때, 비극은 비롯한다. 여자가 어느 날 저녁 남자와 마주앉아 얼굴조차 붉히고 그리고 자기가 이미 홀몸이 아님을 고백하였을 때, 남자는 어느 틈엔가 그 여자에게 대하여 거의 완전히 애정을 상실하

고 있었다. 여자는 어리석게도 모성됨의 기쁨을 맛보려 하였고 그리고 남자의 사랑을 좀더 확실히 포착할 수 있을 것같이 생각하였다. 그러나 남자는 오직 제 자신이 곤경에 빠졌음을 한(恨)하고 그리고 또 그 젊은 어미에 대한 자기의 책임을 느끼지 않으면 안 되었던 까닭에, 좀더 그 여자를 미워하였을지도 모른다.

여자는, 그러나 남자의 변심을 깨닫지 못하였을지도 모른다. 또 설혹 그가 알 수 있었더라도, 역시 그 수밖에 없었을지도 모른다. 여자는 돌도 안 된 아이를 안고, 남자를 찾아 서울로 올라왔다. 그러나 그곳에는 그들 모자를 위하여 아무러한 밝은 길도 없었다. 이미 반생을 고락을 같이 하여 온 아내가 남자에게는 있었고 또 그와 견주어 볼 때, 이 가정의 틈입자(闖入者)는 어떠한 점으로든 떨어졌다. 특히 아이와 아이를 비하여 볼 때 그러하였다. 가엾은 사생자(私生子)는 나이 분수보다 엄청나게나 거대한 체구와 또 치매적 안모(癡呆的顔貌)를 가지고 있었다.

그러나 그것만이라면 오히려 좋았다. 한 번 그 아이의 울음소리를 들을 수 있었을 때, 사람들은 가장 언짢고 또 야릇한 느낌을 갖지 않으면 안 되었다. 그것은 결코 사람의 아이 울음이 아니었다. 그것은 그들의, 특히 남자의 죄악에 진노한 신이, 그 아이의 비상한 성대를 빌려, 그들의, 특히 남자의 죄악을 규탄하고 또 영구히 저주하는 것인 것만 같았다.

구보는 그저 《율리시즈》[14]를 논하고 있는 벗을 깨닫고, 불쑥 그야 '제임스 조이스'의 새로운 시험에는 경의를 표하여야 마땅할 게지. 그러나 그것이 새롭다는, 오직 그 점만 가지고 과중 평가를 할 까닭이야 없지. 그리고 벗이 그 말에 대하여 항의를 하려 하였을 때, 구보는 의자에서 몸을 일으켜 벗의 등을 치고, 자, 그만 나갑시다.

그들이 밖에 나왔을 때, 그곳엔 황혼이 있었다. 구보는 이 시간에, 이 거리에 맑고 깨끗함을 느끼며 문득 벗을 돌아보았다.

---

14) 아일랜드의 심리주의 소설가 J.Joyce(1882~1941)의 작품. 전 생애의 체험을 18시간 30분의 담화(談話)로 쓰고 있음.

"이제 어디로 가."

"집으루 가지."

벗은 서슴지 않고 대답하였다. 구보는 대체 누구와 이 황혼을 지내야 할 것인가 망연해한다.

전차를 타고

벗은 이내 집으로 돌아가고 말았다. 집이 아니다. 여사(旅舍)였다. 주인 집 식구말고 아무도 없을 여사로, 그는 그렇게 저녁 시간에 맞추어 가야만 할까. 만약 그것이 단지 저녁밥을 먹기 위하여서의 일이라면……

"지금부터 집엘 가서 무얼 할 생각이오?"

그러나 그것은 물론 어리석은 물음이었다. '생활'을 가진 사람은 마땅히 제 집에서 저녁을 먹어야 할 게다. 벗은 구보와 비교할 때, 분명히 생활을 가지고 있었다.

하루의 대부분을 속무(俗務)에 헤매지 않으면 안 되었던 그는 이제 저녁 후의 조용한 제 시간을 가져, 독서와 창작에서 오는 기쁨을 찾을 게다. 구보는, 구보는 그러나 요사이 그 기쁨을 못 갖는다.

어느 틈엔가, 구보는 종로 네거리에 서서, 그곳의 황혼과 또 황혼을 타고 거리로 나온 노는 계집의 무리들을 본다. 노는 계집들은 오늘도 무지를 싸고 거리에 나왔다. 이제 곧 밤은 올 게요, 그리고 밤은 분명히 그들의 것이었다. 구보는 포도 위에 눈을 떨어뜨려, 그곳의 무수한, 화려한 또는 화려하지 못한 다리를 보며, 그들의 걸음걸이를 가장 위태롭다 생각한다. 그들은 모두가 숙녀화에 익숙하지 못한 것은 아니다. 그러나 그러함에도 불구하고, 그들은 모두들 가장 서투르고 부자연한 걸음걸이를 갖는다. 그것은 역시 '위태로운 것'이라고밖에 말할 수 없는 것임에 틀림없었다.

그들은, 그러나 물론 그런 것을 그네 자신 깨닫지 못한다. 그들의 세상

살이의 걸음걸이가 얼마나 불안정한 것인가를 깨닫지 못한다. 그들은 누구라도 하나 인생에 확실한 목표를 가지고 있지 않았으나, 무지는 거의 완전히 그 불안에서 그들의 눈을 가리어 준다.

그러나 포도를 울리는 것은 물론 그들의 가장 불안정한 구두 뒤축뿐이 아니었다. 생활을, 생활을 가진 온갖 사람들의 발끝은 이 거리 위에서 모두 자기네들 집으로 향하여 놓여 있었다. 집으로 집으로, 그들은 그들의 만찬과 가족의 얼굴과 또 하루 고역 뒤의 안위를 찾아 그렇게도 기꺼이 걸어가고 있다. 문득 저도 모를 사이에 구보의 입술을 새어 나오는 탁목(啄木)의 단가(短歌)[15]…….

누구나 모다 집 가지고 있다는 애달픔이여
무덤에 들어가듯
돌아와서 자옵네

그러나 구보는 그러한 것을 초저녁의 거리에서 느낄 필요는 없다. 아직 그는 집에 돌아가지 않아도 좋았다. 그리고 좁은 서울이었으나, 밤 늦게까지 헤맬 거리와, 들를 처소가 구보에게는 있었다.

그러나 대체 누구와 이 황혼을……. 구보는 거의 자신을 가지고 걷기 시작한다. 벗이 있다. 황혼을, 또 밤을 같이 지낼 벗이 구보에게 있다. 종로 경찰서 앞을 지나 하얗고 납작한 조그만 다료(茶寮)엘 들른다.

그러나 주인은 없었다. 구보가 다시 문으로 향하여 나오면서, 왜 자기는 그와 미리 맞추어 두지 않았던가 뉘우칠 때, 아이가 생각난 듯이 말했다. 참, 곧 돌아오신다구요, 누구 오시거든 기다리시라구요. '누가' 혹은 특정한 인물일지도 모른다. 벗은 혹은, 구보와 이제 행동을 같이할 수 없을지도 모른다. 그래도 사람은 언제든 희망을 가져야 하고, 달리 찾을

---

15) 우리 시조와 같은 일본의 정형시.

벗을 갖지 아니한 구보는 하여튼 이제 자리에 앉아 돌아올 벗을 기다려야
한다.

여자를

동반한 청년이 축음기 놓여 있는 곳 가까이 앉아 있었다. 그는 노는 계집
아닌 여성과 그렇게 같이 앉아 차를 마실 수 있는 것에 득의와 또 행복을
느낄 수 있었는지도 모른다. 그의 육체는 건강하였고 또 그의 복장은 화
미(華美)하였고 그리고 그의 여인은 그에게 그렇게도 용이하게 미소를
보여 주었던 까닭에, 구보는 그 청년에게 엷은 질투와 또 선망을 느끼지
않으면 안 되었다. 그뿐 아니다. 그 청년은 한 개의 인단용기(仁丹容器)
와 로도 목약(目藥)을 가지고 있는 것에조차 철없는 자랑을 느낄 수 있
었던 듯싶었다. 구보는 제 자신 포용력을 가지고 있는 듯싶게 가장하는
일없이, 그의 명랑성에 참말 부러움을 느낀다.

그 사상에는 황혼의 애수와 또 고독이 혼화되어 있었는지도 모른다. 구
보는 극히 음울할 제 표정을 깨닫고 그리고 이 안에 거울이 없음을 다행
하여 한다. 일찍이 어느 시인이 구보의 이 심정을 가르쳐 독신자의 비애
라 하였다. 그러나 그것은 언뜻 그러한 듯싶으면서도 옳지 않았다. 구보
가 새로운 사랑을 찾으려 하지 않고, 때로 좋은 벗의 우정에 마음을 의탁
하려 한 것은 제법 오랜 일이다.

어느 틈엔가 그 여자와 축복받은 젊은이는 이 안에서 사라지고, 밤은
완전히 다료 안팎에 왔다. 이제 어디로 가나. 문득 구보는 자기가 그 동
안 벗을 기다리면서도 벗을 잊고 있었던 사실에 생각이 미치고 그리고 호
젓한 웃음을 웃었다. 그것은 일찍이 사랑하는 여자와 마주 대하여 권태와
고독을 느끼었던 것보다도 좀더 애처로운 일임에 틀림없었다.

구보의 눈이 갑자기 빛났다. 참 그는 그뒤 어찌 되었을구. 비록 어떠
한 종류의 것이든 추억을 갖는다는 것은 사람의 마음을 고요하게 또 기쁘

게 하여 준다.

동경의 가을이다. '간다(神田)'[16] 어느 철물전에서 한 개의 '네일 클립퍼'를 구한 구보는 '짐보쬬(神保町)', 그가 가끔 드나드는 끽다점을 찾았다. 그러나 휴식을 위함도 차를 먹기 위함도 아니었던 듯싶다. 오직 오늘 새로 구한 것으로 손톱을 깎기 위하여서만인지도 몰랐다. 그중 구석진 테이블. 그중 구석진 의자. 통속 작가들이 즐겨 취급하는 종류의 로맨스의 발단이 그곳에 있었다. 광선이 잘 안 들어오는 그곳 마룻바닥에서 구보의 발길에 채인 것. 한 권 대학 노트에는 '윤리학' 석 자와 '임(姙)'자가 든 성명이 기입되어 있었다.

그것은 일종의 죄악일 게다. 그러나 젊은이들에게 그만한 호기심은 허락되어도 좋다. 그래도 구보는 다른 좌석에서 잘 안 보이는 위치에 노트를 놓고, 그리고 손톱을 깎을 것도 잊고 있었다.

제 1 장 서론. 제 2 절 윤리학의 정의. 2. 규범과학. 제 2 장 본론. 도덕판단의 대상. C동기설과 결과설. 예 1. 빈가(貧家)의 자손이 효양(孝養)을 위해서 절도함. 2. 허영심을 만족시키기 위한 자선 사업. 제 2 학기. 3. 품성 형성의 요소. 1. 의지필연론……

그리고 여백에 연필로,

'그러나 수치심은 사랑의 상상 작용에 조력(助力)을 준다. 이것은 사랑에 생명을 주는 것이다.' 스탕달의 《연애론》의 일 절, 그리고는 연락 없이, 《서부전선 이상없다》 길옥신자(吉屋信子). 개천룡지개(芥川龍之介)[17]. 어제 어디 갔었니. 《라부파레드》를 보았니……

이런 것들이 쓰여 있었다.

다료의 주인이 돌아왔다. 아 언제 왔소. 오래 기다렸소. 무슨 좋은 소

16) 일본 동경의 중심가.

17) 아쿠타가와 류노스케(1892~1927). 일본의 소설가 《나생문(羅生門)》과 《하나(鼻)》가 유명하다. 그의 문학을 기념하는 아쿠타가와(芥川)문학상은 일본의 권위있는 상이다.

식 있소. 구보는 대답 없이 자리에서 일어나 노트와 단장을 집어들고, 저녁 먹으러 나갑시다. 그리고 속으로 지난날의 조그만 로맨스를 좀더 이어 생각하려 한다.

다료(茶寮)에서

나와 벗과 대창옥(大昌屋)으로 향하며, 구보는 문득 대학 노트 틈에 끼여 있었던 한 장의 엽서를 생각하여 본다. 물론 처음에 그는 망설거렸었다. 그러나 여자의 숙소까지를 알 수 있었으면서도 그 한 기회에서 몸을 피할 수는 없었다. 그는 우선 젊었고 또 그것은 흥미있는 일이었다. 소설가다운 온갖 망상을 즐기며, 이튿날 아침 구보는 이내 이 여자를 찾았다. 우입구 시래정(牛込區矢來町). 주인집은 그의 신조사(新潮社)[18] 근처에 있었다. 인품이 좋은 주인 여편네가 나왔다 들어간 뒤, 현관에 나온 노트 주인은 분명히……. 그들이 걸어가고 있는 쪽에서 미인이 왔다. 그들을 보고 빙그레 웃고 그리고 지났다. 벗의 다료 옆, 카페 여급. 벗이 돌아보고 구보의 의견을 청하였다. 어때 예쁘지. 사실 여자는, 이러한 종류의 계집으로서는 드물게 어여뻤다. 그러나 그는 이 여자보다 좀더 아름다웠던 것임에 틀림없었다.

어서 옵쇼. 설렁탕 두 그릇만 주……. 구보가 노트를 내어놓고, 자기의 실례에 가까운 심방(尋訪)에 대한 변해(辯解)를 하였을 때, 여자는 순간에 얼굴이 붉어졌었다. 모르는 남자에게 정중한 인사를 받은 까닭만이 아닐 게다. 어제 어디 갔었니. 길옥신자(吉屋信子). 구보는 문득 그런 것들을 생각해 내고, 여자 모르게 빙그레 웃었다. 맞은편에 앉아 벗은 숟가락 든 손을 멈추고 빤히 구보를 바라보았다. 그 눈은 무슨 생각을 하고 있느냐, 물었는지도 모른다. 구보는 생각의 비밀을 감추기 위하여 의미없

---

18) 일본의 출판사. 세계문학전집 등 문학 서적이 많이 나오고 있다.

이 웃어 보였다. 좀 올라오세요. 여자는 그렇게 말하였었다. 말로는 태연
하게, 그러면서도 그의 볼은 역시 처녀답게 붉어졌다. 구보는 그의 말을
쫓으려다 말고 불쑥, 같이 산책이라도 안하시렵니까, 볼일 없으시면. 일
요일이었고, 여자는 마악 어디 나가려던 차(次)인지 나들이옷을 입고 있
었다. 통속소설은 템포가 빨라야 한다. 그 전날, 윤리학 노트를 집어들었
을 때부터 이미 구보는 한 개 통속소설의 작가였고 동시에 주인공이었던
것임에 틀림없었다. 그는 여자가 기독교 신자인 경우에는 제 자신 목사의
졸음 오는 설교를 들어도 좋다고까지 생각하고 있었다. 여자는 또 한 번
얼굴을 붉히고 그러나 구보가 만약 볼일이 계시다면, 하고 말하였을 때,
당황하게, 아니에요, 그럼 잠깐 기다려 주세요, 그리고 여자는 핸드백을
들고 나왔다. 분명히 자기를 믿고 있는 듯싶은 여자 태도에 구보는 자신
을 갖고, 참, 이번 주일에 무장야관(武藏野舘) 구경하셨습니까. 그리고
그와 함께 그러한 자기가 하릴없는 불량 소년같이 생각되고 또 만약 여자
가 그렇게도 쉽사리 그의 유인에 빠진다면, 그것은 아무리 통속 소설이라
도 독자는 응당 작가를 신용하지 않을 게라고 속으로 싱거웁게 웃었다.
그러나 설혹 그렇게도 쉽사리 여자가 그를 쫓더라도 구보는 그것을 경박
하다고 생각하고 싶지 않았다. 그것은 경박이란 문자는 맞지 않을 게다.
구보의 자부심으로서는 여자가 초면임에도 불구하고 자기를 족히 믿을
만한 남자로 볼 수 있도록 그렇게 총명하다고 생각하고 싶었다.

　여자는 총명하였다. 그들이 무장야관(武藏野舘) 앞에서 자동차를 내렸
을 때, 그러나 구보는 잠시 그곳에 우뚝 서 있을 수밖에 없었다. 그것은
뒤에서 내리는 여자를 기다리기 위하여서가 아니다. 그의 앞에 외국 부인
이 빙그레 웃으며 서 있었던 까닭이다. 구보의 영어 교사는 남녀를 번갈
아보고, 새로이 의미심장한 웃음을 웃고 '오늘 행복을 비오.' 그리고 제
길을 걸었다. 그것에는 혹은 30독신녀의 젊은 남녀에게 대한 빈정거림이
있었는지도 모른다. 구보는 소년과 같이 이마와 콧잔등이에 무수한 땀방
울을 깨달았다. 그래 구보는 바지 주머니의 수건을 꺼내어 그것을 씻지

않으면 안 되었다. 여름 저녁에 먹은 한 그릇의 설렁탕은 그렇게도 더웠다.

이곳을

나와, 그러나 그들은 한길 위에 우두커니 선다. 역시 좁은 서울이었다. 동경이면, 이러한 때 구보는 우선 은좌(銀座)로라도 갈 게다. 사실 그는 여자를 돌아보고 은좌로 가서 차라도 안 잡수시렵니까, 그렇게 말하고 싶었다. 그러나 순간에 지금 마악 보았을 따름인 영화의 한 장면을 생각해 내고, 구보는 제가 취할 행동에 자신을 가질 수 없었을지도 모른다. 규중처자(閨中處子)를 꼬여 오페라 구경을 하고, 밤 늦게 다시 자동차를 몰아 어느 별장으로 향하던 불량배 청년. 언뜻 생각하면 그의 옆얼굴과 구보의 것과 사이에 일맥상통한 점이 있었던 듯도 싶었다. 구보는 쓰디쓰게 웃고, 그러나 그러한 것은 어떻든, 은좌가 아니라도 어디 이 근처에서라도 차나 먹고……, 참, 내 정신 좀 보아. 벗은 갑자기 소리치고 자기가 이 시각에 꼭 만나야 할 사람이 있음을 말하고, 이제 구보가 혼자서 외로울 것을 알고 있었으므로 그는 미안한 표정을 지었다. 여자가 주저하며, 하며, 그만 집으로 돌아가야겠다고 구보를 곁눈질하였을 때에도, 역시 그러한 표정이었던 것임에 틀림없었다. 우리 열점쯤 해서 다방에서 만나기로 합시다. 열점. 응, 늦어도 열점 반, 그리고 벗은 전찻길을 횡단하여 갔다.

전찻길을 횡단하여 저편 포도 위를 사람 틈에 사라져 버리는 벗의 뒷모양을 바라보며, 어인 까닭도 없이, 이슬비 내리던 어느 날 저녁 히비야(日比谷) 공원 앞에서의 여자를 구보는 애달프게 생각한다.

아, 구보는 악연히 고개를 들어 뜻없이 주위를 살피고 그리고 기계적으로 몇 걸음 앞으로 나갔다. 아아, 그예 생각해 내고 말았다. 영구히 잊고 싶다 생각한 그의 일을 왜 기억 속에서 더듬었더냐. 애달프고 또 쓰린 추억이란, 결코 사람 마음을 고요하게도 기쁘게도 하여 주는 것은 아니었다.

여자는 그가 구보와 알기 전에 이미 약혼하고 있었던 사나이의 문제를 가져, 구보의 결단을 빌었다. 불행히 그 사나이를 구보는 알고 있었다. 중학 시대의 동창생. 서로 소식 모르고 지낸 지 5년이 넘었어도 그의 얼굴은 구보의 머릿속에 분명하였다. 그 우둔하고 순직한 얼굴. 더욱이 그 선량한 눈을 생각할 때 구보의 마음은 아팠다. 비 내리는 공원 안을 그들은 생각에 잠겨, 생각에 울어, 날 저무는 줄도 모르고 헤매 돌았다.

참지 못하고 구보는 걷기 시작한다. 사실 나는 비겁하였을지도 모른다. 한 여자의 사랑을 완전히 차지하는 것에 행복을 느껴야만 옳았을지도 모른다. 의리라는 것을 생각하고 비난을 두려워하고 하는, 그러한 모든 것이 도시 남자의 사랑이, 정열이, 부족한 까닭이라고 여자가 울며 탄(僤)하였을 때, 그 말은 그 말은, 분명히 옳았다, 옳았다.   구보가 바래다 주려도 아니에요, 이대로 내버려 두세요, 혼자 가겠어요, 그리고 비에 젖어, 눈물에 젖어 황혼의 거리를 전차도 타지 않고 한없이 걸어가던 그의 뒷모양. 그는 약혼한 사나이에게로도 가지 않았다. 그가 불행하다면 그것은 오로지 사나이의 약한 기질에 근원할 게다. 구보는 때로 그가 어느 다행한 곳에서 그의 행복을 차지하고 있는 것같이 생각하고 싶었어도, 그 사상은 너무나 공허하다.

어느 틈엔가 황토마루 네거리에까지 이르러, 구보는 그곳에 충동적으로 우뚝 서며, 괴로운 숨을 토하였다. 아아, 그가 보고 싶다. 그의 소식이 알고 싶다. 낮에 거리에 나와 일곱 시간, 그것은 오직 한 개의 진정이었을지 모른다. 아아, 그가 보고 싶다. 그의 소식이 알고 싶다.

광화문통

그 멋없이 넓고 또 쓸쓸한 길을 아무렇게나 걸어가며, 문득 자기는, 혹은 위선자나 아니었었나 하고 구보는 생각하여 본다. 그것은 역시 자기의 약한 기질에 근원할 게다. 아아, 온갖 악은 인성(人性)의 약함에서, 그리고 온갖 불행이…….

또다시 너무나 가엾은 여자의 뒷모양이 보였다. 레인코트 위에 빗물은 흘러 내리고 우산도 없이 모자 안 쓴 머리가 비에 젖어 애달프다. 기운 없이, 기운 있을 수 없이 축 늘어진 두 어깨. 주머니에 두 팔을 꽂고, 고개 숙여 내어디디는 한 걸음, 또 한 걸음, 그 조그맣고 약한 발에 아무러한 자신도 없다. 뒤따라 그에게로 달려가야 옳았다. 달려들어 그의 조그만 어깨를 으스러지라 잡고, 이제까지 한 나의 말은 모두 거짓이었다고, 나는 결코 이 사랑을 단념할 수 없노라고, 이 사랑을 위하여는 모든 장애와 싸워 가자고, 그렇게 말하고 그리고 이슬비 내리는 동경거리에서 두 사람은 무한한 감격에 울었어야만 옳았다.

구보는 발 앞의 조약돌을 힘껏 찼다. 격렬한 감정을, 진정한 욕구를, 힘써 억제할 수 있었다는 데서 그는 값 없는 자랑을 얻으려 하였는지도 모른다. 이것이, 이 한 개 비극이 우리들 사랑의 당연한 귀결이라고 그렇게 생각하려 들었던 자기. 순간에 또 벗의 선량한 두 눈을 생각해 내고 그의 원만한 천성과 또 금력이 여자를 행복하게 하여 주리라 믿으려 들었던 자기. 그 왜곡된 감정이 구보의 진정한 마음의 부르짖음을 틀어막고야 말았다. 그것은 옳지 않았다. 구보는 대체 무슨 권리를 가져 여자의 그리고 자기 자신의 감정을 농락하였나. 진정으로 여자를 사랑하였으면서도 자기는 결코 여자를 행복하게 하여 주지는 못할 게라고, 그 부전감(父全感)이 모든 사람을, 더욱이 가엾은 애인을 참말 불행하게 만들어 버린 것이 아니었던가. 그 길 위에 깔린 무수한 조약돌을, 힘껏 차 흩트리고, 구보는 아아, 내가 그릇하였다. 그릇하였다.

철겨운 봄 노래를 부르며, 열 살이나 그밖에 안 된 아이가 지나갔다. 아이에게 근심은 없다. 잘 안 돌아가는 혀끝으로, 술주정꾼이 두 명, 어깨동무를 하고 수심가를 불렀다. 그들은 지금 만족이다. 구보는 문득 광명을 찾은 것 같은 착각을 느끼고 어두운 거리 위에 걸음을 멈춘다. 이제 그와 다시 만날 때, 나는 이미 약하지 않다. ……그러나 그를 어디 가 찾누. 어허, 공허하고 또 암담한 사상이여. 이 넓고 또 휘엉한 광화문 거리 위에서, 한 개의 사나이 마음이 이렇게도 외롭고 또 가엾을 수 있었나. 각모 쓴 학생과 젊은 여자가 어깨를 나란히 하여 구보 앞을 지나갔다. 그들의 걸음걸이에는 탄력이 있었고, 그들의 말소리는 은근하였다. 사랑하는 이들이여, 그대들 사랑에 언제든 다행한 빛이 있으라. 마치 자애 깊은 부로(父老)와 같이 구보는 너그러웁고 사랑 가득한 마음을 가져 진정으로 그들을 축복하여 준다.

이제

어디로 갈 것을 잊은 듯이, 그러할 필요가 없어진 듯이, 얼마 동안을 구보는 그곳에 가 망연히 서 있었다. 가엾은 애인. 이 작품의 결말은 이대로 좋은 것일까. 이제 뒷날 그들은 다시 만나는 일도 없이, 옛 상처를 스스로 어루만질 뿐으로, 언제든 외롭고 또 애달퍼야만 할 것일까. 그러나 그 즉시 아아, 생각을 말리라. 구보는 의식하여 머리를 흔들고 그리고 좀 급한 걸음걸이로 온 길을 되걸어갔다. 그래도 마음에 아픔은 그저 있었고, 고개 숙여 걷는 길 위의, 발에 채이는 조약돌이 회상의 무수한 파편이다. 머리를 들어 또 한 번 뒤흔들고, 구보는 참말 생각을 말리라, 말리라…….

  이제 그는 마땅히 다방으로 가, 그곳에서 벗과 다시 만나, 이 한밤의 시름을 덜 도리를 하여야 한다. 그러나 그가 채 전차 선로를 횡단하기 전에 그는 '눈깔 아저씨…….' 하고 불리우고 그리고 그가 걸음을 멈추고 돌아보았을 때, 그의 단장과 노트 든 손은 아이들의 조그만 손에 붙잡혔다. 어디를 갔다 오니, 구보는 웃는 얼굴을 짓기에 바쁘다. 어느 벗의 조카 아이들이다. 아이들은 구보가 안경을 썼대서 언제든 눈깔 아저씨라 불렀다. 아시 갔다 오는 길이라우. 그런데 왜 요새 토옹 집에 안 오우, 눈깔 아저씨. 응, 좀 바빠서…… 그러나 그것은 거짓이었다. 구보는 순간에 자기가 거의 달포 이상을 완전히 이 아이들을 잊고 있었던 사실을 기억에서 찾아 내고 이 천진한 소년들에게 참말 미안하다 생각했다.

가엾은 아이들이다. 그들은 결코 아버지의 사랑을 몰랐다. 그들의 아버지는 다섯 해 전부터 어느 시골서 따로 살림을 차렸고, 그들은, 그래 거의 완전히 어머니의 손으로만 길리웠다. 어머니에게 허물은 없었다. 그러면 아버지에게, 아버지도 말하자면 착한 이였다. 그러나 그에게는 역시 여자에 대하여 방종성이 있었다. 극도의 생활난 속에서, 그래도 어머니는 아이들을 학교에 보냈다. 열여섯짜리 큰딸과, 아래로 삼 형제. 끝의 아이는 명년에 학령이었다. 삶의 어려움을 하소연하면서도 그애마저 보통학교에 입학시킬 것을 어머니가 기쁨 가득히 말하였을 때, 구보의 머리는 저 모르게 숙여졌었다.

구보는 아이들을 사랑한다. 아이들은 사랑을 받기를 좋아한다. 때로 그는 아이들에게 아첨하기조차 하였다. 만약 자기가 사랑하는 아이들이 자기를 따르지 않는다면……, 그것은 생각만 하여 볼 따름으로도 외롭고 또 애달펐다. 그러나 아이들은 그렇게도 단순하다. 그들은, 그들을 사랑하는 사람을 반드시 따랐다.

눈깔 아저씨, 우리 이사한 담에 언제 왔수. 바루 저 골목 안이야. 같이 가아, 응. 가 보고도 싶었다. 그러나 역시 시간을 생각하고, 벗을 놓칠 것을 염려하고, 그는 이내 그것을 단념하는 수밖에 없었다. 어찌 할꾸. 구보는 저편에 수박 실은 구루마를 발견하였다. 너희들, 배탈 안 났니. 아아니, 왜 그러우. 구보는 두 아이에게 수박을 한 개씩 사서 들려 주고, 어머니 갖다 드리구 나눠 줍쇼, 그래라. 그리고 덧붙여, 쌈 말구 똑같이들 나눠야 한다. 생각난 듯이 큰아이가 보고하였다. 지난번에 필운이 아저씨가 바나나를 사 왔는데, 누나는 배탈이 나서 먹지를 못했죠, 그래 막까시를 올렸드니만…… 구보는 그 말괄량이 소녀의, 거의 울가망이 된 얼굴을 눈앞에 그려 보고 빙그레 웃었다. 마침 앞을 지나던 한 여자가 날카로웁게 구보를 흘겨보았다. 그의 얼굴은 결코 어여쁘지 못했다. 뿐만 아니라 무엇이 그리 났는지, 그는 얼굴 전면에 대소 수십 편의 뾰꾸를 붙이고 있었다. 응당 여자는 구보의 웃음에서 모욕을 느꼈을 게다. 구보는 갑자기 홍소하였다. 어쩌면 이제 구보는 명랑하여질 수 있을지도 모른다.

그래도

집으로 자꾸 가자는 아이들을 달래어 보내고, 구보는 다방으로 향한다. 이 거리는 언제든 밤에 행인이 드물었고, 전차는 한길 한복판을 가장 게으르게 굴러갔다. 결코 환하지 못한 이 거리, 가로수 아래 한두 명의 부녀들이 서고, 혹은 앉아 있었다. 그들은 물론 거리에 몸을 파는 종류의 여자들은 아니었을 게다. 그래도 이, 밤 들면 언제든 쓸쓸하고, 또 어두운 거리 위에 그것은 몹시 음울하고도 또 고혹적인 존재였다. 그렇게도 갑자기 부란(腐爛)된 성욕을, 구보는 이 거리 위에서 느낀다.

문득 제비와 같이 경쾌하게 전보 배달의 자전거가 지나간다. 그의 허리에 찬 조그만 가방 속에 어떠한 인생이 압축되어 있을 것인고. 불안과 초조와 기대와, ……그 조그만 종이 위의, 그 짧은 문면(文面)은 그렇게도 용이하게 또 확실하게, 사람의 감정을 지배한다. 사람은 제게 온 전보를 받아들 때 그 손이 가만히 떨림을 스스로 깨닫지 못한다. 구보는 갑자기 자기에게 온 한 장의 전보를 그 봉함(封織)을 떼지 않은 채 손에 들고 감동하고 싶은 충동을 느꼈다. 전보가 못 되면, 보통 우편물이라도 좋았다. 이제 한 장의 엽서에라도, 구보는 거의 감격을 가질 수 있을 게다.

홍, 하고 구보는 코웃음쳐 보았다. 그 사상은 역시 성욕의, 어느 형태로서의 한 발현에 틀림없었다. 그러나 물론 이 결코 부자연하지 않은 생리적 현상을 무턱대고 업신여길 의사는 구보에게 없었다. 사실 서울에 있지 않은 모든 벗을 구보는 잊은 지 오래였고 또 그 벗들도 이미 오랫동안

소식을 전하여 오지 않았다. 그들은 모두 지금 무엇들을 하구 있을구. 한 해에 단 한 번 연하장을 보내 줄 따름의 벗에까지 문득 구보는 그리움을 가지려 한다. 이제 수천 매의 엽서를 사서, 그 다방 구석진 탁자 위에서 ……. 어느 틈엔가 구보는 가장 열정을 가져 벗들에게 편지를 쓰고 있는 제 자신을 보았다. 한 장 또 한 장, 구보는 재떨이 위에 생담배가 타고 있는 것도 깨닫지 못하고, 그가 기억하고 있는 온갖 벗의 이름과 또 주소를 엽서 위에 흘려썼다. 구보는 거의 만족한 웃음조차 입가에 띠며, 이것은 한 개 단편소설의 결말로는 결코 비속(卑俗)하지 않다 생각하였다. 어떠한 단편소설의……. 물론 구보는 아직 그 내용을 생각하지 않았다.

그러나 그러한 것은 어떻든 벗들의 편지가 참말 보고 싶었다. 누가 내게 그 기쁨을 주지는 않는가. 문득 구보의 걸음이 느려지며, 그 동안 집에 편지가 와 있지나 않을까, 그리고 그것은 가장 뜻하지 않았던 옛벗으로부터의 열정이 넘치는 글이나 아닐까, 하고 제 맘대로 꾸며 생각하고 그리고 물론 그것이 얼마나 근거없는 생각인 줄 알았어도, 구보는 그 애달픈 기쁨을 그렇게 가혹하게 깨뜨려 버리려 하지 않았다. 그러나 그것은 벗에게서 온 편지가 아닐지도 모른다. 혹은 어느 신문사나 잡지사……. 그러면 그 인쇄된 봉투에 어머니는 반드시 기대와 희망을 갖고, 그것이 아들에게 무슨 크나큰 행운이나 약속하고 있는 거나같이 몇 번씩 놓았다 들었다 또는 전등불에 비추어 보았다……. 그리고 기다려도 안 들어오는 아들이 편지를 늦게 보아 그만 그 행운을 놓치고 말지나 않을까, 그러한 경우까지를 생각하고 어머니는 안타까워할 게다. 그러나 가엾은 어머니가 그렇게까지 감동을 가진 그 서신이 급기야 뜯어 보면, 신문 1회 분의, 혹은 잡지 한 페이지 분의 잡문의 의뢰이기 쉽다.

구보는 쓰디쓰게 웃고 다방 안으로 들어선다. 사람은 그곳에 많았어도, 벗은 있지 않았다. 그는 이제 이곳에서 벗을 기다려야 한다.

다방을

찾는 사람들은, 어인 까닭인지 모두들 구석진 좌석을 좋아하였다. 구보는 하나 남아 있는 가운데 탁자에 가 앉는 수밖에 없었다. 그래도 그는 그곳 에서 '엘만'의 '발스 센티멘털'을 가장 마음 고요히 들을 수 있었다. 그러나 그 선율이 채 끝나기 전에, 방약무인한 소리가 구포 씨, 아니요 ……. 구보는 다방 안의 모든 삶들의 시선을 온몸에 느끼며, 소리나는 쪽을 돌아보았다. 중학을 2,3년 일찍 마친 사나이. 어느 생명보험회사의 외교원이라는 말을 들었다. 평소에 결코 왕래가 없으면서도 이제 이렇게 아는 체를 하려는 것은 오직 얼굴이 새빨개지도록 먹은 술 탓인지도 몰랐다. 구보는 무표정한 얼굴로 약간 끄떡하여 보이고 즉시 고개를 돌렸다. 그러나 그 사나이가 또 한 번, 역시 큰 소리로, 이리 좀 안 오시요, 하고 말하였을 때, 구보는 게으르게나마 자리에서 일어나, 그의 탁자로 가는 수밖에 없었다. 이리 좀 앉으시요. 참, 최군, 인사하지. 소설가, 구포 씨.

이 사나이는, 어인 까닭인지 구보를 반드시 '구포'라고 발음하였다. 그는 맥주병을 들어 보고, 아이 쪽을 향하여 더 가져오라고 소리치고, 다시 구보를 보고, 그래 요새두 많이 쓰시우. 무어 별로 쓰는 것 없습니다. 구보는 자기가 이러한 사나이와 접촉을 가지게 된 것에 지극한 불쾌를 느끼며, 경어를 사용하는 것으로 그와 사이에 간격을 두기로 하였다. 그러나 이 딱한 사나이는 도리어 그것에서 일종 득의감을 맛볼 수 있었는지도 모른다. 그뿐 아니라, 그는 한 잔 십 전짜리 차들을 마시고 있는 사람들 틈에서 그렇게 몇 병씩 맥주를 먹을 수 있는 것에 우월감을 갖고 그리고 지금 행복이었을지도 모른다. 그는 구보에게 술을 따라 권하고 내 참, 구포 씨 작품을 애독하지. 그리고 그러한 말을 하였음에도 불구하고 구보가 아무런 감동도 갖지 않는 듯싶은 것을 눈치채자,

"사실, 내 또 만나는 사람마다 보구, 구포 씨를 선전하지요."

그러한 말을 하고는 혼자 허허 웃었다. 구보는 의미몽롱한 웃음을 웃으

며, 문득 이 용감하고 또 무지한 사나이를 고급으로 채용하여 구보독자권유원(仇甫讀者勸誘員)을 시키면, 자기도 응당 몇십 명의 독자를 획득할 수 있을지 모르겠다고 그런 난데없는 생각을 하여 보고 그리고 혼자 속으로 웃었다. 참 구보 선생, 하고 최군이라 불리운 사나이도 말참견을 하여, 자기가 독견(獨鵑)의 『승방비곡』과 윤백남의 『대도전(大盜傳)』을 걸작이라 여기고 있는 것에 구보의 동의를 구하였다.

그리고, 이 어느 화재보험회사의 권유원인지도 알 수 없는 사나이는, 가장 영리하게,

"물론 선생의 작품은 따루 치고……."

그러한 말을 덧붙였다. 구보가 간신히 그것들을 좋은 작품이라 말하였을 때, 최군은 또 용기를 얻어, 참 조선서 원고료는 얼마나 됩니까. 구보는 이 사나이가 원호료라 발음하지 않는 것에 경의를 표하였으나 물론 그는 이러한 종류의 사나이에게 조선 작가의 생활 정도를 알려 주어야 할 아무런 의무도 갖지 않는다.

그래, 구보는 혹은 상대자가 모멸을 느낄지도 모를 것을 알면서도 불쑥, 자기는 이제까지 고료라는 것을 받아 본 일이 없어, 그러한 것은 조금도 모른다고 말하고, 마침 문을 들어서는 벗을 보자 그만 실례합니다. 그리고 그들이 무어라 말할 수 있기 전에 제자리로 돌아와 노트와 단장을 집어들고, 마악 자리에 앉으려는 벗에게,

"나갑시다. 다른 데로 갑시다."

밖에, 여름 밤, 가벼운 바람이 상쾌하다.

조선호텔

앞을 지나, 밤 늦은 거리를 두 사람은 말없이 걸었다. 대낮에도 이 거리는 행인이 많지 않다. 참 요사이 무슨 좋은 일 있소. 맞은편에 경성 우편국 3층 건물을 바라보며 구보는 생각난 듯이 물었다. 좋은 일이라니

……. 돌아보는 벗의 눈에 피로가 있었다. 다시 걸어 황금정으로 향하며, 이를테면, 조그만 기쁨, 보잘것없는 기쁨, 그러한 것을 가졌소, 뜻하지 않은 벗에게서 뜻하지 않은 엽서라도 한 장 받았다는 종류의……

"갖구말구."

벗은 서슴지 않고 대답하였다. 노형같이 변변치 못한 사람은 죽을 때까지 받아 보지 못할 편지를, 그리고 벗은 허허 웃었다. 그러나 그것은 공허한 음향이었다. 내용증명의 서류우편, 이 시대에는 조그만 한 개의 다료를 경영하기도 수월치 않았다. 석 달 밀린 집세, 총총하던 별이 자취를 감추고 하늘이 흐렸다. 벗은 갑자기 휘파람을 분다. 가난한 소설가와, 가난한 시인과……어느 틈엔가 구보는 그렇게도 구차한 내 나라를 생각하고 마음이 어두웠다.

"혹시 노형은 새로운 애인을 갖고 싶다 생각 않소."

벗이 휘파람을 마치고 장난꾼같이 구보를 돌아보았다. 구보는 호젓하게 웃는다. 애인도 좋았다. 애인 아닌 여자도 좋았다. 구보가 지금 원함은 한 개의 계집에 지나지 않는지도 몰랐다. 또는 역시 어질고 총명한 아내라야 하였을지도 모른다. 그러다가 구보는, 문득 아내도 계집도 말고, 17, 8세의 소녀를 만약 그럴 수 있다면 딸로 삼고 싶다고 그러한 엉청난 생각을 하여 보았다. 그 소녀는 마땅히 아리따웁고, 명랑하고 그리고 또 총명하여야 한다. 구보는 자애 깊은 아버지의 사랑을 가져 소녀를 데리고 여행을 할 수 있을 게다.

그래도

갑자기 구보는 실소하였다. 나는 이미 그토록 늙었나. 그래도 그 욕망은 쉽사리 버려지지 않았다. 구보는 벗에게 알리우고 싶은 것을 참고, 혼자 마음속에 그 생각을 즐겼다. 세 개의 욕망. 그 어느 한 개만으로도 구보는 이제 용이히 행복될지 몰랐다. 혹은 세 개 욕망의, 그 셋이 모두 이루어지더라도 결코 구보는 마음의 안위를 이룰 수 없을지도 몰랐다.

역시 그것은 '고독'이 빚어내는 사상이었다.

나의 원하는 바를 월륜도 모르네

문득 '춘부(春夫)'의 일 행 시를 구보는 입밖에 내어 외어 본다. 하늘은 금방 빗방울이 떨어질 것같이 어둡다. 월륜은커녕, 혹은 구보 자신 알지 못하고 있을지도 모른다. 어느 틈엔가 종로에까지 다시 돌아와, 구보는 갑자기 손에 든 단장과 대학 노트의 무게를 느끼며 벗을 돌아보았다. 능히 오늘 밤 술을 사 줄 수 있소. 벗은 생각하여 보는 일 없이 고개를 끄덕였다. 구보는 다시 다리에 기운을 얻어, 종각 뒤, 그들이 가끔 드나드는 술집을 찾았을 때, 그러나 그곳에는 늘 보던 여급이 없었다. 낯선 여자에게 물어, 그가 지금 가 있는 낙원정의 어느 카페 이름을 배우자, 구보는 역시 피로한 듯싶은 벗의 팔을 이끌어 그리고 가자, 고집하였다. 그 여급을 구보는 이름도 몰랐다. 이를테면 벗이 흥미를 가지고 있는 계집이었다. 마치 경박한 불량 소년과 같이, 계집의 뒤를 쫓는 것에서 값 없는 기쁨이나마 구보는 맛보려는 심사인지도 모른다.

처음에

벗은, 그러나 구보의 말을 좇지 않았다. 혹은 벗은 그 여급에게 흥미를 느끼지 않고 있었던 것인지도 모른다. 그러나 만약 그가 그 여자에게 무어 느낀 게 있었다 하면 그것은 분명히 흥미 이상의 것이었을 게다. 그들이 마침내 낙원정으로, 그 계집 있는 카페를 찾았을 때, 구보는 그러나 벗의 감정이 그 둘 중의 어느 것도 아니었다는 것을 알았다. 혹은 어느 것이든 좋았었는지도 몰랐다. 하여튼 벗도 이미 늙었다. 그는 나이도 청춘이었으면서도, 기력과 또 정열이 결핍되어 있었다. 까닭에 그가 항상 그렇게도 구하여 마지않는 것은, 온갖 의미로서의 자극이었는지도 모른다.

여급이 세 명, 그리고 다음에 두 명, 그들의 탁자로 왔다. 그렇게 많은 '미녀'를 그 자리에 모이게 한 것은, 물론 그들의 풍채도 재력도 아니다. 그들은 오직 이곳의 신선한 객이었고 그리고 노는 계집들은 그렇게도 많은 사나이들과 아는 체하기를 좋아하였다. 벗은 차례로 그들의 이름을 물었다. 그들의 이름에는 어인 까닭인지 모두 '고'가 붙어 있었다. 그것은 결코 고상한 취미가 아니었고 그리고 때로 구보의 마음을 애달프게 한다.

"왜, 호구조사 오셨어요."

새로이, 여급이 그들의 탁자로 와서 말하였다. 문제의 여급이다. 그들이 그 계집에게 아는 체하는 것을 보고, 그들의 옆에 앉았던 두 명의 계집이 자리를 양도하여 엉거주춤 일어섰다. 여자는, 아니 그대루 앉아 있어요, 사양하면서도 벗의 옆에 가 앉았다. 이 여자가 다른 다섯 여자들보다 좀더 어여쁠 것은 없었다. 그래도 어딘지 모르게 기품이 있어 보이기는 하였다. 벗이 그와 둘이서만 몇 마디 말을 주고받고하였을 때, 세 명의 여급은 다른 곳으로 가 버리고 말았다. 동료와 친근히 하고 있는 듯싶은 객에게, 계집들은 결코 흥미를 느끼지 않는다.

"어서 약주 드세요."

이 탁자를 맡은 계집이, 특히 벗에게 권하였다. 사실 맥주를 세 병째 가져오도록, 벗이 마신 술은 모두 한 곱뿌나 그밖에 안 되었던 것임에 틀림없었다. 그러나 벗은 오직 그 곱뿌를 들어 보고 또 입에 대는 척하고 그리고 다시 탁자에 놓았다. 이 벗은 음주 불감증이 있었다. 그러나 물론 계집들은 그런 병명을 알지 못한다. 구보에게 그것이 일종의 정신병임을 듣고, 그들은 철없이 눈을 둥그렇게 떴다. 그리고 다음에 또 철없이 그들은 웃었다. 한 사나이가 있어 그는 평소에는 술을 즐기지 않으면서도 때때로 럼 주〔濫酒〕를 하여, 언젠가는 일본주를 두 되 이상이나 먹고 그리고 거의 혼도를 하였다고 한 계집은 이야기를 하고 그리고 그것도 역시 정신병이냐고 구보에게 물었다. 그것은 기주증(嗜酒症), 갈주증(渴酒症) 또는 황주증(荒酒症)이었다. 얼마 전엔가 구보가 흥미를 가져 읽은 현대 의학 대사전 제23권은 그렇게도 유익한 서적임에 틀림없었다.

갑자기 구보는 온갖 사람을 모두 정신병자라 관찰하고 싶은 강렬한 충동을 느꼈다. 실로 다수의 정신병 환자가 그 안에 있었다. 의상분일증(意想奔逸症), 언어도착증(言語倒錯症), 과대망상증(誇大妄想症), 추외언어증(醜猥言語症), 여자음란증(女子淫亂症), 지리멸렬증(支離滅裂症), 질투망상증(嫉妬妄想症), 남자음란증(男子淫亂症), 병적기행증(病的奇行症), 병적허언기편증(病的虛言欺騙症), 병적부덕증(病的不德症), 병적낭비증(病的浪費症)……

그러다가, 문득 구보는 그러한 것에 흥미를 느끼려는 자기가, 오직 그런 것에 흥미를 갖는다는 것만으로도 이미 하나의 환자에 틀림없다 깨닫고 그리고 유쾌하게 웃었다.

그러면

무어, 세상 사람이 다 미친 사람이게……. 구보 옆에 조그마니 앉아, 말없이 구보의 이야기만 듣고 있던 여급이 당연한 질문을 하였다. 문득 구보는 그에게로 향하여 비스듬히 고쳐 앉으며 실례지만 하고 그러한 말을 사용하고 그의 나이를 물었다. 여자는 잠깐 망설거리다가,

"갓 스물이에요."

여성들의 나이란 수수께끼다. 그래도 이 계집을 갓 스물이라 볼 수는 없었다. 스물다섯이나 여섯. 적어도 스물넷은 됐을 게다. 갑자기 구보는 일종의 잔인성을 가져, 그 역시 정신병자임에 틀림없음을 일러 주었다. 당의즉답증(當意卽答症). 벗도 흥미를 가져 그에게 그 병에 대하여 자세한 것을 물었다. 구보는 그의 대학 노트를 탁자 위에 펴 놓고, 그 병의 환

자와 의원 사이의 문답을 읽었다. 코는 몇 개요. 두 갠지 몇 갠지 모르겠습니다. 귀는 몇 개요. 한 갭니다. 셋하구 둘하구 합하면, 일곱입니다. 당신 몇 살이요. 스물하납니다.(기실 38세) 매씨는 여든한 살입니다. 구보는 공책을 덮으며, 벗과 더불어 유쾌하게 웃었다. 계집들도 따라 웃었다. 그러나 벗의 옆에 앉은 여급말고는 이 조그만 이야기를 참말 즐길 줄 몰랐던 것임에 틀림없었다. 특히 구보 옆의 환자는, 그것이 자기의 죄 없는 허위에 대한 가벼운 야유인 것을 깨달을 턱이 없이 호호대고 웃었다. 그는 웃을 때마다, 말할 때마다, 언제든 수건 든 손으로 자연을 가장하여 그의 입을 가린다. 사실 그는 특히 입이 모양 없게 생겼던 것임에 틀림없었다. 구보는 그 마음에 동정과 연민을 느꼈다. 그러나 그것은 물론, 애정과 구별되지 않으면 안 된다. 연민과 동정은 극히 애정에 유사하면서도 그것은 결코 애정일 수 없다. 그러나 증오……, 증오는 실로 왕왕 진정한 애정에서 폭발한다……. 일찍이 그의 어느 작품에서 사용하려다 말았던 이 일절은 구보의 옅은 경험에서 추출된 것에 지나지 않았어도, 그것은 혹은 진리였을지도 모른다. 그런 객쩍은 생각을 구보가 하고 있었을 때, 문득 또 한 명의 계집이 생각난 듯이 물었다. 그럼 이 세상에서 정신병자 아닌 사람은 선생님 한 분이겠군요. 구보는 웃고, 왜 나두……나는, 내 병은,

"다변증(多變症)이라는 거라우."

"무어요. 다변증……."

"응, 다변증. 쓸데없이 잔소리 많은 것두 다아 정신병이라우."

다른 두 계집도 입안말로 '다변증' 하고 중얼거려 보았다. 구보는 속주머니에서 만년필을 꺼내서 공책 위에다 초한다. 작가에게 있어서 관찰은 무엇에든지 필요하였고, 창작의 준비는 비록 카페 안에서라도 하여야 한다. 여급은 온갖 종류의 객을 대함으로써 온갖 지식을 얻으려 노력하였다. 잠깐 펜을 멈추고, 구보는 건너편 탁자를 바라보다가 또 가만히 만족한 웃음을 웃고, 펜 잡은 손을 놀린다. 벗이 상반신을 일으키어 또 무슨

궁상맞은 짓을 하는 거야……. 그리고 구보가 쓰는 대로 그것을 소리내
어 읽었다. 여자는 남자와 마주 대하여 앉았을 때, 그 다리를 탁자 밖으
로 내어놓고 있었다. 남자의 낡은 구두가 탁자 밑에서 그의 조그만 모양
있는 숙녀화를 밟을 것을 염려하여서가 아닐 게다. 그는 오늘 그가 그렇
게도 사고 싶었던 살빛나는 비단 양말을 신을 수 있었다. 그리고 그것이
그렇게도 자랑스러웠던 것임에 틀림없었다.

흥, 하고 벗은 코로 웃고 그리고 소설가와 벗할 것이 아님을 깨달았노
라 말하고 그러나 부대 별의 별것을 다 쓰더라도 나의 음주 불감증은 얘
기 말우……. 그리고 그들은 유쾌하게 웃었다.

구보와 벗과

그들의 대화의 대부분을, 물론 계집들은 알아듣지 못했다. 그러면서도 그
들은 능히 모든 것을 이해할 수 있었던 듯이 가장하였다. 그러나 그것은
결코 죄가 아니었고, 또 사람은 그들의 무지를 비웃어서는 안 된다. 구보
는 펜을 잡았다. 무지는 노는 계집들에게 있어서, 혹은 없어서는 안 될
물건이나 아닐까. 그들이 총명할 때, 그들에게는 괴로움과 아픔과 쓰라림
과……, 그 온갖 것이 더하고, 불행은 갑자기 나타나 그들의 마음을 사
로잡고 말 게다. 순간순간에 그들이 맛볼 수 있는 기쁨을, 다행함을, 비
록 그것이 얼마나 값 없는 물건이더라도, 그들은 무지라야 비로소 가질
수 있다. 마치 그것이 무슨 진리나 되는 듯이, 구보는 노트에 초하고 그
리고 계집이 권하는 술을 사양 안했다.

어느 틈엔가 밖에 비가 내리고 있었다. 가만한 비다. 은근한 비다. 그
렇게 밤 늦어, 그렇게 은근히 비 내리면, 구보는 때로 애달픔을 갖는다.
계집들도 역시 애달픔을 가졌다. 그들은 우산의 준비가 없이 그들의 단벌
옷과, 양말과 구두가 비에 젖을 것을 염려하였다.

유끼짱……. 보이지 않는 구석에서 취성이 들려 왔다. 구보는 창 밖

어둠을 바라보며, 문득 한 아낙네를 눈앞에 그려 보았다. 그것은 '유끼' ……, 눈이 그에게 준 생각이었는지도 모른다. 광교 모퉁이 카페 앞에서, 마침 지나는 그를 적은 소리로 불렀던 아낙네는 분명히 소복을 하고 있었다.

"말씀 좀 여쭤 보겠습니다."

여인은 거의 들릴락말락한 목소리로 말하고, 걸음을 멈추는 구보를 곁눈에 느꼈을 때, 그는 곧 외면하고, 겨우 손을 내밀어 카페를 가리키고 그리고,

"이 집에서 모집한다는 것이 무엇이에요."

카페 창 옆에 붙어 있는 종이에 여급 대모집. 여급 대모집 두 줄로 나누어 쓰여 있었다. 구보는 새삼스러이 그를 살펴보고, 마음에 아픔을 느꼈다. 빈한은 하였을지도 모른다. 그러나 그는 제 자신 일거리를 찾아 거리에 나오지 않아도 좋았을 게다. 그러나 불행은 뜻하지 않게 찾아와, 그는 아직 새로운 슬픔을 가슴에 품은 채 거리에 나오지 않으면 안 되었던 것일 게다. 그에게는 거의 장성한 아들이 있을지도 모른다. 혹은 그것이 아들이 아니라 딸이었던 까닭에 가엾은 이 여인은 제 자신 입에 풀칠하기를 꾀하지 않으면 안 되었을 게다. 그의 처녀 시대에 그는 응당 귀하게 아낌을 받으며 길리웠을지도 모른다. 그의 핏기 없는 얼굴에는 기품과 또 거의 위엄조차 있었다. 구보가 말을 삼가 여급이라는 것을 주석할 때 그러나 그 분명히 마흔이 넘었을 아낙네는 그의 말을 끝까지 듣지 않고 혐오와 절망을 얼굴에 나타내고, 구보에게 목례한 다음 초연히 그 앞을 떠났다.

구보는 고개를 돌려, 그의 시야에 든 온갖 여급을 보며, 대체 그 아낙네와 이 여자들과 누가 좀더 불행할까, 누가 좀더 삶의 괴로움을 맛보고 있는 걸까 생각하여 보고 한숨 지었다. 그러나 그 좌석에서 그러한 생각을 하는 것은 옳지 않았을지도 모른다. 구보는 새로이 담배를 피워 물었다. 그러나, 탁자 위에 성냥갑은 두 갑이 모두 비어 있었다.

조그만 계집아이가 카운터로 달려가 성냥을 가져왔다. 그 여급은 거의 계집아이였다. 그가 열여섯이나 열일곱, 그렇게 말하더라도, 구보는 결코 의심하지 않았을 게다. 그 맑은 두 눈은, 그의 두 뺨의 웃음움물은 아직 오탁(汚濁)에 물들지 않았다. 구보가 그 소녀에게 애달픔과 사랑과, 그 것들을 한꺼번에 느낄 수 있었던 것은 결코 취한 탓만이 아니었을지도 모른다. 너 내일, 낮에 나하구 어디 놀러 갈련. 구보는 불쑥 그러한 말조차 하며 만약 이 귀여운 소녀가 동의한다면, 어디 야외로 반일을 산책에 보내도 좋다고 생각한다. 그러나 소녀는 그 말에 가만히 미소하였을 뿐이다. 역시 그 웃음움물이 귀여웠다.

구보는 문득 수첩과 만년필을 그에게 주고, 가(可)면 ○를, 부(否)면 ×를, 그리고 ○인 경우에는 내일 정오에 화신상회 옥상으로 오라고. 네가 무어라고 표를 질러 놓든 내일 아침까지는 그것을 펴 보지 않을 테니 안심하고 쓰라고. 그런 말을 하고, 그 새로 생각해 낸 조그만 유희에 구보는 명랑하게 또 유쾌하게 웃었다.

오전 두시의

종로 네거리——가는 비 내리고 있어도, 사람들은 그곳에 끊임없다. 그들은 그렇게도 밤을 사랑하여 마지않았는지도 모른다. 그들은 그렇게도 용이하게 이 밤에 즐거움을 구하여 얻을 수 있었는지도 모른다. 그리고 그들은 일순, 자기가 가장 행복된 것같이 느낄 수 있었는지도 모른다. 그러나 그들의 얼굴에, 그들의 걸음걸이에 역시 피로가 있었다. 그들은 결코 위안받지 못한 슬픔을, 고달픔을 그대로 지닌 채, 그들이 잠시 잊었던 혹은 잊으려 노력하였던 그들의 집으로, 그들의 방으로 돌아가지 않으면 안 된다.

이렇게 밤 늦게 어머니는 또 잠 자지 않고 아들을 기다릴 게다. 우산을 가지고 나가지 않은 아들에게 어머니는 또 한 가지의 근심을 가질 게다.

구보는 어머니의 조그만, 외로운, 슬픈 얼굴을 생각하였다. 그리고 제 자신 외로움과 슬픔을 맛보지 않으면 안 된다. 구보는 거의 외로운 어머니를 잊고 있었던 것임에 틀림없었다. 그러나 어머니는 그 아들을 응당, 온 하루 생각하고 염려하고 또 걱정하였을 게다. 오오, 한없이 크고 또 슬픈 어머니의 사랑이여. 어버이에게서 남편에게로, 그리고 또 자식에게로 옮겨가는 여인의 사랑――그러나 그 사랑은 자식에게로 옮겨간 까닭에 그렇게도 힘 있고 또 거룩한 것이 아니었을까.

구보는 벗이, 그럼 또 내일 만납시다. 그렇게 말하였어도, 거의 그것을 알아듣지 못하였다. 이제 나는 생활을 가지리라. 생활을 가지리라. 내게는 한 개의 생활을, 어머니에게는 편안한 잠을……. 평안히 가 주무시요. 벗이 또 한 번 말했다. 구보는 비로소 그를 돌아보고, 말없이 고개를 끄덕하였다. 내일 밤에 또 만납시다. 그러나 구보는 잠깐 주저하고, 내일, 내일부터, 나 집에 있겠소, 창작하겠소…….

"좋은 소설을 쓰시오."

벗은 진정으로 말하고 그리고 두 사람은 헤어졌다. 참말 좋은 소설을 쓰리라. 번(番)드는 순사가 모멸을 가져 그를 훑어보았어도 그는 거의 그것에서 불쾌를 느끼는 일도 없이, 오직 그 생각에 조그만 한 개의 행복을 갖는다.

"구보(仇甫)……."

문득 벗이 다시 그를 찾았다. 참, 그 수첩에다 무슨 표(標)를 질렀나 좀 보우. 구보는 안주머니에서 꺼낸 수첩 속에서, 크고 또 정확한 ×표를 찾아 내었다. 쓰디쓰게 웃고 벗에게 향하여, 아마 내일 정오에 화신상회 옥상으로 갈 필요는 없을까 보오. 그러나 구보는 적어도 실망을 갖지 않았다. 설혹 그것이 ○표라 하였더라도 구보는 결코 기쁨을 느낄 수는 없었을 게다. 구보는 지금 제 자신의 행복보다도 어머니의 행복을 생각하고 싶었을지도 모른다. 그 생각에 그렇게 바빴을지도 모른다. 구보는 좀 더 빠른 걸음 걸이로 은근히 비 내리는 거리를 집으로 향한다.

어쩌면 어머니가 이제 혼인 얘기를 꺼내더라도, 구보는 쉽게 어머니의
욕망을 물리치지는 않을지도 모른다.

성탄제

　　——홍! 너두 별수가 없었던 모양이로구나? 그러게 내 뭐라던?
…… 내남직 할 것 없이 입찬 소리란 못 하는 법이다…….

　　홍! 하고 또 한 번 코웃음을 치고, 문득 고개를 들자, 그곳 머리맡 벽
에 걸려 있는 십자가가 눈에 띈다. 영이는 입을 한 번 실룩거리고 중얼거
렸다.

　　"이 거룩한 밤에 주여! 바라옵건대 길을 잃은 양들에게도 안식을 주옵
소서. 아아멘. ……홍?"

　　이렇게 기도를 드려 두면 순이도 꿈자리가 사납다거나 그런 일은 없을
게다…….

　　——홍!

1

　　영이와 순이——, 이 두 형제는 사이가 좋지 못했다. 그야 나이가 네
살이나 그밖에 틀리지 않는 계집애 형제란, 흔히 사이가 좋을 수는 없다.

그러나 영이 형제는 그저 그만한 정도로 사이가 나쁜 것이 아니다.

순이는, 우선 제 형 영이의 직업이 불쾌하여 견딜 수 없었다.

여점원이라든, 여자 사무원이라든, 그러한 것이야, 사실, 자기 말마따나 워낙이 배운 것이 없으니까 될 수 없다고도 하여 두자. 누가 꼭 그런 것이라야 된다고 주장하는 것은 아니다.

하지만, 그러면 또 그런대로, 건넛집 정옥이같이 제사 공장에를 다닌다는 수도 있다. 이웃집 점례 모양으로 방적 회사 여직공으로 다닌다는 수도 있다. 그렇지 않으면, 솜틀집 작은딸과 함께 전매국 공장에를 다닌대도 좋다. 참말, 다닐 데가 좀 많으냐? 이 밖에도 하려구만 들면, 영이로서 할 수 있는 일거리란 얼마든지 있을 것이다. 그리고 그것들은 가난한 집안에 태어난 딸들이 종사하더라도 결코 흉될 것은 없는 직업들이다…….

하건만, 어째 하필 골르디 골라 카페의 여급이 됐더란 말이냐?

술 냄새 담배 연기 속에서 밤마다 바루 제 세상이나 만난 듯이 웃고, 지껄이고, 소리를 하고……, 뭇사내들과 함께 어우러져 갖은 음란한 수작……, 어디 그뿐이더냐? 이 사내 무릎에도 앉아 보고, 저놈과 입도 맞추어 보고…….

잠깐 생각만 하여 볼 뿐으로 순이가 더러워서 구역이 날, 그 여급이란 직업을 대체 어떠한 생각으로 영이는 택하였던 것인지, 암만을 궁리하여 본댔자, 알아낸다는 도리가 없었다.

그러나 그것도 이미 이제 이르러서는 달리 일자리를 갈아 본다는 것도 수월치 않은 일이요, 또 자기 말마따나 그 밖에는 몇 푼이나마 돈을 벌어들일 재간이 달리 없는 것이라면, 그대로 푸른 등불 아래 웃음을 판다는 것도 또한 어찌할 수 없는 일이라고 하여 두자.

하지만, 참말 고렇게도 소견이 없고 무식하고 또 얌체머리 없는 여자도 드물 게다.

"흥! 어느 옘병을 허다가 거꾸러질 년이 그래 지가 주와서 여급노릇을

허겠니? 다아 집안 사정이 할 수 없어서 그러는 게지. 그래 제 동기간에
두 욕을 먹어 가며, 천대를 받어 가며 어느 개딸년이······."

툭하면 영이가 한다는 소리가 이 소리다. 대체, '개딸년'이란 뭐고,
'염병을 허다가 거꾸러질 년'이란 뭣이냐? 그러나, 그것도 다아 배지 못
하고, 천하게 놀아 먹어 그러한 것이라면 깊이 탄할 것도 못 된다. 허지
만, 그래 저나 남에게 천대를 받고 욕을 먹고 하였으면 그만이지, 어째서
애매한 나까지 체면을 깎이게 하느냐 말이다.

어머니가 동네 집으로 돌아다니며 품을 파는 것은 그만두구래두 우선,
집안이 군색한 꼴을 남 뵈기 싫어, 그래, 순이는 언제 한 번 학교 동무를
집 앞까지라도 끌고 온 일조차 없는 것을, 요 소갈머리 없는 여자는 어째
서 운동회 날, 그 사람 많이 모인 틈으로 구경을 왔느냐 말이다.

그것도 국으로 한곳에 가만히 앉아서 구경이나 하면 하였지, 어째서 사
람 틈을 비집구 돌아다니며,

"이학년, 김순이 어딨는지 모르세요? 김순이요. 이학년 송조 생도
요."

대체 만나는 학생마다 그러고 물어,

"얘얘, 순이 언니 온 것, 너 봤니?"

"응. 얘애, 아주 하이칼라더라."

"아마, 그냥 부인넨 아닌가 보지?"

"그냥 부인네가 뭐냐, 얘애? 껄이야 꺼얼, 카페 꺼얼······."

그래, 그러한 좋지 못한 소문이란 삽시간에 퍼지는 것이어서, 다음날부
터 얼굴 하나 변변히 들고 다닐 수 없게스리, 그렇게 남의 모양을 흉하게
만들어 놓을 것은 무엇이냐 말이다······.

2

그러면, 물론, 영이라고 그 말을 가만히 듣고만 있지는 않는다. 말을

하자면, 오히려 영이 쪽이 할 말은 더 많을지도 모른다.

딴은 운동회에 구경을 간 것은 내가 잘못일지두 모른다. 하지만, 그러한 장한 구경에는 동리 사람들까지두 혼히 따라나서는 게 아니냐. 친동기간에, 제 동생이 운동회에 나간다는데 형된 사람으로서 가보고 싶을 것은 인정에 당연헌 일이다.

그러나 물론 나는 네 말마따나 여급 노릇이나 허구 있는 그런 천한 계집년이다. 바루 양반댁 규수 아씨루 너를 알구 있는 학교에서 내 소문이래도 난다면 네 체면이 안될 것은 나두 생각을 했다. 그러기에 바루 여염집 부인네겉이 차려 보느라 반찬가게 큰며느리헌테서 긴 치마까지 빌어입구 갔던 게 아니냐?

너는 또 내가 한 군데서만 가만히 앉아서 구경을 허지 않구 이리저리 너를 찾아댕녔다구 그러지만, 너두 생각해 봐라. 어디 그때 사정이 그렇게 되었느냐?

도보 경주에 너는 첨부터 첫찌루 뛰어가다가 결승점 앞까정 가서는 공교롭게두 엎드러지질 않았니? 어딜 몹시 다쳤는지, 금방은 넘어진 채 그대루 일어나지두 못하는 것을 남 선생님 한 분과 상급생 둘이서 달려들어 일으켜 가지고는, 사무실 쪽으로 데리구 가드구나. 그러고는 아무리 기대려 보아두 네 모양은 다시 볼 수가 없으니, 그래 대체 어디를 얼마나 다쳤는지, 호옥 뼈래두 상한 거나 아닌지, 형된 마음에 으쩨 놀라구 근심이 안 되겠니? 그걸 네가 너 하나 생각만 하구서 그렇게 말하는 것은 옳지 못하다.

그래 너는 그까짓 남의 모양만 흉하게 맨드는 형 겉은 것은 없느니만두 못 하다구 말했지? 대체 뭬 그리 주와서 여급 노릇을 하는지, 그 속을 모르겠다구 그랬지? 옳은 말이다. 참말이지 너보다두 내가 몇 곱절 지긋지긋한지 모른다. 하지만 너두 그만 철은 날 나이니, 좀 사리를 캐서 생각을 해 봐라. 그래 내가 이나마 그만두구 말면, 집안이 어떻게 될 게냐?

늙으신 어머니가 아는 집을 찾아댕니면서 일을 거들어 주시구, 그래 겨우 담배값이나 뜯어 쓰는 거야 말두 말구, 한때는 세월두 괜찮던 아버지 집주릅*벌이두, 요즘 와선 집 흥정이 토옹 없어, 잘해야 달에 모두 긋어 모아 둔 십 원이 될까말까 하니, 그것으룬 집세두 못 낼 것쯤은, 아마 너두 짐작이 설 것이다.

그래 집안 꼴이 이런 중에 그래두 하루 삼시 밥이라 지여 먹구, 더구나 나는 학교라군 보통학교에두 못 들어가 본 걸, 니가 그렇게 바루 거드럭거리구 고등학교까지 다니는 게 그게 그래 뉘 덕인 줄 아느냐. 그렇다구 내가 뭐 너헌테 고맙다구 사례 한 마디래두 받자는 건 아니다. 하지만 그런 건 그만두구래두 형의 신세가 가엾구 딱하다구, 그러한 생각쯤은 하여 주어두 마땅할 게 아니냐? 그걸 너는 툭하면, 더러운 여자니, 천한 기집이니, 그렇게 함부루 욕하기가 일쑤니, 옳지, 옳지, 워낙이 고등 교육을 받은 사람이란 저 밥 멕여 주구, 공부 시켜 주구 한 사람의 은공을 몰라두 아무 상관이 없는 법이니라.

흥! 그래 아무리 어린애기루서니, 고런 년의 법이 어딨단 말이냐? 그래 내가 그렇게두 더러운 화냥년이라 하자. 그럼, 넌 왜 이 더러운 화냥년이 더러운 짓을 해서 벌어온 둔으루, 날마다 밥은 먹는 게구, 옷은 입는 게구, 학곤 가는 게냐? 응? 그 더러운 둔으루 왜 그러는 게냐? 흥! 어디 네 대답 좀 들어 보잤구나…….

아아니에요. 어머닌 글쎄 가만히 기세요. 그저 어린아이라구 가만 내버려 두니까, 바루 젠 듯싶어서 못 할 말 없이…… 글쎄, 어머닌 잠자쿠 있으래두…… 무어, 내 입때 참아 온 걸 오늘 새삼스리 탄하자는 것두 아녜요. 하지만 요런 깍정이년의 기집애두 그래 세상에 있수? 그래 남의 은공을 모르구 밤낮 욕을 하면 욕을 해두, 그건 괜찮아요. 요건 고러다가 두 지가 아쉬면 '언니 언니' 허구 살살거리니깐 고게 보기 싫단 말예요.

그저께 저녁때두 점에 있으려니까, 누가 와서 찾는다기에 나가 봤더니,

---

*집 흥정을 붙이는 일을 업으로 삼는 사람. 복덕방.

글쎄 요 깍정이로구료. 그래 밤낮 천하니 더러우니 하던 가후에루 이 신성한 아씨가 나 같은 여자를 왜 일부러 찾아왔나 했더니, 흥! 동무들하고 활동사진 구경을 가게 됐으니, 돈 일 원만 곧 좀 달라는구료. 그리구 오늘은 제법 날이 치운데 외투두 없이 퍽 고생될 게라구, 언제 지가 내 생각을 하구 날 위해 주구 그랬다구, 바루 고런 소릴 다하는구료. 흥! 고것두 다아 내게서 일 원 한 장 뺏어 가려구, 고 여우 같은 생각에서 나온 말이지.

예이, 요 여우 같은 년! 구미호 같은 년! 난, 너겉이 밴 건 없어두 그래두 그렇게 심뽀가 악하진 않다. 인제두 또 내게 할 말이 있니? 요재리 깍정이 겉은 년아!……

3

흥! 왜 욕지거리 안 하군 말을 못 하나? 말끝마다 참말이지 누가 욕이야?

그래 돈을 그렇게 잘 벌어서 부모 봉양 극진히 하구, 아우 공부까지 시켜 주니 참말 장하시군 장하셔. 온 가만히 듣고 있으니까 벨 아니꼰 소릴 다 하지. 그래 자기가 날 학교에 넣 줬어? 학교 얘기가 났을 때, 대체 무슨 돈에 고등학교엔 보내느냐구 들입다 반댈한 건 누구야? 그걸 다아 어머니가, 그래두 그렇지 않다. 너는 공부를 못 했지만 순이까지 못 시켜서야 어쩌니? 아 아무렴 힘이야 들지. 들지만 어떡허든 고등학교 하나만 마쳐 노면 학교 교원을 다니드래두, 그 값어치는 벌어들일 게 아니냐? …… 그래 아버지가 돈을 변통해다 가까스루 입학을 시켜 주신 걸, 자기가 뭐 어쨌다구 큰소리를 하는 거야?

흥! 걸핏하면 자기가 바루 우리들의 희생이나 된 것처럼 떠들어 버티지만, 그래, 참말 자기가 하기 싫은 노릇이면야 단 하루라도 할 까닭이 있나? 술먹구, 남자들하구 희롱하구, 그러는 게 자기는 역시 재밌어서 그러는 게지 뭐야? 그렇지 뭐야? 그래 참말 맘에 없는 게면 왜 가끔 밤 중에 부랑자는 집 안으루 끌어들이는 거야? 누가 언제 그런 짓까지 해서 돈을 벌어 달랬어?

순이의 독설이 여기까지 미치면 영이의 분통은 끝끝내 터지고야 만다.

요년아. 니가 그으예, 고걸 또 말을 하구야 말었구나? 왜 부랑잔 집 안 으루 끌어들이는 거냐구? 누가 언제 그런 짓까지 해서 돈을 벌어 달랬느 냐구?…… 오오냐. 내 다아 일러 주마. 이년아. 니가 그랬다. 바루 니가 그랬다. 날더러 그렇게래두 해서 월사금을 맨들어 달라구 바루 네년이 그 랬다. 가후에 여급질을 해 가지구 무슨 수루 네 식구 밥을 끓여 먹구, 옷 을 해 입구, 그리구 네년의 학비까지 댄단 말이냐? 그래 몸이라두 팔밖 에 무슨 수루 다달이 네년의 월사금을 맨들어 준단 말이냐? 요년아. 바 루 네년이 날 보구 그 짓을 하랬다…….

뭐요? 그만 해 두라구요? 동네가 부끄럽다구요? 이렇게 딸년을 망쳐 논 게 누군데 그러우? 어머니유, 어머니야! 바루 어머니야. 툭하면 얘, 쿤이 집세 재축 또 하더라. 쌀이 떨어졌다. 나물 또 딜여 와야 한다. 김 장두 당거야 한다.…… 나는 무슨 화수분인 줄 알었습디까? 내가 무슨 수루 다달이 이십 원 삼십 원씩 모갯돈을 맨들어 논단 말이유? 그걸 빠안 히 알면서두, 나를 지긋지긋하게 졸르는 게 그게 날더러 부랑자 녀석이래 두 하나 끌어들이라구 권하는 게지 뭐야?

아아니야. 어머니두 조년하구 다아 한패야. 다아 한패야. 아버지두 한 패야. 셋이 다아 한패야. 그래 셋이서 나 하나만 가지구 들볶는 거야. 뭐 동네가 부끄러워? 동네가 부끄럽다구? 호호, 자기 딸년에게 벨벨 못할 짓을 다아 시켜왔으면서, 그래두 동네가 부끄러운 줄을 알었습디까? 그 래두 체면을 볼 줄은 알었습디까? 하 하 하 하 하…….

흡사 정신에 이상이라도 생긴 사람처럼 울고, 불고, 열에 띤 눈 속에, 육친에 대한 끝없는 증오를 품은 채, 이렇게 한바탕 영산을 하고 난 영이 는, 할 말을 다 하고 나자, 또 한 번 크게 웃고, 그리고 그대로 까무러쳐 버렸다.

4

영이는 그대로 보름이나 자리에 누워 버렸다. 그날 와서 주사를 한 대 놓아 준 의사는 '임신 삼 개월'이라 말하고 돌아갔다. 깨어난 영이는 그 말을 듣고 곰곰이 생각해 본 끝에, 마침내 뱃속에 들어 있는 아이의 아버지를 맞추어 내었다.

결코 가난한 잡지사 사원이라든 그러한 사람이 아니라, 유복한 전기상회 주인이라는 것이 그에게는 우선 다행하였다. 그는 이제까지도 그중 자기에게 은근한 정을 보여 왔고, 또 그이면 능히 어린것과 함께 자기의 한 평생을 의탁할 수 있을 게다. 나이는 좀 많아, 올해 서른아홉이라던가, 갓마흔이라던가. 하지만, 물론 나이 진득한 사람이라야 계집 위할 줄도 알 게다.

영이는 자리에서 일어나자 다시 점에를 나갔다. 당장 그날 그날의 밥거리를 위해서도 돈이 필요하였거니와, 뱃속에서 자라나고 있는 어린 생명을 위해서도, 그는 이제 차차 준비를 하지 않으면 안 된다.

그러나 그렇게 돈을 탐내면서도, 그는 다시 '사내'들을 집 안에 끌어들이지 않았다. 전기상회 주인도 주인이려니와, 뱃속에 들어 있는 어린것을 위하여, 그는 이제부터라도 제 몸을 단정히 갖고 싶었던 것이다.

그래 사내들은 차차 그에게서 떠나갔다. 그러나 정작 '애아버지'까지 그를 소원히 하기 시작한 것에는 영이는 참말 뜻밖이라, 슬프게 놀랐다. 하지만 다시 생각하여 보면, 그것이 역시 그러한 남자들의 마음이었다. 불행에 익숙한 영이는, 그래, 이제 새삼스럽게 제 신세를 한숨지려고도 안 했다.

순산을 하였다고 기별을 하자, 남자에게서 오십 원의 돈이 왔다. 그러나 그는 마침내 영이도 어린것도 만나보러 오지는 않았다. 물론 영이는 이미 무정한 남자를 심하게 탄하지 않았다.

'오십 원'은 그가 예상하였던 것보다도 오히려 많은 금액이다.

영이는 그 돈을 긴하게 받아 썼다…….

5

영이가 이렇게 큰 시련을 받는 동안, 순이도 역시 그 생활에 변화를 가졌다. 그는 이내 학교를 그만 두고 말았다. 그때 영이가 그렇게 발악하기 때문만이 아니다. 저도 학교가 그만 시들하여진 모양이다.

학생 적과는 달라, 순이는 마음놓고 유난스럽게 화장을 하였다. 그리고 인제 유명한 여배우가 된다고 떠들며 돌아다녔다. 한 번 밖에 나가면 대개는 밤이 늦어서야 돌아왔다. 간혹 집에 붙어 있는 날은, 으레, 영이가 듣기 싫어하는 소리를 한두 마디씩은 한다.

사실, 무슨 각본 속에 그러한 구절이라도 있어, 그 소임을 맡은 순이는 부지런히 연습을 하지 않으면 안 되는 듯이나 싶게,

"저는 결코 당신을 원망하지 않습니다. 이제 제게로 돌아오실 날도 있겠지요. 오즉 그것을 한 개의 희망으로 저는 애기와 함께 당신을 기다리겠습니다. 애기를 위하여서는 여급도 그만 두었습니다. 만약 저의 어머니가 그러한 일을 한다고 알면, 애기는 필연코 슬플 게니까요. 저는 집에 외로이 있습니다. 외로이 들어앉아 삯바누질로 그날그날을 지냅니다…."

사실 영이는 바느질을 맡아 하고 있었다. 그러나 전과 같이 순이 하는 말에 말대꾸를 하려 들지 않았다. 또 그의 하는 일에 전연 간섭을 안 했다.

그러면서 다만 영이는 그를 한시도 쉬지 않고 관찰만 하였다.

어디 좀, 두구 보자. 나는 별별 짓을 다 하다가 이 꼴이 됐지만, 어디 너는, 그래 올마나 잘되나, 좀 두구 보자, 홍!…… 오늘 밤두 또 늦는구나. 크리스마스라구, 그래, 교회당에 간다구 초저녁에 나갔지만, 자정녀

머까지 뭣하러 게들 있겠니? 흥!

내일 아침 일찍이 꼭 입게 하여 달라는 교하부다이* 저고리를 끝내고, 마침 잠을 깬 갓난애에게 영이가 젖꼭지를 물렸을 때, 그제야 순이는 눈을 맞고 돌아왔다.

그는, 그러나, 곧 마루로 올라오지 않고, 잠깐 앞창 미닫이 밖에 가 서서 망설거리는 모양이더니 마침내 방긋이 미닫이를 열고 그 틈으로 안을 엿본다.

영이는 모든 것을 눈치채고 반짇고리를 한 옆으로 치웠다. 아이를 안아 들었다. 머리맡 벽에는 십자가가 걸려 있었다. 코웃음을 치고 영이는 안방으로 건너갔다.

전에 나는 그런 때마다, 네 이부자리를 안방으루 날렀다. 이번에는 마땅히 네가 내 이부자리를 나를 차례다. 흥!

순이는 형의 이부자리를 매우 거북스럽게 들고 건너왔다.

흥! 나는 널더러 월사금을 해 달라진 않았다. 아니야, 호옥 어머니가 집세 말이래두 했는지 모르지. 그러냐? 순이야……

영이는 아우에게 그 동안 지녔던 원한과 증오를 이 기회에 그대로 쏟아 놓고 싶었다. 참말이지 속이 시원한 듯이 느꼈다. 내일 아침에 순이가 일어나는 길로 그 얼굴을 빠안히 쳐다보면 좀더 속이 시원하리라고 생각하였다.

잠깐 귀를 기울여 보았으나, 건넌방에서는 아무 소리도 들려오지 않았다. 불은 벌써 아까 끈 모양이다.

나는 언제든 그 이튿날 아침이면, 사내를 졸라 식구 수효대로 짜장면을 시켜왔다. 참말이지 이 동리 청요릿집에서 시켜다 먹을 것은 그것 한 가지밖엔 없다. 하건만, 너는 그것을 더럽다고 한 번도 입에 대려 들지 않았다……. 나는 그러나 내일 아침에 어디 한 번 맛나게 먹어 볼 테다

* 견직물의 일종으로, 얇고 부드러우며 순백색이다.

……….

　영이는 생각난 듯이 곁에 드러누운 어머니와 또 아버지의 얼굴을 차례로 바라보았다. 그들은 물론 지금 건넌방에서 순이의 몸 위에 일어나고 있는 일을 알고 있을 게다. 그러나, 그들은 이미 놀라지 않고 또 슬퍼하지 않는다.

　──이것이 인생이란 것이냐?

　갑자기 몸이 으시시 추웠다. 영이는 베개를 고쳐 베고 눈을 감았다. 어인 까닭도 없이 운동회 날 본 순이의 모양이 눈앞에 서언하다. 이윽이 이것을 보고 있다, 영이는 한숨을 쉬었다.

　──너마저 집안 식구에게 짜장면을 해다 주게 됐니? 너마저 너마저 …….

　영이의 좀 여윈 뺨 위를 뜨거운 눈물이 주울줄 흘러내렸다.

이상의 소설과 자아분열의 문제

신 동 욱

1. 머리말

李箱(본명 金海卿, 1910~1937)은 서울 통인동에서 태어나, 보성고보를 거쳐 경성공업고등학교 건축과에서 수학하고 1930년에 졸업했다. 이어 조선총독부 건축과 기수(技手)로 근무하다 폐결핵에 걸려 1932년 직장을 그만두었다. 건축기관지 『조선과 건축』지의 표지 도안 현상모집에 응모하여 동시에 1등과 3등에 뽑히기도 했다. 1931년에 같은 잡지에 日文詩「이상한 가역반응」,「파편의 경치」등을 발표했고, 미전(美展)에 서양화「초상화」를 출품하여 입선하기도 하였다.

1933년 각혈로 직장을 떠난 후, 황해도 배천(白川) 온천에서 치료한 일이 있고, 종로에 찻집 '제비'를 열고, 소설가 박태원과 교우했다. 1934년에 구인회원(九人會員)이 되고 한글시「꽃나무」(가톨릭청년, 1933. 7),「이런 詩」(같음),「오감도(烏瞰圖)」(中央日報, 9),「거울」(가톨릭청년, 10) 등 문제작을 발표하여 난해시에 대한 논란과 함께 신문사에 항의가 답지할 정도로 화제가 되었다.

이어 「지주회시」(中央, 1936. 7), 「날개」(조광, 1936. 9), 「동해(童骸)」(조광, 1936. 10), 「봉별기(逢別記)」(女性, 1936. 2), 종생기(終生記)」(朝光, 1937. 5), 「김유정(金裕貞)」(청색지, 1939. 3), 등 심리소설을 발표하여 문단의 최첨단에서 새로운 허구의 예술적 구성을 시도하였다.

최재서는 그의 작품에 대하여 리얼리즘의 심화를 이루었다고 말하여 그의 예술적 기량을 높이 평가하였다.

그 밖에도 수필 「권태」를 조선일보(1937. 2)에 발표하기도 하였다. 작품집으로는 『李箱選集』(1949, 박양당), 『李箱全集』(양성출판사, 1956), 『이상소설전집』(갑인출판사, 1977)이 있다.

그는 1936년 일본 동경으로 건너갔으나 사상불온 혐의로 구속, 1937년 4월 동경에서 타계했다.

2. 어긋난 부부와 자아의식

이상의 소설에는 부부관계가 비정상적으로 설정된 경우가 많다. 특히 아내의 직업이 접대부나 작부로 설정되어 있고 남편은 그 아내에 의존하여 사는 인물로 나타난다.

단편 「지주회시」에도 '그'라는 인물과 카페의 접대부인 '아내'가 등장한다. 이 두 부부는 모두 '비쩍 마른 거미'로 묘사되고 서로 착취(搾取)하는 관계로 그려지고 있다.

그의 아내는 회사의 뚱뚱한 중역의 시중을 들려다가 너무 마르고 매력이 없다는 이유로 중역에게 접대의 거절을 당한다. 이 사단으로 싸움이 벌어져 그녀는 심하게 다쳐 병원에 입원하기까지 한다. 이러한 사건을 통하여 자본주의 사회의 이면에 숨은 억압하고 억압당하는, 빼앗고 빼앗기는 모순의 논리가 있음을 알려준다.

　그리고 전지적 서술자는 '그'의 눈에 비친 역시 뚱뚱한 카페 주인을 다음과 같이 보고 있다.

>　　"유까다 입고 내려다보던 눈에서 느낀 굴욕을 오늘이라고 잊었을
>　까.(李箱選集, 白楊堂, 82면, 1949)

　여기서 뚱뚱한 자본가와 비쩍 마른 빈곤층이 사회를 구성하고 있음을 작가는 보고 있다. 그리고 돈을 빌려 쓴 고마움보다 돈 있는 자의 오만과 무례함에 굴욕감을 느끼고 있다. 여기서 삶의 조화나 화해로운 사회적 관계가 형성될 수는 없을 것이다.

　이처럼 '그'는 좌절과 절망 속에 빠지고, 사람과의 교섭을 중지하고, 온갖 희망을 버리게 된다.(같은 책, 83면) 그리고 오직 '방'에 칩거하며 '발광'한 상태에 빠짐을 알려준다. 즉 온전한 자아를 유지하지 못하고 자아가 분열하고 병든 상태에 빠진다. 여기서 '방'은 사실상 한 인간을 가두어 버리는 '감옥'의 의미를 내포한 서사적 기호로 기능함을 알게 한다. 그의 친구 R도 역시 착취하는 인물로 설정되어 있다.

　이 작품의 표제가 '거미가 돼지와 맞부딪다'와 같은 뜻을 지님에 독자는 유념하게 된다. 즉 정상적인 인간관계가 깨어진 시대의 근원적인 모순 속에서 그 해결의 가능성조차 찾지 못하고 절망할 수밖에 없는 식민지 시대를 고발하고 있는 것이다.

　「날개」도 역시 부부의 위치가 역전되어 있다. 나는 지식인으로서 늘 잠만 자고, 작부인 아내에 의존하여 생존하고 있다. 이 작품에서 역전된 부부의 위치에서 남자는 주체성을 상실하고 절망에 빠지게 되고 자기분열의 조짐이 암시되고 있다. 주인공은 19세기식 가치기준을 가지고 20세기에 사는 모순을 실감하고 있다. 그리고 아내가 매춘하는 인물로 설정되어 있는 것도 남자의 인격적 존엄성이 부서진 사실을 말하여 주는 서사적 장치임을 알 수 있다.

주인공은 아무 일도 하지 않고, 아내에게 내객이 있으므로 밤에 다섯 번 외출하고, 아내가 아달린을 아스피린으로 속여 감기약으로 먹인 사실도 나중에 알게 된다. 이러한 내용들도 사실은 창조적 주체성을 드러낼 수 없는 시대의 부도덕한 억압을 알려주는 서사적 장치임을 깨닫게 된다.

결국 이 주인공은 미쓰꼬시 옥상에 이르러, "날개야 다시 돋아라."라고 외치는 데서 작품은 끝나고 있지만, 이러한 날개의 의미도 사실은 주체적 자아의 실현을 재시도하려는 절망적인 부르짖음인 것이다.

말하자면, 일제의 억압 속에서 아무것도 할 수 없는 한국인의 모습을 작가는 절망적 풍경으로 묘사한 것이다. 여기서 자아의 괴멸된 초상이 떠오르게 된다.

3. 마무리

이상은 종래의 소설 구성의 유기적 사건 배치를 무시하고, 인물의 의식의 진실성을 추구하면서 시대와 개인의, 나아가서 시대와 민족의 고뇌와 절망을 밝혀내는데 독보적인 예술성을 이루게 되었다.

그가 「지주회시」에서 시도한 쉼표 없는 긴 문장의 연속은 사실상 의식의 연속적 흐름을 예술적 진실로 포착한 놀라운 결과이고 그것은 우리 소설사에서 뚜렷한 업적의 하나라고 평가할 수 있다.

1930년대 초현실주의 예술의 기법을 심리소설에 무리없이 실현한 이상의 작품들은 오늘날에도 오히려 그 새로운 창조적 가치가 빛나고 있다.

유진오의 작품과 지식인의 우울

신 동 욱

1. 머리말

유진오(필명 현민, 1906~1988)는 서울 종로구 재동 출생으로, 경성제일고보를 거쳐, 경성제대 법학과를 졸업(1929)하였다. 같은 대학에서 예과강사(1931. 4~1932. 4)를 지내고, 보성전문학교 강사와 교수(1933~1945)를 역임하고 고려대학교 총장(1952~1965), 학술원 회원(1954~1988), 한국법철학회 회장(1957~1964), 한일회담 수석대표(1960~1961), 신민당 총재(1967~1970) 등을 지냈다.

경성제대 재학 때 『文友』誌를 발간하기도 했다. 1927년 단편소설 「스리」(朝鮮之光, 67호)를 발표하였다. 이어 「5월의 구직자」(朝鮮之光, 1929. 2), 「여직공(女職工)」(朝鮮日報, 1953. 1) 등을 발표하여 동반자 작가로 알려지기 시작하였다. 당시의 빈곤층의 문제를 관념에 치우치지 않고 구체적으로 다루어 현실적 의미를 적절히 드러냈다는 평가를 받고 있다.

1935년에 발표된 단편 「김강사와 T교수」(신동아)는 당시의 조선지식인이 일제의 교묘한 억압에 의하여 우울증에 걸리는 과정을 밀도있게 작품화하여 크게 평가받았다. 1938년에 동아일보에 발표된 「창랑정기(滄浪亭記)」도 대원군의 쇄국정책에 동조했던 서강대신과 그 쇠퇴하는 말로를 한 소년 주인공의 추억을 회상하는 시선으로 포착하여 서정성이 높은 작품으로 평가받았다.

작품집으로 『유진오 단편집』(學藝社, 1939), 『봄』(한성도서주식회사, 1940), 장편 「화상보」(한성도서주식회사, 1941), 『창랑정기』(정음사, 1964) 등이 있다.

2. 일제의 파시즘과 지식인의 좌절

단편 「창랑정기」는 시대의 추이에 의하여 관직을 버린 구한말의 한 사대부의 은거생활을 중심으로 하여 지난 시대의 은성했던 삶의 아름다움이 회상되고 있다.

이야기의 핵심은 개화한 시대의 근대교육의 문제로 소년의 아버지가 서강대신의 거처인 서강에 있는 창랑정을 찾아가 그 종손 종근의 취학문제를 상담하나, 이야기의 펼침에서 신식교육을 받지 못한 종근은 서강대신이 죽은 후 갑자기 양복을 입고 가산을 탕진하고 시골로 낙향했다는 내용이다. 이러한 내용에서 새로운 시대에 적극적으로 적응하는 자세를 지니지 못한 종근을 통해 구시대의 봉건적 인물이 걷는 한 한계가 암시되고 있다.

그러나 작품의 내용은 창랑정의 풍광과 서강대신의 생존 당시의 은성한 고전적 삶의 아름다움이 향수 어린 서정으로 회고되어 잃은 것의 고귀함을 알려주고 있다.

창랑정의 황혼의 광경과 교전비로 온 소녀 을순과의 만남에서 소년은 더할 수 없는 행복감과 지울 수 없는 인상을 갖게 되고, 두 사람의 놀이에서 발견한 장검의 이야기에서 주권국가의 당당했던 장군의 모습이 서강 대신의 말 속에 간접적으로 드러나 독자로 하여 일제시대와 조선왕조를 대비하여 시대의 아픔을 인식케 하는 소설적 효과를 거두고 있다.

이 작품에서 창랑정의 황혼은 화자의 마음속에 자리잡은 소중한 그리움 으로 회상되면서 동시에 조선왕조의 쇠망함의 슬픔을 은유적으로 인식하 게 한다.

「김강사와 T교수」는 식민지 치하의 한 지식인이 일제의 교묘한 억압으 로 인하여 고민이 가중되어 끝내는 우울증에 걸린다는 이야기이다.

김만필은 동경제대 독문과 출신의 신진학자로서 전문학교의 시간강사 로 취직한다. 같은 날 김강사와 함께 취임하는 군사교관 A소좌의 강철 같 은 체격과 가슴의 훈장을 묘사한 것은 바로 제국주의의 중심부를 이루는 군인의 위엄으로 그려진다. 반대로 얼굴빛이 창백한 김만필은 식민지 치 하의 지식인의 나약함을 은연중에 그 성격적 특징으로 대비시키고 있다.

총독부의 H과장의 소개로 취직한 김은 T교수의 교묘한 조사로 학생 시절의 김만필의 문화비판회 활동을 알아내어 H과장에게 말한다. 그리 고 세속적인 인사치례를 제대로 하지 못한 것까지 합쳐져서 김만필은 H 과장의 분노를 사게 된다. 이러한 이야기의 과정에서 세속적인 교활성을 가진 T교수에 의해 김만필은 철저히 소외된다. 또 학생 스즈키의 내방을 통해서 오히려 김만필은 우울증이 심화되기까지 한다.

이 작품은 식민지 치하의 지식인의 고뇌와 자기 모순에 빠진 좌절의 모 습을 심리적 추이에 따라 묘사한 한 편의 수작으로 평가된다.

3. 마무리

유진오는 후에 장편 「화상보(華想譜)」를 발표하여, 주권을 상실한 일 제치하의 지식인들의 세속적 삶을 조명하여 성실한 삶의 자세와 허영심에 빠진 자세를 다루기도 했다.

앞에서 본 바와 같이, 그는 처음에는 빈곤층의 문제를 다루어 동반자 작가로 평가받았고, 후에는 일제치하의 지식인의 고뇌와 우울을 조명하여 자기 모순에 젖은 지식인을 비판적으로 묘사하였다.

끝으로 「창랑정기」는 구한말의 쇠퇴해 가는 사대부 집안을 중심으로, 주권을 행사하던 시기의 흥성했던 고전적 삶의 한 자락의 아름다움이 회상적 필치로 묘사된 서정성 짙은 작품이다.

유진오는 우리 문학사에서 지적인 관찰력을 발휘한 주요한 작가로서 평가되고 있다.

박태원의 작품과 서술자의 내성적 시점

신 동 욱

1. 머리말

박태원(호는 구보, 1909~1986)은 서울 수중박골에서 태어나, 경성제
일고등보통학교를 졸업(1929)한 후 동경 법정대학 예과에 입학하였으나
2학년 때 중퇴하고 귀국했다.

제일고보 재학 당시 이광수의 지도로 시와 비평을 조선문단, 동아일보
등에 발표했고, 1930년 단편 「수염」(新生, 10)을 발표하였다. 1933
년에 구인회에 가입하였고, 단편 「사흘 굶은 봄달」(新東亞, 4), 「5월의
훈풍」(조선문학, 10) 등을 발표했다. 이어 그의 문학적 기량을 높게 평
가받은 「소설가 구보씨의 일일」(조선중앙일보, 1934. 8. 1~9. 19)이
발표되었다. 이 작품으로 그의 소설의 미적가치가 당시의 어느 작가보다
도 돋보였다. 즉 내면의 의식세계를 서사구성의 요체로 묘사해 내는 놀라
운 기법을 이루었다. 이어 「딱한 사람들」(中央, 1934. 4. 9), 「길은 어
둡고」(개벽, 1935. 3) 등 도시 서민층의 소외상을 다루어 깊은 인간애의
정신을 보여 주었다. 이어 한 문장으로 만들어진 단편 「방란장 주인」(詩

와 小說, 1936. 3)에는 대화, 생각, 사건 등이 모두 서술자 시점의 서술 지문에 의한 심리적 추이를 포착한 특이한 작품을 발표하였다. 그리고 시정인의 생활습속을 사회 형성층의 지평을 직업 중심으로 관찰하여 그려낸 장편「천변풍경(川邊風景)」(朝光, 1936. 8~10)과「속 천변풍경」(朝光, 1937. 1~9)이 발표되어 최재서에 의해 '리얼리즘의 확대'를 실현한 작가로 역시 크게 호평을 받았다.

1950년 6·25동란중 월북하여 작품활동을 하였다. 일시 남로당으로 지목되어 작품활동을 금지당하였으나, 역사 장편소설「갑오농민전쟁」(1986년)을 완성하고 고혈압으로 사망하였다.

작품집으로『박태원 전집』(깊은 샘, 1989)이 간행되었다.

2. 심리적 진실을 말하는 서술자 시점

박태원의 작품에서는 이야기를 구성하는 사건들이 일정한 줄거리를 중심으로 펼쳐가기보다 전지적 서술자가 보고, 듣고, 돌아다니며 만나는 인물들, 여러 생각과 회상과 광경들을 말하는 형식을 취하고 있다.

일반적으로는 사건 1이, 사건 2를 발생시키는 원인이 되고, 사건 3은 사건 2 때문에 일어난다는 인과론적 전개방식을 취한다. 그러나 박태원의 소설은 사건 자체의 인과론을 몰각한 것은 아니지만, 서술자가 중심이 된 서사적 내용이 보여진다. 즉 서술자가 본 대로 만난 대로 체험한 대로 생각한 대로 이야기가 전개된다.

그의「소설가 구보씨의 일일」은 전지적 서술자가 작가 '仇甫'와 그 어머니, 형수, 선본 여자, 친구, 찻집, 거리, 정거장 대합실, 상상, 회상, 다방의 강아지, 詩人, 가엾은 벗, 황혼, 동경의 姬, 여급, 방황 등이 전지적 서술자를 중심으로 필연성의 논리가 없이 제시되고 있다.

그러니까 소설가 '仇甫'씨의 하루 동안의 외출을 충실히 기록한 이야기로서, 세속적 삶의 객관적 펼침을 보여준다.

작품 전편은 서른 개의 소주제 단락으로 구분되어 있으며, 각 단락은 이야기의 첫 어귀를 따서 '어머니는', '아들은', '행복은' 하는 방식으로 제목을 붙여 이야기의 주제 단락을 분절시켜 독자들의 지루함을 피하고 명쾌한 느낌을 유발케 하는 독서의 묘미를 보여 주고 있다.

어머니는 일본 유학까지 다녀온 26세의 아들이 글만 쓰고 취직도 하지 않고 장가도 가지 않는 데 대해 안타까운 마음으로 지켜본다. 아들 구보는 그러한 어머니의 안타까움을 알면서도 목적 없이 길거리를 다니며 늘 고독을 느끼며 사는 자의식에 사로잡힌 인물이다. 흔히 자의식은 자신에 관한 것과 밖의 세계에 관한 것으로 구분된다. 먼저 신체에 관한 자의식으로는, 우선 전체적으로는 신경쇠약증(神經衰弱症)을 스스로 진단하고 있고, 병원에서 주는 '3B水'는 아무런 효과도 없다고 자인하고 있다. 그리고 스스로 만성습성(慢性濕性)의 중이가답아(中耳加答兒)에 걸렸다고 역시 자가진단을 하고 있으며, 얼마 후에는 전기보청기(電氣補聽器)를 써야 한다고 상상하고 있다. 그리고 심한 근시(近視)로 "우울한 '안과 재래(眼科再來)'의 책상 설합" 속에 자신의 시력검사표가 들어 있을지도 모른다고 상상하고 있다. 이렇게 자신의 주요한 지적 감각기관들이 모두 문제를 안고 있다고 상상하는 것이다.

다음으로 대인관계에서의 두드러진 자의식은, 일정한 근무처가 없는 구보는 거리에 나와서도 가야 할 구체적 목적지가 없다는 데서, 관계형성이 없는 즉 남과의 사귐이 없는 인물임을 알 수 있다. 그러니 "갈 곳 없는" 구보는 목표 없이 "전차"에 오를 수밖에 없었을 것이다. 여기서 고독과 여인의 문제가 제기된다. 전차를 타고 1930년대의 장충단, 청량리, 성북동으로 갈 수 있지만, 그러한 교외에는 자연과 한적함이 있을 것이다. 구보는 그러한 곳에는 "고독"조차 "준비"되어 있으므로 가기를 두려워한다. 여기서 그 한적한 곳에 고독이 준비되었다고 서술자는 구보의 심중을 드러내어 고독의 주체가 자연환경인 것처럼 서술하는 시선으로

써 새로운 표현각도를 제시하여 독자들에게 신선한 느낌을 제공한다.

이 작품에서 고독의 인식과 우울의 정서는 일제시대 한국 지식인의 한 감정적 및 정서적 경향을 엿보게 하는 의미를 담고 있다. 가령 「상록수」의 주인공 박동혁이나 채영신은 신념과 의지의 인물로서 정열적으로 농민의 삶을 개선하는 실천적 주인공들인데 비하여 구보는 감성인의 특징을 보여 주고 있다. 고독과 힘을 '겨누어'도 이길 수 없는 의지적으로는 약한 면이 드러나 있다.

전차 속에서 선을 본 일이 있는 여인을 만나나, 구보는 눈길이 마주칠 것을 두려워하고 외면한 채 서로가 알고 있을 것이라는 추정으로 지난 날의 만남과 아무런 결말도 없이 혼담이 스러진 사실을 회상한다. 구보도 솔직하게 그녀에게 구혼을 하지 않았다. 즉 "여자가 자기 생각을 안 하고 있는 경우에 객적게스리 여자를 괴롭혀 주고 싶지 않았던 까닭"이었다.(小說家 仇甫氏의 一日, 문장사, 238면, 1939) 여기서 구보의 대인 관계에서 소극적이며 명쾌한 태도 표명을 못하고 주저하는 자의 반성하는 자의식이 엿보인다.

이렇게 자의식이 과잉된 상태에서 자기 반성적 삶이 내면화로 치닫게 되어 우울의 성격이 형성될 수밖에 없었을 것이다. 그리고 친구의 누이를 짝사랑했던 중학시절을 회상하고 이미 시집가 두 아이의 어머니가 된 극히 상식적이고 세속화된 그 여인에게서 실망을 느끼기도 한다. 그리고 한 소녀의 팔목시계에의 갈망이라는 순진한 행복을 생각하며, 자신도 시계가 없으므로 "우아한 회중시계"를 살 것이라는 생각을 한다. 그러니까 적극적인 행위로 일어난 사건의 펼침이 아니라 반성하고 반추하는 생각의 연속이 있을 뿐이다.

열두 번째의 '조고만'의 소주제 단락에서, 구보는 작가라면 도시의 항구로서 그 번화한 출입구인 경성역에 가려고 보통학교 친구와 작별 인사를 나누고 남대문 쪽으로 걷는다. 여기서 구보는 다음과 같은 기대를 한다.

　　그곳에는 마땅히 인생이 있을 게다.(같은 책, 249면)

　여기서 인생이란 구보 스스로가 만들어 내는 '인생'이 아니라 남들이
만드는 '인생'을 구경하러 가는 처지가 명백히 드러난다. 그러니까 작가
는 관찰자라는 목적과 사명이 더 중요하다는 함의를 이 소설에 담고 있음
을 분명히 알려준다. 그런데 목격한 것은 맥없이 "웅숭그리고 앉아 있는
서너 명의 지게꾼"과 쇠잔한 노파의 고달픔이다. 그리고 바세도우씨 병
에 걸린 보기 흉한 40여 세의 노동자를 본다. 그러니까 무엇인가 활기찬
삶을 볼 수 있으리라는 기대는 무너지고 식민지 시대의 가난하고 무기력
한, 기진맥진한 하층민들의 고난상이 현실로 크게 다가와서 작가 앞에 펼
쳐진 셈이다. 그러나 이러한 비참한 서민층의 삶에 대하여 구보는 "우
울"을 발견할 뿐 그 진실의 의미를 구명하려는 탐구의 적극성을 보여 주
지 않는다.
　동경 유학 시절에 노트를 찾아 준 일로 알게 된 여인에 대한 회상에서
그나마 구보의 행복이 잠시 떠오르기는 하지만 그것도 결말 없이 헤어진
아쉬움으로 끝난 것이었다. 구보는 몇몇 친구와 음식점을 돌고 새벽 2시
에야 어머니의 "외로움"까지 생각하며 창작할 것이라는 조그만 "한 개
의 행복"을 기대하며 귀가하는 것으로 작품은 모두 끝나고 있다.

　3. 마무리

　이 작가에게 있어, 소설 구성은 사건 자체나 인물의 행위가 지닌 서사
논리, 즉 필연성이나 인과론보다는 서술자의 관찰시점이나 회상을 중심
으로 일제시대 전체의 시대적 '우울'을 밝히는 주제적 논리로 짜여지고
있다.

작중인물은 특히 서술자의 관찰에 의해 포착되는 자의식의 과잉상태가 현저하게 소설의 의미를 선택하고 결정하는 기능을 나타내고 있음을 알 수 있다.

그리고, 서사단락들의 소주제들은 모두가 기대된 것과 그 어긋남의 문제, 또는 소외층의 간고함과 고독, 우울, 가난, 병약함, 어둠이 주조를 이루고 있어 1930년대의 서울의 거리 풍경을 독자들에게 구경시키면서 삶의 슬픔과 고난을 증언한 작품이다.

박태원은 우리 소설사에서 세태풍속을 객관적 사실주의로 보여준 작가로서 뚜렷한 공적을 남기고 있다. 그의 서술자 선택의 예술성은 거의 독보적 경지에 이르렀다고 할 수 있다.

작가연보

[이 상]

1910   서울 종로구 사직동에서 태어나다.

1912(3세)   백부 연필(演弼) 댁에서 24세까지 성장.

1929(20세)   경성고등보통학교 건축과 졸업. 조선 총독부 내무국 건축
과 기수로 근무, 11월 관방 회계과 영선계로 전근. 『조선
과 건축』 표지도안 현상모집에 1등과 3등으로 당선.

1931(22세)   일문시(日文詩)「이상한 가역반응」,「▽의 유희」등 발
표. 선전(鮮展)에 서양화「자화상」입선.

1932(23세)   『조선과 건축』 표지도안 현상모집에 가작 4석 선정.

1933(24세)   각혈로 황해도 배천 온천에서 요양. 기생 금홍을 만남. 다
방 '제비' 개업. 시「1933. 6. 1」,「꽃나무」,「이런
시」,「거울」발표.

1934(25세)   「오감도」(조선중앙일보) 연재 중단.

1935(26세)   시「정식」,「지비」등 발표.

1936(27세)   소설「날개」(조광),「봉별기」(여성) 등 발표. 이화여전
출신 변동림과 결혼. 도일.

1937(28세)   4월 17일 동경제대 부속병원에서 죽다. 미아리 공동묘지
에 안장했으나 후에 유실되다.「종생기」,「권태」발표.

1939   「실락원」(조광),「실화」(문장) 등 유고로 발표.

[유진오]

1906   서울 종로구 재동에서 태어나다.

1924(19세)   경성제대 예과 입학. 〈문우회〉조직.

1927(22세)   「스리」(조선지광) 발표.

1929(24세) 경성제대 법문학부 법과 졸업. 「5월의 구직자」 발표.

1935(30세) 「김강사와 T교수」 발표.

1938(33세) 「화상보」, 「창랑정기」를 동아일보에 발표.

1946(41세) 고려대학교 법정대학장.

1952(47세) 고려대학교 총장.

1954(49세) 학술원 종신회원.

1967(56세) 신민당 총재. 국회의원 역임.

1988(77세) 지병으로 타계.

[박태원]

1909 음력 12월 7일 서울 수중박골(지금의 수송동)에서 4남 2녀 중 차남으로 태어남.

1919(11세) 경성사범 부속보통학교 입학.

1923(15세) 보통학교 제4학년 수료 후, 경성제일공립 고등보통학교에 입학. 『동명』 제33호 소년칼럼난에 「入學」이란 작문이 뽑힘.

1926(18세) 춘원 이광수에게 지도를 받고 제일고보 재학중이던 당시에 『조선문단』, 『동아일보』, 『신민』 등에 시와 평론 발표.

1929(21세) 경성제일고보 졸업 후, 일본으로 건너가 동경법정대학 예과에 입학. 12월에 필명 泊太苑으로 『신생』에 시 「외로움」을 발표하는 한편 동아일보에 소설 「해하의 일야」 등을 연재하기 시작.

1930(22세) 동경법정대학 예과 2학년 중퇴 후 귀국하여 『신생』 10월호에 단편 「수염」을 발표하여 본격적으로 문단에 데뷔.

1933(25세) 이태준, 정지용, 김기림, 조용만, 이상, 이효석 등과 함께 문학친목단체인 '九人會'에 가담하여 활동. 「반년간」,

「낙조」,「옆집색시」,「피로」,「오월의 훈풍」등 발표.

1934(26세) 보통학교 교원인 金貞愛(慶州 金氏 重夏의 외동딸)와 결혼. 「소설가 구보씨의 1일」,「애욕」등을 신문에 연재.

1935(27세) 『조선중앙일보』에 장편소설 「청춘송」 연재.

1936(28세) 『조광』에 「천변풍경」을 연재하는 한편 「방란장 주인」, 「비량」,「진통」,「보고」등 많은 소설을 발표.

1937(29세) 『조광』에 「속 천변풍경」을 연재.

1938(30세) 장편소설 「墨民」과 「명랑한 전망」을 연재. 장편소설집 『천변풍경』과 단편소설집 『소설가 구보씨의 1일』을 출간.

1939(31세) 『박태원 단편집』과 『지나 소설집』을 출간.

1940(32세) 『문장』에 장편소설 「애경」을 연재.

1941(33세) 『매일신보』에 장편소설 「여인성장」을 연재하는 한편 번역소설 「신역 삼국지」를 『신시대』에 연재함.

1942(34세) 『조광』에 중국소설 「수호전」을 3년에 걸쳐 연재. 장편소설집 『여인성장』을 출간.

1945(37세) 조선문학가동맹 중앙집행위원 피선. 『매일신보』에 장편 「원적」을 연재하다 76회로 중단. 『조선주보』에 장편 「약탈자」 연재.

1947(39세) 세째딸 恩英 출생. 장편소설 「홍길동전」 출간.

1948(40세) 『중국소설선 Ⅰ·Ⅱ』 「이순신 장군」, 단편집 「성탄제」 출간.

1949(41세) 장편소설 「금은탑」 출간. 조선일보에 갑오농민전쟁의 모태가 되는 「群象」을 6월 15일~50년 2월 2일까지 발표하다가 중단.

1950(42세) 6·25동란 중 월북.

베스트셀러 한국문학선 13

날개(외)

펴낸날 ㅣ 1995년 6월 15일 초판 1쇄
        2012년 1월 30일 초판 9쇄

지은이 ㅣ 이상(외)
펴낸이 ㅣ 이태권
펴낸곳 ㅣ (주)태일소담
        서울시 성북구 성북동 178-2 (우)136-020
        전화 ㅣ 745-8566~7 팩스 ㅣ 747-3238
        e-mail ㅣ sodam@dreamsodam.co.kr
        등록번호 ㅣ 제2-42호(1979년 11월 14일)
        홈페이지 ㅣ www.dreamsodam.co.kr

ISBN 89-7381-183-5 03810